Rob Lloyd Jones
Jake Turner
und das Grab der Smaragdschlange

W0374547

Als Kind wollte *Rob Lloyd Jones* immer Indiana Jones werden. Deswegen studierte er Ägyptologie und Archäologie. Bei seiner Teilnahme an verschiedenen Ausgrabungen stieß er auf allerhand spannende Geschichten, die ihn unter anderem zu ›Jake Turner und das Grab der Smaragdschlange‹, seinem dritten Roman, inspirierten. Außerdem ist er der Autor zahlreicher Sachbücher. Rob Lloyd Jones lebt in Sussex/England. Weitere Bücher von Rob Lloyd Jones siehe Seite 4.

*Birgit Niehaus*, geboren im äußersten Norden Deutschlands, studierte Romanistik, Hispanistik und Sprachlehrforschung in Hamburg und Bordeaux, war etliche Jahre in der Verlagspressearbeit tätig und lebt heute mit ihrer Familie als freie Übersetzerin und Lektorin in Berlin.

Rob Lloyd Jones

# JAKE TURNER

## und das Grab der Smaragd-Schlange

Aus dem Englischen
von Birgit Niehaus

dtv

MIX
Papier aus verantwortungsvollen Quellen
FSC® C019821
FSC
www.fsc.org

Ungekürzte Ausgabe
3. Auflage 2022
2020 dtv Verlagsgesellschaft mbH & Co. KG, München
© Rob Lloyd Jones 2016
© der deutschsprachigen Ausgabe:
2018 dtv Verlagsgesellschaft mbH & Co. KG, München
Titel der englischen Originalausgabe: ›Jake Atlas and the Tomb of the Emerald Snake‹,
2016 erschienen bei Walker Books Ltd, London
Umschlagbild: Max Meinzold
Gesetzt aus der Caslon
Satz: Fotosatz Amann, Memmingen
Druck und Bindung: Druckerei C.H.Beck, Nördlingen
Printed in Germany · ISBN 978-3-423-71875-2

Für meinen Kumpel Otis

# Prolog

Was für ein grauenhaftes Gefühl! Zu wissen, man stirbt gleich – aber nicht zu wissen, wie. Ich war in eine Todesfalle geraten, ganz klar. Doch was für eine Falle war das?

Sand rieselte mir auf den Rücken, was an sich nicht erstaunlich war, schließlich kroch ich durch die Wüste, besser gesagt durch einen Tunnel *unter* der Wüste. Und genau das war das Problem: Der Sand kam nämlich aus Rissen in der Tunneldecke.

Auf meinen Ellbogen robbte ich durch den engen Gang. Die Wände rechts und links rückten immer näher, wie um mich zu zerquetschen. Gleichzeitig nahm das Rieseln von der Decke zu, der Sand strömte jetzt nur so aus den Ritzen. Der ganze Boden war schon bedeckt und die Schicht wuchs und wuchs und drückte mich nach oben. Mein Kopf stieß fast gegen die Decke.

»Mach schon!«, brüllte ich. »Schneller!«

Von oben kam eine regelrechte Sanddusche und riss mir meine Smartbrille vom Kopf. Sofort wich die grünlich verschwommene Nachtsichtoptik tiefster Schwärze. Panisch ruderte ich in der Finsternis umher, aber das machte alles nur noch schlimmer. Kaum hatte ich ein bisschen Sand weggeschaufelt, füllte sich der Freiraum schon wieder. Mittlerweile schrappte ich mit dem Rücken an der Decke. Kriechen konnte man das, was wir hier taten, nicht mehr nennen: Wir buddelten uns fieberhaft durch einen Spalt, der von Sekunde zu Sekunde schmaler wurde.

Ich bekam kaum noch Luft, sogar in meinem Mund und meiner Nase war Sand. Sand, der zum Mechanismus einer Todesfalle gehörte, die vor über fünftausend Jahren erdacht worden war, um Grabräuber aufzuhalten. Grabräuber wie mich.

»Bin gleich bei der Öffnung!«, hörte ich es vor mir. »Aber ich komme nicht durch … alles zugeschüttet.«

Es folgte, gedämpft durch den Sand, ein Schrei. Ich wandte mein Gesicht Richtung Tunneldecke, um nach Luft zu schnappen.

Und dann ging nichts mehr, gar nichts.

Wir waren lebendig begraben.

Ich versuchte weiterzubuddeln. Unmöglich. Das Gewicht des Sandes lastete tonnenschwer auf mir. Als würden mich Hunderte von Händen festhalten. Kurz meinte ich, das Licht einer Taschenlampe vor mir zu sehen, aber das war ein Trugschluss. Das Licht war in meinen Augen. Ein Warnsignal. Ich stand auf der Schwelle des Todes.

*Nein, nicht so! Nicht hier und jetzt! Nicht so kurz davor!*

Ich versuchte, mich zu beruhigen, klar zu denken. Wenn ich doch bloß an meinen Ausrüstungsgürtel herankäme. An die Ultraschall-Sprengvorrichtung, die dort befestigt war.

Vielleicht ließe sich damit ein Fluchtweg freisprengen. Aber ich konnte meine Hand nicht bewegen. Nicht einen Zentimeter. Ich konnte nicht mal einen Finger bewegen.

Das absolute Worst-Case-Szenario.

Noch vor wenigen Tagen war ich ein ganz normaler Junge gewesen: mit saumäßigen Schulnoten, vor allem in »Betragen«, den strengsten Eltern der Welt, einer Schwester, die kaum mit mir redete, und einem ausgeprägten Talent, Ärger magisch anzuziehen – was meine Mitmenschen regelmäßig in den Wahnsinn trieb. Und jetzt war ich plötzlich als Mitglied eines Super-Hightech-Schatzjäger-Teams auf der Suche nach einem verschollenen Grab, um zu verhindern, dass meine Eltern von einer teuflischen Sekte getötet und mumifiziert wurden.

Ja, es war wirklich einiges passiert in den letzten Tagen.

Angefangen hatte alles damit, dass ich mal wieder für Chaos gesorgt und Menschen, die ich liebte, vor den Kopf gestoßen hatte. Tja, und beim Versuch, es wiedergutzumachen, hab ich wohl die entscheidenden Fallstricke übersehen.

Deshalb steckte ich jetzt hier fest, ohne den kleinsten Hauch Luft in der Lunge.

Plötzlich meldete sich eine Stimme in meinem Ohrknopf. Sie klang Lichtjahre entfernt und wurde durch Knacken und Rauschen verzerrt, aber die Panik war trotzdem unüberhörbar.

»Oh mein Gott! Jake? Hört ihr mich? Ich muss euch etwas sagen. Über eure Eltern …«

Die Stimme verstummte. Die Lichter in meinen Augen wurden gleißender. Ein wildes Durcheinander von Feuerrädern und explodierenden Raketen.

Auf einmal fühlte ich mich seltsam ruhig, so als hätte sich mein Körper bereits mit dem Tod abgefunden. Ich versuchte, meine Abschiedsgedanken auf etwas Tröstliches, Beruhigendes zu richten, aber das Einzige, woran ich denken konnte, waren Mum und Dad. Beim letzten Mal, als ich sie gesehen hatte, hatten sie geweint – wegen einer dieser Schwachsinnsaktionen, die ich mir mal wieder geleistet hatte. Ich, Jake Turner, die weltgrößte Nervensäge, hatte mal wieder ein Versprechen gebrochen und meine Eltern zur Verzweiflung getrieben.

Noch einmal versuchte ich, mich zu bewegen. Nichts. Verdammt, so nahe dran.

Die Lichter verschwanden. Das Feuerwerk war vorbei. Mum, Dad … es tut mir leid. Ich hätte es fast geschafft.

# 1

*Zwei Tage vorher*

Es sollte die sensationellste Entdeckung in der Geschichte der Archäologie werden – und sie begann ausgerechnet bei *Nando's* auf dem Flughafen Heathrow in London. Ich hatte Hühnchen bestellt, mit der schärfsten Soße, die sie hatten. Ich rechnete nicht damit, dass es mir schmecken und ich es aufessen würde, aber ich fand's lustig, es zu probieren.

Meine Schwester Pan – Kurzform für Pandora – saß mir in unserer Essnische gegenüber. Sie hatte Kopfhörer auf, wie immer, und ihre rabenschwarzen Haare hingen ihr wie ein Trauerschleier vor den Augen. Wir waren kurz davor, in unser »Familienurlaubsvergnügen« zu starten, aber Pan sah eher aus, als würde sie gleich in einen Sarg klettern und noch einmal alle verfluchen, bevor sie den Deckel zuklappte.

Schweigend hockten wir da.

Dad machte sich Notizen für eine Vorlesung, die er zusammen mit Mum an der Universität von Kairo halten sollte. Mum las in einem Reiseführer. Mum und Dad sind Ägyptologen, Experten für die Geschichte des alten Ägypten. Ihr wisst schon, Pyramiden, Pharaonen und so Zeug. Es kommt euch vielleicht komisch vor, dass eine Ägyptologin es nötig hat, in einem Ägypten-Reiseführer zu blättern, aber die beiden waren seit Jahren nicht mehr vor Ort gewesen, genau genommen nicht mehr, seit Pan und ich auf der Welt sind.

Wenn ihr mich fragt, hätten wir eigentlich total aufgeregt sein müssen. Immerhin flogen wir nach Ägypten! Das versprach doch Abenteuer pur. Ich meine, wenn man bedenkt, wie abenteuerlich schon unser Besuch damals bei Tante Maud in Cornwall gewesen war. Aber von Aufregung keine Spur. Stattdessen großes Schweigen.

Unter dem Tisch begannen meine Beine zu zucken. Ich brauchte Bewegung. Ich musste etwas *tun*. Irgendwas.

Ich blickte rüber zu den anderen Essnischen, wo ebenfalls Familien saßen. Aber die unterhielten sich oder spielten »Ich sehe was, was du nicht siehst«. Vielleicht würde uns das weiterhelfen? Ein Spiel.

»Wettet irgendjemand dagegen, dass ich es schaffe, mein Hähnchen in weniger als einer Minute zu essen?«, fragte ich.

»Nein«, antwortete Mum, ohne von ihrem Reiseführer aufzusehen.

»Um einen Zehner, okay?«

»Keiner hat Lust zu wetten, Jake.«

Ich seufzte.

Das Zucken in meinen Beinen wurde stärker.

»Ich sehe was, was du nicht siehst …«, sagte ich, »… und es beginnt mit ›D‹.«

Dad starrte mich durch seine dicken Brillengläser an. »Wo?«

»Das ist ein Spiel, Dad. Ich sehe etwas, das mit ›D‹ beginnt.«

»Ah.« Er schob seine Brille zurück auf die Nase und blickte sich um. Durch die dicken Glasbausteine sahen seine Augen riesig aus, wie bei einer Eule.

»Die Dritte Zwischenzeit?«, fragte er.

»Häh?«

»Etwas, das mit ›D‹ beginnt. Die *Dritte* Zwischenzeit. Die Periode im alten Ägypten zwischen dem Tod Ramses XI. und dem Beginn der sechsundzwanzigsten Dynastie.«

»Aber … die kann ich doch nicht sehen, Dad.«

Er tippte auf seine Notizen. »Steht hier in meinen Unterlagen.«

»Ich geb dir einen kleinen Tipp.«

Mum klappte den Reiseführer zu. »Bitte, Jake, sieh lieber zu, dass du dein Hähnchen aufisst. Es sind nicht mal mehr zwei Stunden bis zum Abflug.«

»Aber Mum, wir sind doch schon am Flughafen!«

»Bitte keine Widerworte. Nicht heute.«

Gott, ich musste dringend aus dieser Essnische raus. Ich schlang mein Hähnchen hinunter.

»Kann ich mir ein bisschen die Geschäfte angucken?«, fragte ich.

»Ja«, antwortete Dad.

»Auf keinen Fall«, sagte Mum.

Sie starrten einander an, ein lautloser Ringkampf mit Blicken. Schließlich seufzte Mum und wandte sich wieder ihrem Reiseführer zu. »Na gut«, sagte sie.

Dad klatschte einen Zehner auf den Tisch. »Schau doch mal, ob du ein neues T-Shirt findest. Deins ist total schmuddelig. Und dann kommst du in einer halben Stunde direkt zu Gate 15. Aber, Jake: Mach keinen Ärger!«

Logisch. Ich nickte. Kein Ärger.

»Ich meine es ernst, Jake. Versprochen?«

»Dad, wir befinden uns auf einem Flughafen. Hier gibt's jede Menge bewaffnete Polizisten. Wie viel Ärger kann man da wohl machen?«

Mums Finger krampften sich um ihr Buch. »Was für eine Schnapsidee!«, murmelte sie.

»Jane, wir waren uns einig, dass wir ihm irgendwann wieder vertrauen müssen«, murmelte Dad zurück. »Und er hat uns sein Versprechen gegeben. Stimmt's, Jake?«

Ich nickte und wiederholte mein Versprechen. Das tat ich insgesamt noch dreimal, bevor ich aufstand. Tja, und so fing alles an. Mit einem Versprechen, das ich auf die schlimmstmögliche Weise brechen sollte.

# 2

Fünfundzwanzig Minuten nachdem ich versprochen hatte, keine Probleme zu machen, hatte ich ein Tablet unter mein T-Shirt gestopft und war im Begriff, es aus einem Flughafen-Shop zu klauen.

Mein »Drang« war einfach zu stark. »Drang«, das war das Wort, das mein Therapeut benutzte. Ärzte nennen es Impulskontrollstörung. Ich bin in gewisser Weise süchtig. Süchtig nach Ärger und Action.

In der Schule rutsche ich ständig auf meinem Stuhl herum und warte darauf, dass etwas passiert. Und wenn nichts passiert, helfe ich eben ein bisschen nach. Sorge dafür, dass etwas passiert. Je riskanter die Sache, desto besser. Klauen, prügeln, einbrechen, so was halt. Wenn ich ehrlich bin, sind das die einzigen Momente, in denen ich mich wirklich lebendig fühle.

Ich kann euch nicht mal sagen, wie es genau passiert ist. Eigentlich bin ich nur in den Elektronik-Shop rein, um zu schauen, was es so Neues gibt. Doch dann hab ich die zwei

Polizisten an der Tür gesehen, den Filialleiter, der mit seinem Frettchengesicht nach Taschendieben Ausschau hielt, und den Ladendetektiv, der so tat, als würde er sich brennend für Kopfhörer interessieren. Und sofort begann ich zu überlegen, wie ich all diese Sicherheitsfuzzis am besten austricksen könnte.

Das Nächste, woran ich mich erinnere, ist, dass ich die Alarmsicherung für das Tablet ausgeschaltet habe, um das Gerät aus dem Laden zu schmuggeln. Mein Herz wummerte vor Aufregung. Ich fühlte mich wie ans Stromnetz angeschlossen: bis in die Fingerspitzen elektrisiert.

Okay, ich hatte meinen Eltern, meinem Therapeuten, den Lehrern und sogar der Polizei geschworen, so was nie mehr zu machen. Aber es war wie eine Droge. Ich brauchte Action, also sorgte ich für Action. Das kommt euch vielleicht verrückt vor, aber ihr lebt ja auch nicht mit meinen Eltern zusammen. Bei denen ist *nie* was los – null, niente.

Ich presste das Tablet fester an mich und stiefelte den Gang mit dem Computerzubehör entlang Richtung Ausgang. Im Spiegel erhaschte ich einen Blick auf den Ladendetektiv. Der Typ war das reinste Filmklischee, Typ Actionheld, mit zurückgegeltem Silberhaar und bartstoppeligem Quadratkiefer. An einer Stelle wuchsen keine Bartstoppeln – da, wo ihm eine purpurfarbene Narbe quer über die Wange lief. Eine Schneise, wie mit der Axt in den Wald gehauen. Beobachtete er mich? Hatte er etwas bemerkt?

Die Schmetterlinge in meinem Bauch verwandelten sich in Flugsaurier, die an meinen Eingeweiden nagten.

Schweiß lief mir über den Rücken.

Vor mir versperrte ein Zwillingsbuggy den Weg. Schreiende Kleinkinder stritten sich um eine Gummigiraffe. Beim Vorbeiquetschen stieß ich an das Vieh und es fiel aus dem Wagen. Ich bückte mich und stopfte es schnell wieder hinein.

»Hey, du! Warte!«

Mein Herz setzte aus, nur um gleich darauf doppelt so schnell weiterzurasen.

Alle drehten sich um. Selbst die zwei Kinder verstummten und starrten mich an. Es war nicht der Detektiv, der gerufen hatte, sondern der Filialleiter. Der, der aussah wie ein Frettchen: runde Nase, vorstehende Nagezähne, verschlagener Blick.

»Du hast ein Tablet gestohlen!«, brüllte er.

Mein Gesicht fühlte sich an wie die Sonnenoberfläche, aber irgendwie brachte ich trotzdem einen entgeisterten »Wer? Ich?«-Ausdruck zustande.

»Unter deinem T-Shirt«, fügte der Typ hinzu.

Die Polizisten drehten sich um. Einer von ihnen nickte und machte mir ein Zeichen, das Hemd zu heben.

Ich atmete einmal tief durch und lüftete mein T-Shirt.

Kein Tablet.

Ihr glaubt jetzt wahrscheinlich, ich wäre verrückt, die Polizisten waren schließlich *bewaffnet*. Ich hatte das Tablet nicht weiter nach oben geschoben. Nein, ich hatte mir etwas Besseres überlegt.

Ich warf dem Filialleiter einen vernichtenden Blick zu, schickte ein Augenrollen in Richtung der Polizisten – nach dem Motto: *Unglaublich, auf was für Ideen manche Leute kommen* – und spazierte aus dem Laden.

Ich fühlte mich, als hätte ich gerade das Siegtor im WM-

Finale geschossen. Am liebsten wäre ich in der Abflughalle herumgesprungen, hätte mir das T-Shirt vom Leib gerissen und es über meinem Kopf kreisen lassen. Aber ich musste cool bleiben. Die Operation war noch nicht beendet.

Aus sicherer Entfernung sah ich, wie die Mutter ihren Zwillingsbuggy aus dem Laden schob. Die Kinder spielten immer noch Giraffen-Tauziehen. Plötzlich ließ der eine Kleine das Tier los und es fiel auf den Boden. Wie der Blitz war ich zur Stelle und legte es zurück in den Buggy. Gleichzeitig nahm ich das Tablet heraus, das ich dort zwischengelagert hatte.

Was für ein irres Gefühl! Mein Plan hatte funktioniert. Der Detektiv, die Polizisten, der Filialleiter … ich hatte sie alle verarscht. Vor allem den Filialleiter.

Und dann sah ich ihn plötzlich. Den Filialleiter.

Er starrte mich an.

Er hatte alles gesehen.

Die zwei kleinen Kinder fingen wieder an rumzuschreien, aber da war ich schon weg.

Ich raste durch den Duty-Free-Shop und die Rolltreppe hinauf zu den Snack-Läden und Restaurants – die Polizisten gnadenlos im Nacken. Ich war gerade hinter ein paar Tischen abgetaucht, da hörte ich den Aufruf für einen Flug nach Kairo. Mein Flug! Scheiße, Mum und Dad erwarteten mich am Gate!

In dem Moment traf es mich wie ein Schlag.

*Was zum Teufel hatte mich geritten?*

Ich hatte es hoch und heilig versprochen. Geschworen hatte ich es.

Aber mein »Drang« hatte mal wieder das Kommando

übernommen, und jetzt, wo er verpufft war, war mir einfach nur noch schlecht vor Angst.

Verdammt, was jetzt? Wohin mit mir? Dad hatte meinen Pass, ich konnte den Flughafen also nicht verlassen. Was ja auch blöd gewesen wäre, schließlich wollten wir in den Urlaub fliegen!

Mich zu stellen, war auch keine Option. Nein, meine einzige Chance war, mich irgendwie ins Flugzeug zu retten.

Ich spähte über die Tischkante. Die Polizisten hatten sich aufgeteilt und suchten die Burger-Restaurants und Sandwich-Theken ab! Der Anblick reichte und mein Instinkt übernahm die Kontrolle – zum Glück, denn sofort verwandelte sich die schlammbraune Panikpfütze in meinem Kopf in einen kristallklaren Pool, und ich wusste, wie ich mich aus der Sache herauslavieren konnte. Ich würde in die Burger-Bude stürmen, irgendetwas anschmoren lassen und einen Feueralarm auslösen. Das würde die Polizisten eine Weile auf Trab halten …

»Vergiss es«, sagte eine Stimme.

Ich wirbelte herum. Wer sprach da mit mir?

»Hör mir zu, Jake Turner.«

Da kapierte ich.

Es war das Tablet. Das geklaute Tablet in meiner Hand, dessen Bildschirm jetzt aufleuchtete. Daraus blickte mir ein nur allzu bekanntes Gesicht entgegen: silbernes Haar, bartstoppeliges Kinn, leuchtend rote Narbe.

»Der Ladendetektiv?«, keuchte ich.

»Nicht wirklich, Jake«, antwortete der Mann. »Aber ja, ich war in dem Laden und hab dich beobachtet.«

Ich starrte auf den Monitor und schnappte nach Luft wie

ein Goldfisch. »Ich … Woher kennen Sie meinen Namen?«, brachte ich schließlich heraus. »Wer sind Sie?«

»Für so was haben wir jetzt keine Zeit.« Der Typ sah nicht nur aus wie ein Filmstar, er klang auch so, ziemlich vornehm jedenfalls. »Mittlerweile sind vier Polizisten hinter dir her. Ich sehe ihre Standorte auf meiner Multi-Sensor-Wärmebildkamera. Weißt du, was das ist?«

»Ich … häh? Was?«

»Wenn du genau tust, was ich dir sage, dann schaffe ich dich zu Gate 15, wo deine Eltern und deine Schwester auf dich warten.«

»Wie kommen Sie in das Tablet?«

»In drei Sekunden gehst du rüber zu der Sushi-Bar.«

»Was?«

»Hör auf, andauernd ›was‹ zu sagen.«

»*Was?*«

»Jetzt geh, Jake!«

Also stolperte ich hinter den Tischen hervor und rannte zu dem Sushi-Laden, wo ich mich hinter einem ratternden Laufband versteckte, auf dem Schälchen mit rohem Fisch in die Runde fuhren.

»Warte«, wies mich der Mann an. »Warte … warte … und jetzt duck dich.«

Ich tauchte ab. Im selben Moment ging ein Polizist auf der anderen Seite des Laufbandes entlang.

»Die suchen mich«, keuchte ich.

»Hör endlich auf, wertvolle Zeit mit blödem Gequatsche zu verschwenden«, zischte der Narbige.

»Bitte … Wer sind Sie?«

»Hast du nicht gehört, was ich gerade gesagt hab?«

»Warum helfen Sie mir? Sie sind doch von der Polizei … ist das eine Verarsche?«

»Klar, alles nur Spaß. Die Flughafenpolizei findet es irre lustig, hochkomplexe digitale Abfangprogramme auf Tablets zu laden. Damit verbringt sie ihre Zeit.«

»Wusste ich's doch!«

»Das war ironisch gemeint. Und jetzt hör mir zu. Ich werde dir genau sagen, was du zu tun hast, und du tust es.«

Blieb mir etwas anderes übrig? Ich schnappte mir das Tablet und schlug einen großen Bogen um den Polizisten, indem ich von einem Versteck zum nächsten huschte: vom Sonnenbrillengeschäft über den Buchladen zur Rolltreppe. Die hastete ich hinab.

Als ich unten in einem Klamottenladen untertauchte, wurde es noch verrückter.

»Sag der Frau an der Kasse, dass du Peregrine heißt«, befahl das Narbengesicht.

»Was? Wieso Peregrine?«

»Weil du ihr sicher nicht deinen richtigen Namen nennen willst.«

»Aber warum *Peregrine*?«

»Willst du jetzt wegen des Namens streiten, oder was?«

»Das ist ein total bescheuerter Name!«

Eigentlich wusste ich selbst nicht, warum ich mich wegen einer solchen Nebensächlichkeit aufregte. Vielleicht weil ich so geschockt war. Und verwirrt. Weil ich das Gefühl hatte, die Kontrolle zu verlieren. Also befolgte ich zähneknirschend auch diese Anweisung und die Kassiererin reichte mir ein rot-gelb geblümtes Hawaiihemd.

»Ist schon bezahlt«, erklärte das Narbengesicht. »Die Polizei sucht nach einem Jungen im weißen T-Shirt. Und dein Vater hat dir Geld für ein neues Hemd gegeben. Also bitte!«

»Wie haben Sie …?«

»So, der Weg zu Gate 15 ist frei. Behalt das Tablet bei dir. Das hier ist erst der Anfang.«

»Der Anfang? Von was?«

Doch der Bildschirm war schon erloschen. Ich drückte auf den Einschaltknopf, aber das Einzige, was ich sah, war mein Gesicht, das sich in der Scheibe spiegelte – entgeistert, atemlos, erschrocken.

Wieder tönte mein Flug durch die Lautsprecher. Letzter Aufruf. Ich streifte das Hawaiihemd über, stopfte mir das Tablet hinten in die Jeans und tat, was der Mann gesagt hatte.

Ich rannte zum Gate.

# 3

Im Flugzeug schwirrte mir der Kopf. Meine Gedanken liefen heiß. Was zum Teufel war da gerade passiert? Oder hatte ich mir das Ganze nur eingebildet? Aber der Mann im Tablet hatte meinen Namen gekannt. Und er hatte mir geholfen. Warum hatte er das getan? Und wie?

Ich wäre das Tablet liebend gern losgeworden, aber keine Chance. Als ich endlich zum Gate gekommen war, hatte mir Dad erst mal eine Predigt über Zuverlässigkeit und Pünktlichkeit gehalten. Kein idealer Moment, um das Tablet hinten aus meiner Jeans zu ziehen und in irgendeinem Mülleimer zu entsorgen.

Nachdem das Flugzeug schließlich abgehoben hatte, waren meine Eltern wieder in ihr altbekanntes Schweigen verfallen. Es sollte der letzte ruhige Moment sein, bevor die Dinge endgültig aus dem Ruder liefen. Ein guter Zeitpunkt, um euch ein bisschen was über meine Familie zu erzählen.

Dad ist an die zwei Meter groß, weshalb er während des halben Fluges über die mangelnde Bein- und Armfreiheit nörgelte und unbehaglich auf seinem Sitz herumrutschte. So geht es ihm ständig. Nichts passt richtig. Seine Cordhosen sind einen Tick zu groß, seine Tweedjacketts einen Tick zu klein. Und wenn er nicht gerade seine heruntergerutschte Brille hochschiebt, versucht er, seine abstehenden Drahthaare platt zu drücken. Aber die richten sich jedes Mal sofort wieder auf. Er sieht aus, als hätte er einen schlafenden Igel auf dem Kopf.

Mum saß mit Pan in der Reihe vor uns. Sie las in ihrem Reiseführer und fummelte an dem goldenen Amulett herum, das sie um den Hals trug. Es stellt eine kniende Figur mit ausgebreiteten Flügeln dar und soll Isis, die ägyptische Muttergöttin, verkörpern. Inzwischen weiß ich das, damals wusste ich es noch nicht. Wenn Mum sich über Pan oder mich aufregt, reibt sie immer an dem Amulett herum, als wäre es eine Wunderlampe, mit der sie sich die Probleme vom Hals wünschen kann. Dad brüllt uns in solchen Fällen immer an. Mum nicht. Mum wird nie wütend, immer nur traurig.

Und jedes Mal, wenn ich sie so erlebe, schwöre ich mir: Ich baue nie wieder Scheiß. Aber bis jetzt habe ich es noch jedes Mal versaut.

Mum merkte, dass ich sie beobachtete, und packte den Reiseführer zurück in die Plastiktüte mit dem albernen Pharao vorne drauf, der nicht nur blöd grinste, sondern obendrein noch einen fetten Okay-Daumen hochhielt. Ehrlich gesagt eine ziemlich untypische Tüte für Mum. Mum ist nämlich nicht gerade dafür bekannt, das antike Ägypten von der lustigen Seite zu nehmen. Im Gegenteil: Oft hat man den Eindruck, dass sie nicht das kleinste bisschen Spaß an ihrem Forschungsthema hat.

Okay, das ist nicht ganz fair. Manchmal, wenn sie über Pyramiden oder Gräber spricht, sprühen ihre Augen Funken. Doch meist bremst sie sich dann ziemlich schnell und wird wieder ernst. Als hätte sie irgendwann mal ein Gelübde abgelegt, sich auf keinen Fall zu amüsieren. Als hätte sie eine Mauer errichtet zwischen sich und allem, was Spaß macht. Und diese Mauer ist verdammt stabil, die bröckelt nur ganz selten mal. Und dann auch nur kurz.

Mum und Dad waren inzwischen beide eingenickt, und plötzlich sah ich, wie Pan verstohlen den Reiseführer aus der Tüte zog und zu lesen begann. Nein, sie las nicht, sie *scannte*, sie blätterte alle paar Sekunden um.

Pan ist ein Genie, und das sage ich jetzt nicht, um mit meiner Schwester anzugeben oder so. Sie hat einfach ein fotografisches Gedächtnis. Sie zieht sich einen Backstein von einem Buch in zwei, drei Minuten rein. Da können einem manchmal echt Zweifel kommen, ob wir tatsächlich Zwillinge sind. Okay, wir sehen uns schon ziemlich ähnlich. Wir haben beide Mums blasse Haut und Dads sandfarbenes, widerborstiges Haar – was man bei Pan allerdings nicht sieht, weil ihre Haare schwarz gefärbt sind und sie sich das Gesicht mit schwarzer Schminke zukleistert. Sie ist eher so der Grufti-Typ.

Pan hasst mich, und das aus gutem Grund. Sie hat nicht vergessen, was ich ihr vor ein paar Jahren eingebrockt habe. Stichwort »Ameisenfarm-Vorfall«. Damals wurde sie in der Schule ziemlich gehänselt, einfach nur wegen ihrer Klugheit. Eines Tages sah ich, wie die Mobber hinter ihr herliefen, ihr die Bücher aus der Hand schlugen und sich totlachten, als sie sie wieder aufhob.

Da legte sich in mir irgendein Schalter um. Ich kam in diesen besonderen Zustand, in dem ich zwar klar denken kann, sehr klar sogar –, aber nicht an die Konsequenzen meines Handelns. Und dann ging alles ganz schnell. So schnell, dass ich nur noch verschwommene Erinnerungen daran habe: Ich klaute den Biolaborschlüssel aus Miss Petigrews' Mantel, stahl mich ins Labor, schnappte mir die Ameisenfarm unserer Klasse und schleppte den Behälter mit den ungefähr neuntausend Ameisen zu den Mobbern.

Und dann, na ja, dann hab ich das Ding über ihnen ausgeleert. Man muss dazu sagen, dass es sich um Feuerameisen handelte, die kleinen roten. Richtig fiese Teile mit Wehrstachel und allem Drum und Dran. Ihr hättet das Geschrei hören sollen. Das ist so ziemlich das Einzige, woran ich mich noch erinnere.

Danach war jeder, wirklich jeder, sauer auf mich: die Mobber, die Eltern der Mobber, die Lehrer und natürlich Mum und Dad. Dad brüllte und tobte und Mum verfiel in ein einwöchiges Schweigen und nestelte pausenlos an ihrem Isis-Amulett herum.

Aber meine Schwester war am sauersten.

Denn nicht nur ich wurde von der Schule geworfen, Mum und Dad nahmen auch Pan runter und steckten sie in eine Akademie für Hochbegabte, wo sie sich wie in einer Freak-Show vorkommt. Das hat sie unseren Eltern nie verziehen – und mir natürlich erst recht nicht. Aus Protest kleidet sie sich seitdem wie Dracula: schwarz mit einem Hauch schwarz. Und sie tut so, als würde sie sich einen Dreck um Bücher und Lernen scheren. Aber in Wahrheit ist ihr das nicht egal. Mum und Dad wissen nur nichts davon. Sie haben keine Ahnung, dass Pan fast jede Nacht bis in die Puppen liest und sich heimlich ihre Forschungsergebnisse ansieht.

Schon komisch: Während ich zu verbergen versuche, wie grottenschlecht ich in der Schule bin, tut Pan alles, um ihr Genie zu verheimlichen. Vielleicht sollten wir uns mal zusammentun und einen Durchschnitt bilden, oder so.

Aber okay, zurück zur Geschichte.

Wir saßen also im Flugzeug nach Kairo. Das Tablet bohrte sich in meinen Rücken und ich dachte darüber nach, was mir das Narbengesicht am Flughafen gesagt hatte.

Dass das hier gerade erst der Anfang war.

*Nee, Mister, keine Chance. Das hier ist definitiv nicht der Anfang, das ist das Ende!*

Ich war weit weg vom Tatort, von der Polizei und vom Narbengesicht. Und da meine Eltern schliefen, konnte ich das Tablet endlich ungestört auf dem Klo entsorgen und die Reise genießen.

Ich kletterte über Dad hinweg auf den Gang und war schon auf dem Weg zur Toilette, als ich wie angewurzelt stehen blieb. Die Gardine, die die Business- von der Economy-Class trennte, stand einen Spaltbreit offen – und gab den Blick frei auf das Narbengesicht.

Er saß auf einem der noblen Loungesessel, das Basecap über die Augen gezogen, und schlief. War das Zufall? Oder war mir der Typ gefolgt?

Ein Dutzend Notfallpläne rasten mir durch den Kopf – und alle endeten damit, den Kerl am Kragen zu packen und zur Rede zu stellen. Vielleicht hätte ich das sogar getan, hätte mein Vater nicht genau in dem Moment einen seiner ultralauten Schnarcher ausgestoßen, die sich ein bisschen wie

Nilpferd-Rülpser anhören. Wenn er aufwachte und nach mir rief, wüsste das Narbengesicht sofort Bescheid. Und würde meinen Eltern wohl erst mal auf die Nase binden, dass ich das Tablet gestohlen hatte. Oder mich erpressen. Ich hatte ja keine Ahnung, was der Typ vorhatte. Und ehrlich gesagt hatte ich auch keine Lust, es herauszufinden.

Also sauste ich zurück zu meinem Platz und tat so, als würde ich schlafen.

Das Tablet ließ ich erst mal, wo es war.

# 4

Als wir am Nachmittag auf dem Internationalen Flughafen von Kairo landeten und durch die Passkontrolle gingen, hatten wir vier immer noch kein Wort miteinander gewechselt.

Während wir auf unser Gepäck warteten, hielt ich immer wieder nach Narbengesicht Ausschau. Hatte er wirklich mit uns im Flugzeug gesessen? Wahrscheinlich hätte ich die ganze Sache für einen schlechten Traum gehalten, wenn ich das Tablet nicht hinten in meiner Jeans gespürt hätte. Ich wollte das Ding immer noch loswerden, aber ich traute mich nicht alleine auf die Toilette. Was, wenn mir Narbengesicht dort auflauerte?

Der Flughafen war tipptopp sauber, bis an den Gefrierpunkt runterklimatisiert und wimmelte nur so von Touristen. Ägypter mit Turbanen und farbigen Gewändern kümmerten sich um das Gepäck der Ankommenden.

»Warum tragen die Männer hier lange Kleider?«, fragte ich.

»Die ›Kleider‹ heißen Djellaba«, erklärte Dad. »Es ist das traditionelle ägyptische Kleidungsstück.«

Pan nahm einen ihrer Ohrhörer aus dem Ohr. Laute Bässe wummerten mir entgegen. »Ägypter ziehen sich also traditionell bekloppt an?«, fragte sie.

»Ägypter finden wahrscheinlich, dass du dich bekloppt anziehst«, schaltete sich Mum ein. »Wie der Sensenmann höchstpersönlich.«

»Ägypter glauben überhaupt nicht an den Sensenmann«, erwiderte Pan. »Die muslimische Verkörperung des Todes nennt sich ›Malak al-Maut‹.«

»Ha!«, rief ich. »Punkt für dich!«

Ich streckte die Hand aus, um Pan abzuklatschen, aber die ließ meine fünf Finger in der Luft hängen.

Dad warf Mum einen vielsagenden Blick zu und auf seinen Wangen zeichneten sich kleine Lachgrübchen ab. Doch Mum schüttelte den Kopf. Steig jetzt nicht weiter in die Diskussion ein, sollte das wohl heißen.

»Tatsächlich sind Djellabas ziemlich luftig und leicht«, erklärte Dad. »Perfekt, um bei dieser Hitze zu arbeiten.«

Hitze? Welche Hitze? Auf dem Flughafen war es so eisig, dass ich mich fragte, ob wir nicht versehentlich in der Arktis gelandet waren. Aber sobald wir aus dem Flughafengebäude traten, kapierte ich, was Dad meinte. Es war, als hätten wir die Tür zu einer Sauna geöffnet. Mein Hals war sofort wie ausgedörrt und mein Rücken schweißnass. Das Tablet rutschte tiefer in die Jeans.

»Fühlt sich an wie tausend Grad«, meinte Pan.

Klar, für sie musste es die Hölle sein, so ganz in Schwarz.

Als ich mich erneut nach Narbengesicht umblickte, passierte schon wieder etwas Verrücktes.

Mum lächelte.

Was daran seltsam sein soll? Nun, meine Mum war nicht gerade der lächelnde Typ. Ich hatte zwar Fotos von ihr gesehen, die sie, lange vor unserer Geburt, mit Dad an irgendwelchen Ausgrabungsstätten zeigten – lächelnd. Doch im echten Leben kam das äußerst selten vor.

Sie legte den Kopf in den Nacken und atmete tief ein. Augenblicklich wirkte ihr Gesicht um Lichtjahre jünger. Ihre Falten waren verschwunden und ihre Augen strahlten. Sie war echt hübsch.

Aus irgendeinem Grund fing Dad plötzlich auch an zu grinsen, was bei ihm wiederum ziemlich trottelig aussah. Sein ganzes Gesicht knautschte dabei zusammen, sodass ihm fast die Brille von der Nase rutschte.

Und da es schön war, die Turner-Familie so gut gelaunt zu erleben, grinste ich auch. Vielleicht war das ja wirklich der Auftakt zu einem echten Familienurlaub? Ich stieß Pan an, damit sie mitgrinste, aber die seufzte nur und stöpselte sich die Ohrhörer zurück in die Ohren.

Egal, ich hatte trotzdem die Hoffnung, dass es von jetzt an besser werden würde. Was mal wieder zeigt, wie naiv ich bin. Hätte ich nur ansatzweise geahnt, wie sich die Dinge entwickeln würden, ich hätte nie einen Fuß aus dem Flughafen gesetzt. Stattdessen hätte ich wahrscheinlich irgendetwas von Bomben gebrüllt und dermaßen Krawall gemacht, dass die Polizei sich genötigt gesehen hätte, uns zurück ins Gebäude zu zerren und in den nächstbesten Flieger nach Hause zu setzen.

# 5

Die Fahrt zum Hotel war so etwas wie eine Nahtoderfahrung. Jedenfalls hab ich mich noch nie so sehr mit einem Bein im Grab gefühlt wie in diesem Taxi. Unser Fahrer musste entweder blind sein oder selbstmordgefährdet oder beides. Noch nie hatte ich so viele Autos auf einem Haufen gesehen, und alle hupten wie die Irren. Es war inzwischen später Nachmittag und die ganze Stadt schien auf dem Weg von der Arbeit nach Hause zu sein. Es gab elegant gekleidete Männer in Sportwagen und mit Handy am Ohr, Eselskarren, auf denen sich Wassermelonen türmten, und Busse, die so vollgestopft mit Leuten waren, dass sich einige von ihnen am Heck festklammern mussten. Autofahrer hingen halb aus dem Fenster und brüllten sich an. Unser Fahrer hielt es offenbar nicht für notwendig zu blinken. Er streckte nur kurz den Arm aus dem Fenster, wedelte vage in die entsprechende Richtung und heizte drauflos.

Mum und Dad schauten lächelnd aus dem Fenster. Mir fiel auf, dass Mum ziemlich schnell Luft holte, als würde

Kairo sie irgendwie atemlos machen. Aber das lag vielleicht an den Abgasen.

»Kairo hat vierzehn Millionen Einwohner«, bemerkte Dad. »Beinahe doppelt so viele wie London.«

Fasziniert drückte ich mein Gesicht an die Scheibe. Auf den Gehwegen war fast genauso viel los wie auf den Straßen. Vor einer Moschee hatte sich eine Gruppe Männer versammelt. Die vielen Cafés waren gerappelt voll. Dicht an dicht saßen dort Menschen an flachen Tischen und rauchten komische Pfeifen – sogenannte Shishas, wie ich später erfahren sollte. Wir kamen an einem Straßenmarkt vorbei, an dessen Ständen riesige Mengen an Datteln und Gewürzen angeboten wurden. Schlachter zerhackten Fleischklumpen, Wespen umschwärmten klebrig aussehende Süßigkeiten.

Es war einfach genial!

»Und wo sind jetzt die Pyramiden?«, fragte ich. »All das antike Zeug?«

Ich hatte erwartet, an jeder Straßenecke mindestens eine Pyramide, einen Tempel oder eine Grabanlage zu sehen.

»Ha!«, machte Dad. Er klang aufgeregt wie ein kleines Kind. »Kairo ist eine mittelalterliche Stadt, Jake, keine antike.«

Vom Beifahrersitz aus schaltete sich Mum ein. »Kairo wurde auf den Ruinen der antiken Stadt Memphis errichtet. Die Gräber der frühen ägyptischen Pharaonen, die Pyramiden, lagen außerhalb von Memphis, an einem Ort, der heute Gizeh heißt.«

Man hörte ihrer Stimme an, wie tief sie auf einmal in der Geschichte drinsteckte. Wenn sie zu Hause über das alte Ägypten sprach, dann klang sie gelangweilt, fast widerwillig, als würde sie die Gebrauchsanweisung eines Geräts vorlesen, das sie nicht die Bohne interessiert. Jetzt dagegen schien sie voll bei der Sache.

»Stopp!«, rief sie plötzlich. »Hallo! Anhalten!«

Ich weiß nicht, *was* den Taxifahrer am Ende zum Halten brachte, ob es Mums Griff ins Lenkrad war oder ihr Zerren an der Handbremse, jedenfalls kamen wir rutschend und quietschend zum Stehen. Pan und ich schrien immer noch, als das Taxi längst am Straßenrand parkte, genau an der Stelle, die Mum sich ausgeguckt hatte.

»John«, keuchte sie, »schau mal, da!«

Dad beugte sich vor und sah aus dem Fenster. »Oh mein Gott«, murmelte er.

Wir standen vor einer Moschee mit türkisfarbener Kuppel und einem schlanken weißen Turm, dem Minarett, das wie ein Speer in die Luft ragte. Neben der Moschee befand sich ein Touristenhotel mit einer albernen Leuchtreklame, die mich vom Stil her an den grinsenden Pharao auf Mums Plastiktüte erinnerte. Über dem Hinweis auf preiswerte Bauchtanzaufführungen zeigte das Reklameschild eine in Seide und Pailletten gehüllte Tänzerin.

Ich blickte zur Spitze des Minaretts hinauf. »Was ist das?«

»Das«, erklärte Dad, »ist der Ort, an dem deine Mutter und ich geheiratet haben.«

»Die Moschee? Aber ihr seid doch gar keine …«

»Nein«, unterbrach mich Dad. »Der Bauchtanz-Club. Die Zeremonie fand in voller Bauchtanzmontur statt.«

»*Wie bitte?*«, riefen Pan und ich wie aus einem Mund. Warum zum Teufel erfuhren wir das erst jetzt? Das war mit

Abstand die spannendste Info, die ich je über Mum und Dad gehört hatte.

»Wie cool ist das denn!«, sagte ich.

Auch Pans Augen waren weit aufgerissen, was sie natürlich gleich hinter ihrem Haarvorhang zu verbergen suchte.

»Das ist nicht cool, das ist verrückt«, nuschelte sie.

»Was meinst du, Jane?«, fragte Dad. »Sollen wir da nicht mal kurz reinschauen? Wir alle vier?«

Mums Hand lag schon auf dem Türgriff. Aber dann verschwand ihr Lächeln und ihre Hand wanderte zu dem Isis-Amulett an ihrem Hals. Die Mauer war wieder hochgezogen.

»Nein, lass uns zum Hotel fahren.«

Ich wollte protestieren, aber der Taxifahrer hatte es offenbar eilig und manövrierte uns schon wieder ins Verkehrsgewühl. Dad warf einen Blick zurück auf den Bauchtanz-Club. Die tanzende Frau spiegelte sich in seinen Brillengläsern. Mum blickte starr geradeaus, während ihre Finger fahrig an dem Amulett herumkneteten.

Keiner von beiden sah zur anderen Straßenseite hinüber. Keiner von beiden bemerkte den schwarzen Lieferwagen, der zeitgleich mit uns gehalten hatte und jetzt gemeinsam mit uns anfuhr. Und ich selbst hatte natürlich auch keine Ahnung, was hier los war, nicht die geringste Vorstellung von der Gefahr, in der wir schwebten, und davon, wie sehr sich unser Leben ein für alle Mal ändern sollte.

# 6

Das Taxi ließ uns direkt vor unserem Hotel raus. Eine Zeit lang standen wir mit offenem Mund auf dem Gehweg und glotzten das Gebäude an. Eine Ratte flitzte unter einem flackernden Neonschild mit dem Schriftzug *Kairos große alte Lady* entlang.

»Bitte sag, dass das nicht unser Hotel ist«, stöhnte Pan.

Die Lady mochte ihre große Zeit gehabt haben, aber die war definitiv vorbei. Jetzt litt sie unter einer fiesen Hautkrankheit. Der Putz war großflächig abgeplatzt, darunter kamen fleckige, feucht glänzende Ziegelsteine zum Vorschein. Die Fenster waren blind vor Dreck, und auf allen Vorsprüngen und Simsen lag zentimeterdick Taubenkacke.

Ich wartete darauf, dass Mum Dad wegen des Hotels anmeckern würde, aber keine Spur. Im Gegenteil: Sie lächelte. Schon wieder. Als wären wir gerade vor einem Luxus-Resort abgesetzt worden.

»Kennt ihr diesen Laden etwa auch?«, fragte ich misstrauisch.

»Ja«, antwortete Dad.

»Nein«, sagte Mum.

Super, dann wäre das also geklärt.

Ich war schon auf dem Weg zum Eingang, als Pan mich am Arm fasste. »Warum grinst Mum die ganze Zeit? Das macht mich wahnsinnig.«

»Vielleicht ist sie einfach glücklich?«

»Mum? Glücklich?«

Ich zuckte die Achseln und wir betraten das Hotel. Nach einem flüchtigen Blick in die Lobby musste ich mich korrigieren: Die alte Lady hatte keine Hautkrankheit – sie war schon vor Jahrzehnten gestorben und ihr Körper rottete immer noch vor sich hin. Es roch modrig und nach altem Schweiß. Überall lösten sich die Tapeten von den Wänden und der Teppich strotzte nur so vor dunklen Flecken, die verdächtig nach Blut aussahen.

Nur der Rezeptionstresen schien neu zu sein: eine weiße Marmorplatte mit purpurnen Verzierungen. Obendrauf lag ein Mann, dessen gewaltiger Bauch sich mit jedem rasselnden Schnarcher hob und senkte.

Dad räusperte sich. Nichts passierte.

Dann räusperte sich Mum. Wieder nichts.

Schließlich rüttelte ich den Mann an der Schulter und endlich wachte er auf. Besser gesagt: Er fiel vom Tresen.

Schlaftrunken rappelte er sich hoch, griff nach einer Dose Red Bull, leerte sie in einem Zug und rülpste. Nicht ausgeschlossen, dass wir den Hotelmanager höchstpersönlich vor uns hatten.

»Willkommen in Kairos großer alter Lady«, begrüßte er uns. »Wo Stil gepaart mit …«

Weiter kam er nicht. Er war schon wieder eingenickt. Diesmal stupste Pan ihn an.

»Sie haben umdekoriert«, stellte Dad mit einem kleinen Klaps auf den Marmortresen fest.

»Pharaonenstil«, erklärte der Manager und klopfte ebenfalls auf den Tresen, etwas kräftiger als Dad.

Sogar ich ahnte, dass verzierter Marmor so was von überhaupt nichts mit Pharaonen zu tun hatte, da wird Dad es erst recht gewusst haben – aber er lächelte nur.

»Die beiden waren schon mal hier«, erklärte ich dem verschlafenen Typen.

»Vor langer Zeit«, ergänzte Mum.

Dads Grinsen wurde breiter und ließ seine Brille von der Nase rutschen. Mit affenartiger Geschwindigkeit schoss seine Hand vor und fing sie auf. Und dann begann er zu singen. Ohne Scheiß – mein Dad stimmte ein Lied an!

»*Vor langer, langer Zeit, als die Welt noch aus Sand bestand …*«

Er knuffte Mum aufmunternd in die Rippen – sie sollte wohl in diesen bekloppten Geschichtssong einfallen.

»*… bevor die Erste Dynastie ihr Ende fand …*«

Ein Lächeln kräuselte Mums Lippen, aber sofort wandte sie den Kopf ab, damit wir es nicht bemerkten.

Pan starrte Dad an, als hätte er nicht alle Tassen im Schrank, doch der trällerte unbeirrt weiter.

»*Damals, als der Nil …*«

»Wir haben zwei Zimmer reserviert«, unterbrach ihn Mum. »Auf den Namen Turner.«

Wir bekamen unsere Schlüssel ausgehändigt und Mum, Pan und ich zwängten uns in den winzigen Fahrstuhl mit Gittertür. Für Dad war leider kein Platz, deshalb musste er –

immer noch mit dem dämlichen Lied auf den Lippen – die Treppe nehmen.

Ihr werdet inzwischen mitbekommen haben, dass wir nicht die allergesprächigste Familie sind. Aber jetzt, mit dem ganzen Gegrinse und Gesinge, schien sich die Sache etwas zu beleben. Also nutzte ich unsere Fahrstuhlfahrt für ein bisschen Small Talk.

»Wo findet deine Vorlesung morgen statt, Mum?«

Kurz dachte ich, ich hätte sie mit der Frage so erschreckt, dass ihr der Veranstaltungsort entfallen wäre.

»Oh, äh … an der Uni«, sagte sie schließlich. »An der Amerikanischen Universität von Kairo.«

»Können wir zuhören?«

»Nein! Das ist doch ein Vortrag für Studierende, Jake. Da würdet ihr euch nur langweilen. Ihr schlaft besser aus. Bis ihr aufwacht, sind wir längst zurück.«

Ich versuchte, enttäuscht auszusehen, aber eigentlich war ich heilfroh, dass wir nicht mitmussten. Ich hatte das Thema ja nur angesprochen, um die Stimmung zu verbessern. »Und worum geht's in der Vorlesung?«

»Um … äh … um prädynastische Könige.«

Ich nickte, obwohl ich keinen blassen Schimmer hatte, was prädynastische Könige waren. »Haben die die Pyramiden gebaut?«

»Nein, die haben noch in der Zeit vor den Pyramiden gelebt.« Mums Stimme klang jetzt entspannter und ihre Augen funkelten. Wieder sprach sie über das alte Ägypten, als wäre es ihr absolutes Herzensthema.

Und da wurde mir plötzlich etwas klar: Meine Mutter *liebte* alte Geschichte, auch wenn sie es zu Hause nicht zeigte.

Dort verbarg sie ihre Gefühle hinter dieser meterhohen Schutzmauer. Aber hier in Ägypten war es anders. Da hatten ihre Augen schon mindestens dreimal gefunkelt.

»Das muss man sich mal vorstellen, Jake«, fuhr sie fort. »Eine Zeit, in der noch kein Mensch an Pyramiden dachte!«

»Ist die Sphinx hier auch irgendwo in der Nähe?«

»Ist sie. Die Große Sphinx von Gizeh. Halb Löwe, halb König. Sie bewacht die Pyramiden vor Grabräubern, wusstest du das?«

»Vor Räubern?«

»Ja, Typen wie dir, Jake«, murmelte Pan.

Ich ging über die Bemerkung hinweg. Auf Museumsbesuche war ich nicht gerade scharf, aber auf die Pyramiden schon, die wollte ich unbedingt sehen. »Wann fahren wir dahin?«

»Wie wär's mit morgen?«, schlug Mum vor. »Nach der Vorlesung. Wie sieht's mit dir aus, Pandora, hast du Lust?«

»Nicht wirklich.«

Mums Stimme wurde einen Tick schärfer. »Was meinst du mit ›nicht wirklich‹?«

»Das sind doch nur große, olle Steinhaufen.«

»Jetzt tu doch nicht so, als würde dich das alles nicht interessieren«, sagte ich. »Du weißt wahrscheinlich mehr darüber als Mum und Dad zusammen, bei all den Büchern, die du dir heimlich reinziehst.«

»Halt die Klappe«, zischte Pan.

»Es reicht«, ging Mum dazwischen. »Wir besprechen das beim Abendessen, okay?«

»Müssen wir dazu rausgehen?«, maulte Pan. »Ich bin müde.«

»Ja, wir gehen alle zusammen«, antwortete Mum. »Wie eine ganz normale Familie.«

»Nur dass wir keine ganz normale Familie sind. Normale Familien mögen sich.«

»Jetzt krieg dich mal wieder ein, Pan«, sagte ich. »Hättest ja zu Hause bleiben können.«

»Ja, wär ich mal zu Hause geblieben. Immerhin bin ich drei Jahre älter als du.«

»Wir sind am selben Tag geboren, schon vergessen? Du bist nur in der Schule drei Jahre weiter.«

»Ja, weil du andauernd klaust und deine Mitschüler verprügelst«, ätzte Pan.

»Besser, als beim kleinsten Ärger ständig zu heulen und wegzurennen.«

»Was willst du? Dass ich zuschlage? Kann ich auch. Soll ich's dir zeigen?«

»Schluss jetzt!«, rief Mum.

Erschöpft schloss sie die Augen. Dabei hatte sie noch vor wenigen Minuten so glücklich ausgesehen. Doch von ihrem Strahlen war nichts mehr übrig, nicht das kleinste bisschen.

Der Fahrstuhl hielt und die Gittertür öffnete sich auf einen düsteren Gang. Ich versuchte, als Erster auszusteigen, doch Pan drängte sich mit ihrem Koffer an mir vorbei. Blöd, wie ich war, zog ich sie zurück, wobei ich die ganze Fahrstuhlkabine zum Wackeln brachte.

»Jetzt hört endlich auf!«, schrie Mum. »Könnt ihr euch nicht mal zwei Minuten vertragen? Das hier ist unser Familienurlaub!«

Ihre Stimme überschlug sich. Sie war am Rande eines Nervenzusammenbruchs, das merkte selbst Pan und murmelte eine Entschuldigung – was selten genug vorkam. Ich entschuldigte mich ebenfalls und trat aus dem Fahrstuhl. Aber als ich nach meinem Koffer greifen wollte, blieb ich mit dem T-Shirt an der Gittertür hängen. Das Tablet rutschte heraus und fiel zu Boden.

Im selben Moment tauchte Dad oben an der Treppe auf, und dann standen wir alle vier einen Moment da und starrten auf das Tablet – das Tablet, das ich nicht gekauft haben konnte, weil ich kein Geld hatte. Das Tablet, das ich geklaut haben *musste*.

Unsere Gesichter spiegelten sich im Display.

»Äh …«, murmelte ich schließlich. »Wie kommt das denn hierher?«

Noch in derselben Sekunde brach Mum weinend in Dads Armen zusammen. Dad führte sie in ihr gemeinsames Zimmer und schloss die Tür.

Und das war der letzte gemeinsame Moment mit unseren Eltern für eine gefühlt sehr, sehr lange Zeit.

# 7

Von den darauffolgenden Stunden habe ich eigentlich nur die Klimaanlage in Erinnerung. Sie stand in der Zimmerecke und rumpelte und stöhnte, obwohl sie nichts, aber auch gar nichts tat, um die Luft zu kühlen.

Irgendwann sprang ich entnervt auf und versetzte ihr einen Tritt, woraufhin das Ding kurz zu qualmen anfing. Hustend ließ ich mich wieder auf mein Bett fallen.

Pan hatte, seit wir alleine waren, noch kein Wort gesprochen. Sie lag einfach auf ihrem Bett und starrte die Flecken an der Decke an, als wären es Wolkenbilder oder so. Ein Fleck war nahezu dreieckig, und ich fragte mich, ob das wohl das Pyramidenähnlichste war, das wir in unserem Urlaub zu sehen bekommen würden.

Wie ein Zombie nagte mein schlechtes Gewissen an mir. Ich musste die ganze Zeit an Mum und Dad denken und daran, wie ihnen der Anblick des Tablets den Boden unter den Füßen weggezogen hatte. Dabei hatte es gerade angefangen, ein bisschen besser zu laufen. So entspannt wie hier in Ägypten hatte ich Mum jedenfalls noch nie erlebt. Bis Pan diesen blöden Streit angezettelt hatte …

Nein, stimmt nicht, es war nicht Pans Schuld.

Nach dem Ameisenfarm-Vorfall hatte ich hoch und heilig versprochen, mich zu ändern. Und jetzt, auf meinem Bett liegend, schwor ich mir, dass ich mir noch mehr Mühe geben würde. Ich würde alles daransetzen, damit das hier ein unbeschwerter Familienurlaub würde. Kein blödes Zeug mehr quatschen, die Hände hübsch in den Hosentaschen lassen, den Blick gesenkt halten.

Auch wegen Pan hatte ich ein schlechtes Gewissen. Ich hätte ihr nicht unter die Nase reiben sollen, dass ihre Mitschüler sie ständig ärgerten – das spukte ihr wahrscheinlich eh schon oft genug durch den Kopf. Ich wusste doch, dass sie sich wegen ihrer Intelligenz wie ein Freak vorkam, warum musste ich da noch extra drauf rumhacken? Ja, ihr gegenüber hatte ich auch einiges wiedergutzumachen.

Ich drehte mich auf die Seite und versuchte, ein Gespräch in Gang zu bringen.

»Willst du ›Ich sehe was, was du nicht siehst‹ spielen?«

»Halt die Klappe, Jake.«

Hm. Einen Fernseher gab es auch nicht. Nichts, was man hätte tun können.

Wir schwiegen, bis Pans Magen irgendwann laut knurrte.

»Ich verhungere gleich«, sagte sie.

Ich hatte im Flugzeug gegessen, deshalb hatte ich keinen Hunger. Aber es stimmte, wir hockten schon eine ganze Weile in diesem Zimmer. Es war fast zehn.

»Mum und Dad sind bestimmt eingeschlafen«, vermutete ich.

»Dann lass sie uns wecken.«

Der Flur war sicher nicht länger als zehn Meter, doch es fühlte sich an wie zehn Kilometer. Aber es half ja nichts. Irgendwann musste ich mich bei Mum und Dad entschuldigen und ihnen hoch und heilig versprechen, mich von jeglichem Ärger fernzuhalten. Und es dann, verdammt noch mal, auch tun.

»Mum?« Pan klopfte an die Tür. »Dad? Zeit zum Abendessen.«

Sie presste ihr Ohr gegen das Holz und klopfte noch einmal, kräftiger. »Falls ihr immer noch sauer auf Jake seid, können wir auch zu dritt gehen.«

Wir warteten eine Weile. Sie schienen nicht da zu sein.

Also kehrten wir in unser Zimmer zurück und prüften unsere Essensvorräte: zwei eingeschweißte Flugzeugkekse und eine Tube Zahnpasta.

Pan stopfte sich die Kekse in den Mund. »Du kannst die Zahnpasta haben«, sagte sie und warf sich auf ihr Bett.

Schweiß. Das Wort fasst die Nacht wohl am besten zusammen. Und dann noch: trockener Mund, ausgedörrter Hals, Mückenalarm, Muskelkrämpfe, Schlaflosigkeit.

Pan wälzte sich in ihrem Bett herum und meckerte über die Hitze, ihren Durst und den Hunger. Ich schlug nach den Mücken, die mir um die Ohren sirrten, und klatschte sie mit meinem Turnschuh an der Wand tot. Von draußen drang ein wüstes Konzert aus Gehupe und Bremsengequietsche ins Zimmer. Irgendwann – ich musste wohl doch eingenickt sein – schreckte mich eine jaulende Stimme vom Minarett der gegenüberliegenden Moschee hoch. Die Gläubigen wurden zum Gebet gerufen.

Erbost riss Pan das Fenster auf und herrschte die Stimme an, endlich ruhig zu sein – nur dass Pan drastischere Worte gebrauchte. Dann stürmte sie in den Flur und hämmerte gegen die Tür unserer Eltern.

Als sie wiederkam, sagte sie: »Frühstück. Sie werden im Frühstücksraum sitzen.«

Nur dass sie das nicht taten. Der Frühstücksraum war leer.

Auf einem Tisch war ein Büfett aufgebaut mit Massen von Toast, Marmelade und Butter – jeweils pyramidenförmig aufgestapelt – und Kannen mit Kaffee und etwas, das nach Orangensaft aussah, aber nicht so roch.

Das Büfett war völlig unberührt.

Wir schlangen Marmeladenbrote hinunter, Pan schlürfte Kaffee und ich probierte das orangensaftähnliche Zeug, spuckte es aber sofort wieder zurück ins Glas.

»Neun Uhr«, stellte Pan fest. »Wo zum Teufel stecken sie?«

Sie klang besorgt, was ich nachvollziehen konnte. Langsam konnte man sich wirklich etwas wundern.

Der Hotelmanager räumte unsere Teller ab. Er hatte tiefdunkle Tränensäcke, als hätte er die ganze Nacht Schläge aufs Auge bekommen, und schwankte gefährlich hin und her. Es hätte mich nicht gewundert, wenn er schnarchend auf unseren Tisch gekracht wäre.

Pan streckte ihren Arm aus und stützte ihn. »Wissen Sie zufällig, ob unsere Eltern rausgegangen sind?«

Seine Augen rollten wirr hin und her, aber dann riss er sich zusammen und schüttelte den Kopf.

»Vielleicht haben Sie's nicht mitbekommen, weil Sie geschlafen haben?«, fragte ich.

Das weckte ihn endgültig auf. Sein Gesicht nahm die Farbe von Roter Bete an.

»Schlafen?«, brüllte er. »Ich nichts schlafen. Für fünfzehn Jahre nichts schlafen. Immer am Empfang sitzen, Tag und Nacht. Ich nichts schlafen. Nie!«

Erschrocken von diesem Ausbruch rückte Pan mit ihrem Stuhl zurück. Ich selbst blieb cool. Ich war schon zu oft angebrüllt worden, um noch zusammenzuzucken.

»Wir haben unsere Eltern seit gestern Abend nicht mehr gesehen«, erklärte ich. »Könnten Sie uns bitte ihr Zimmer aufschließen, damit wir mal nachsehen können?«

Der Manager willigte ein und wir folgten ihm nach oben.

Das Zimmer war wie unseres, nur dass die Betten ordentlich gemacht waren und die Fenster auf einen müllübersäten Hof statt auf die Straße hinausgingen. Die Koffer meiner Eltern waren verschwunden. Ebenso ihre Jacken. Nicht mal ihre Zahnbürsten lagen im Bad. Der einzige Hinweis darauf, dass sie sich in dem Zimmer aufgehalten hatten, war Mums Reiseführer. Der lag auf einem der Betten, eingewickelt in die Plastiktüte mit dem albernen Pharaonenlogo.

»Okay …«, sagte Pan. »Vielleicht haben sie sich ja ein besseres Hotel gesucht und uns hier schmoren lassen … zur Strafe.«

Aber sie klang nicht wirklich überzeugt. Und selbst wenn es so wäre, hätten Mum und Dad doch inzwischen bestimmt mal vorbeigeschaut. Außerdem schienen die beiden den Laden hier echt zu mögen. Warum auch immer.

In meinem Magen bildete sich ein Klumpen. Nein, hier stimmte etwas nicht, definitiv nicht.

Der Hotelmanager beobachtete uns vom Flur aus. »Eure

Mutter und Vater wütend«, sagte er. »Ich habe gehört lautes Geschrei.«

Mit den Händen zeigte er den Lautstärkepegel an.

»Wir hatten Streit«, erklärte ich.

»Viel Streit«, sagte er und vergrößerte den Abstand seiner Hände. »Und jetzt nichts mehr da.«

»Die würden doch niemals einfach so gehen«, blaffte Pan.

Noch einmal sah ich mich in dem Zimmer um, versuchte, mir einen Reim auf all das zu machen. »Vielleicht sind sie entführt worden?«

»Wieso sollte irgendjemand Mum und Dad entführen?«, fragte Pan. »Die zwei langweiligsten Menschen auf dem Planeten?«

»Also bitte, was ist wahrscheinlicher: dass sie entführt wurden oder dass sie uns einfach sitzen gelassen haben?«

Darüber musste Pan offenbar erst mal nachdenken. In ihren Augen sah ich Unsicherheit und Angst. Tief in ihrem Inneren gab sie dem Hoteldirektor recht, das spürte ich. Auch sie glaubte, dass Mum und Dad uns sitzen gelassen hatten.

Aber ich weigerte mich, das zu glauben. Nein, wir mussten einfach nur gründlicher suchen.

Ich schnappte mir die Tüte mit dem Reiseführer. »Das ist sicher nur ein blöder Scherz, mit dem sie uns eine Lektion erteilen wollen«, sagte ich, um einen selbstsicheren Ton bemüht. »Komm, wir fahren zu der Uni, wo sie ihre Vorlesung halten sollen. Da müssen sie jetzt sein.«

# 8

»Tut mir leid, aber heute finden keine Vorlesungen statt.«

Wir standen vor der Amerikanischen Universität von Kairo, im Schatten eines marmornen Säulengangs, der zum Haupteingang führte. Eine Tür war geöffnet, der Korridor dahinter lag im Dunkeln. Ein Wachmann checkte immer und immer wieder die zwei Zettel auf seinem Klemmbrett. »Die Uni ist heute geschlossen. Vielleicht meinen Sie einen anderen Ort?«

»Einen anderen Ort?«, fragte Pan.

»Eine andere Uni.«

Der Klumpen in meinem Magen ballte sich fester zusammen. Wir waren eine Stunde lang durch die Gluthitze gelatscht, hatten uns an jeder Ecke über den Reiseführer gebeugt und über den richtigen Weg gestritten. Und ich war mir so sicher gewesen, dass unsere Eltern hier sein würden.

»Dr. John und Dr. Jane Turner«, sagte Pan zu dem Wachmann. »Um zehn Uhr.«

»Was ist um zehn Uhr?«

»Ihre Vorlesung.«

»Aber die Uni ist geschlossen.«

»Ist die Vorlesung vielleicht eine geschlossene Veranstaltung?«

»Verlasst jetzt das Gelände.«

Pan trat näher, die blassen Hände zu Fäusten geballt. »Sonst was …?«

Der Wachmann wich überrumpelt zurück. Mit einer Drohgebärde von diesem merkwürdigen Grufti-Mädel hatte er offenbar nicht gerechnet. Pan nutzte seine Verunsicherung und zwängte sich an ihm vorbei in den Korridor. Sie rüttelte an verschlossenen Türen und brüllte in die Dunkelheit: »Mum? Dad? Schluss mit lustig. Das grenzt jetzt langsam an Kindesmisshandlung.«

Weitere Wachleute kamen angerannt. Pan trat einem von ihnen gegen das Schienbein und beschimpfte die restlichen. Am Ende packten sie sie, trugen sie hinaus und ließen sie auf den schmalen Streifen Rasen fallen, wo ich hockte, um zu verschnaufen. Eine ziemlich miese Aktion, fand ich, aber Pan überstand sie ohne größere Blessuren.

»Okay, dann warten wir eben hier«, sagte sie und stopfte den Reiseführer zurück in die Plastiktüte. »Irgendwann werden sie schon rauskommen …«

»Es gibt diese Vorlesung nicht, Pan. Mum und Dad haben uns angelogen.«

So, jetzt war es ausgesprochen. Das, wovor wir beide Angst hatten. Denn wenn es diese Vorlesung nicht gab, was lief stattdessen hier ab?

Ein Teil von mir klammerte sich an die Hoffnung, dass unsere Eltern einfach mit irgendetwas beschäftigt waren, das sie vor uns geheim halten wollten. Der andere Teil fand den Gedanken, dass sie abgehauen waren, plötzlich gar nicht mehr so abwegig. Und wenn sie das wirklich getan hatten, dann wegen mir.

»Du meinst also … dass sie einfach so verschwunden sind?«, fragte Pan. »Und dass wir niemanden haben, der uns irgendwie weiterhelfen kann?«

Ich musste daran denken, was Narbengesicht am Flughafen gesagt hatte – *Das hier ist erst der Anfang* –, und ich fragte mich, ob er etwas mit der Sache zu tun hatte. Er hatte mir eingeschärft, das Tablet immer bei mir zu tragen, doch ich hatte es im Hotel gelassen, und wahrscheinlich würde uns der Manager nicht noch einmal reinlassen, jetzt, wo er wusste, dass wir nicht bezahlen konnten.

»Wir haben nichts zu essen«, bemerkte Pan. »Weder Wasser noch Geld. Und es ist dreihundert Grad heiß. *Alles nur wegen dir*!«

Das hatte ihr garantiert schon den ganzen Morgen auf der Zunge gelegen, und jetzt platzte es aus ihr heraus. Sie rappelte sich hoch und baute sich über mir auf: »Du hast sie in den Wahnsinn getrieben!«

»Als wärst du völlig unschuldig!« Ich stand jetzt auch auf. »Du machst ihnen doch die ganze Zeit das Leben zur Hölle mit deinem Rumgemecker.«

Sie schubste mich und ich schubste zurück.

»Fass mich noch einmal an, dann brech ich dir sämtliche Knochen«, zischte ich.

Aber Pan war jetzt richtig in Fahrt. Sie holte mit der Plastiktüte aus und knallte mir den Reiseführer an den Kopf.

»Siehst du das hier?«, brüllte sie. »Dieses Buch? Das ist

unser Erbe, Jake. Das Einzige, was sie uns hinterlassen haben!«

Ich wollte schon zurückschlagen, als mir plötzlich eine Idee kam. Es war, als hätte Pans Keulenschlag den Gedanken von meiner Gehirnwand gelöst.

»Warte«, sagte ich. »Das Buch.«

»Was ist damit?«

»Das ist nicht alles, was Mum und Dad uns dagelassen haben.«

»Das Hotelzimmer war leer. Da war nichts weiter drin.«

»Doch. Der Beutel hier.« Ich riss Pan die Plastiktüte mit dem idiotischen Comic-Pharao aus der Hand. Der Name des Geschäfts stand in pinkfarbenen Bubble-Lettern darunter: *Ägyptomania*.

»Wieso zum Teufel ist Mum mit so einer Tüte rumgelaufen?«, fragte ich.

»Keine Ahnung. Weil sie sie chic fand?«

»Mum? Mum soll das Ding chic gefunden haben?«

Pan wusste selbst, dass die Vorstellung absurd war. Manchmal brachten Freunde Mum irgendwelche kitschigen Ägypten-Souvenirs mit, als Gag, und sie warf sie immer sofort weg. Das einzige Ding, das sie behalten hatte, war dieses Isis-Amulett. Das schien sie irgendwie zu mögen. Warum also hatte sie diese alberne Tüte aufgehoben? Nicht nur aufgehoben, sondern auch noch mit zurück nach Ägypten genommen? Und warum war diese Tüte mit dem Reiseführer das Einzige, was die beiden im Hotelzimmer zurückgelassen hatten?

»Vielleicht sind sie zu diesem Geschäft gefahren, Pan. Schau, da steht die Adresse drauf: Khan-el-Khalili. Wo ist das?«

»Woher soll ich das wissen?«

»Weil du dir im Flugzeug den Reiseführer reingezogen hast und ihn wahrscheinlich in- und auswendig kennst. Hör endlich auf, so zu tun, als wärest du kein Superhirn, und hilf mir, Mum und Dad zu finden.«

»Aber warum, Jake? Offensichtlich haben sie ja keine Lust mehr auf uns.«

»Pan, sie würden uns doch niemals einfach so zurücklassen!«

»Glaubst du nicht? So, wie wir uns alle hassen.«

»Quatsch. Okay, wir streiten ziemlich oft, aber das können wir ändern. Wir können hieraus einen richtig guten Familienurlaub machen.«

»Einen richtig guten Familienurlaub? Wie soll das denn gehen? Das klappt doch schon wegen dir nicht. Du reitest dich doch andauernd in die Scheiße, warum auch immer. Wieso sollte sich das auf wundersame Weise plötzlich ändern? Nee, vergiss es, Jake, du änderst dich nie.«

Ich kann nicht genau erklären, was als Nächstes passierte. Ich hatte das Gefühl, als würde in meinem Inneren ein Vulkan ausbrechen. Ich schubste Pan so heftig, dass sie auf die Rasenfläche zurückflog.

»Und ob!«, schrie ich.

Diesmal baute ich mich über ihr auf. Mein Puls raste. Ich musste mich irgendwie runterkühlen.

»Bitte, Pan, wir müssen zu dieser Adresse, Khan-el-Khalili. Außerdem, wo willst du sonst hin?«

Meine Schwester rappelte sich hoch, und kurz dachte ich, sie würde mir das Buch wieder an den Kopf knallen. Aber sie drehte sich einfach nur um und marschierte los.

»Pan, was soll das denn jetzt?«, rief ich. »Wo willst du hin?«

»Khan-el-Khalili«, rief sie zurück. »Kairos größter Basar. Ist ziemlich weit bis dahin, also: Schwing die Hufe.«

Ich sah ihr hinterher, erleichtert, dass sie endlich mitzog. Gleichzeitig fragte ich mich, ob sie den Reiseführer wirklich auswendig kannte. Ich wusste zwar nicht, wohin uns das Ganze führen würde, aber eines wusste ich: Wenn man schon in einer wildfremden Stadt stranden musste, dann war meine Schwester die beste Begleitung, die man sich wünschen konnte – auch wenn sie noch so nervte.

# 9

*Ägyptomania.*

»Scheiße, das ist einfach nur ein blöder Souvenirladen.«

Meine Stimme klang genauso kraftlos, wie ich mich fühlte.

»Was hast du denn erwartet?«, fragte Pan.

Keine Ahnung, etwas anderes, egal was. Dieser Laden war unsere letzte Hoffnung. Wenn wir hier keine Spur von Mum und Dad fanden, dann war finito. Dann hatten wir nichts mehr: keinen Ort zum Schlafen, kein Rückflugticket, kein Geld für Essen und Trinken.

Mein T-Shirt klebte mir am Rücken, mein Mund war so trocken, dass ich nicht mal mehr die Lippen mit Spucke befeuchten konnte. Verführerische Gerüche strömten aus allen Richtungen auf uns ein: nach gebratenem Fisch, gegrilltem Fleisch und frisch gebackenem Fladenbrot.

Wir hatten eine halbe Ewigkeit gebraucht, um den Souvenirladen zu finden, waren bei sengender Hitze quer durch Kairo und schließlich durch das Gassenlabyrinth des Khan-el-Khalili gelaufen, eines riesigen überdachten Marktes in einem der ältesten Stadtviertel.

Wir kamen uns vor wie in einem Bienenstock, um uns herum ein einziges Gewusel. Ladenbesitzer riefen uns mit gewollt amerikanischem Akzent etwas zu, versuchten, uns mit Pfefferminztee in ihre Geschäfte zu locken. Touristen drängten sich an Ständen mit Souvenirkitsch, feilschten um Backgammonspiele, Bauchtanzkostüme und Statuen von ägyptischen Gottheiten.

Je mehr Andenkenläden wir sahen, umso überzeugter war ich, dass Mums Plastiktüte tatsächlich ein Anhaltspunkt war. Allein schon von den Namen der Geschäfte hätte sie die Krätze bekommen: *Kleopatras Palast*, *Ramses' Lädchen*, *Tutanchamuns Schnäppchenparadies*. Es war wirklich komplett absurd, dass Mum mit so einer Tüte herumgelaufen war. Unvorstellbar.

*Ägyptomania.*

Aber jetzt, wo wir das Geschäft gefunden hatten, schien es uns total lächerlich, dass wir überhaupt danach gesucht hatten. Es war eine kleine, höhlenartige Boutique, die in einen der Rundbögen des Basargebäudes eingelassen war. Ein billiges, über dem Eingang klebendes Pappschild zeigte den dümmlich grinsenden Pharao mit dem fetten hochgereckten Daumen. Ich hätte es am liebsten abgerissen und dem Ladenbesitzer ins Gesicht geknallt.

»Wo wir endlich hier sind, sollten wir wenigstens reingehen«, sagte Pan.

Als ich die Vitrinen und Regale mit all dem billigen Plunder betrachtete, verließ mich meine Zuversicht endgültig. Es gab Statuen von ägyptischen Gottheiten, Pharaonen als

Kühlschrankmagnete, Mumien und Götter in Schneekugeln, Pyramiden aus Stein, Glas, Bernstein und Seife. Und aus jeder nur erdenklichen Richtung starrten uns die Augen von Tutanchamun an, die auf vergoldete Plastiktotenmasken gemalt waren.

Der Ladenbesitzer hockte hinter der Theke und beobachtete uns durch die Rauchschwaden seiner Shishapfeife. Er war klein und ziemlich alt, hatte ein rundes Gesicht, runzlig wie eine Walnuss, und trug eine regenbogenbunte Djellaba.

»Willkommen«, sagte er. »Viele wunderschöne Schätze, ihr könnt mitnehmen nach England. Kommt und schaut. Ich euch machen gute Preis.«

Pan ging an einem Regal entlang und betrachtete eine Reihe von Trinkbechern mit aufgedruckten Sprüchen: ÄGYPTEN, LAND DER GÖTTER … ÄGYPTEN, LAND DER KÖNIGE … und so weiter.

Sie nahm einen in die Hand und flüsterte: »Jake, woher weiß der Typ, dass wir Engländer sind?«

Kennt ihr diese Krankenhausserien, in denen Chirurgen am laufenden Band Sterbende mit einem Defibrillator ins Leben zurückholen? Genauso fühlte ich mich gerade: ins Leben zurückgeholt.

Pan hatte völlig recht! Alle anderen Händler in diesem Basar hatten uns für Amerikaner gehalten. Alle hatten uns dieselben Sprüche zugerufen. »*Ich euch mache Pfefferminztee. Hello New York! Chicago!*«

Aber der Typ hier hatte uns sofort nach England sortiert, ohne dass wir ein einziges Wort gesprochen hatten.

»Er beobachtet uns«, flüsterte Pan.

Ich nahm einen silbernen Teller aus dem Regal und beobachtete den Typen wie durch einen Spiegel. Er war hinter dem Tresen hervorgekommen.

»Schaut«, wiederholte er. Seine Stimme klang jetzt etwas härter. »Wie heißt ihr?«

Pan umklammerte den Trinkbecher so fest, dass ihre Fingerknöchel weiß hervortraten. »Sag's ihm nicht«, zischte sie.

Was ging denn da ab? Hatte sie etwa vor, dem Kerl den Becher an den Kopf zu schmeißen? Aber sie hatte recht: Je intensiver ich mich in dem Laden umblickte, desto zwielichtiger wirkte er. Wir mussten Zeit gewinnen. Zum Nachdenken.

Ich wirbelte herum und klatschte in die Hände. »Wollen Sie uns keinen Tee anbieten?«, fragte ich. »Ihre Kollegen haben das alle gemacht.«

Überrascht riss der Mann die Augen auf, aber sein Mund lächelte. »Natürlich. Ich mache besten Tee von ganz Ägypten. Bitte, schaut euch um.« Damit verschwand er hinter der Theke und setzte Wasser auf.

Okay, zwei Minuten gewonnen. Allerdings brauchte ich gar nicht so lange. Ich hatte bereits wieder diesen Punkt erreicht, wo mein Instinkt das Kommando übernahm. Ich ließ meinen Blick durch den Laden schweifen, scannte jedes Detail.

»Guck mal da, auf dem oberen Regalbrett«, flüsterte ich Pan zu. »Zwischen den Tal-der-Könige-Geschirrtüchern. Das ist eine Überwachungskamera. Ziemliches Hightech-Teil. Eine andere ist hinter den Plastikpyramiden verborgen.«

»Na und? Wir befinden uns in einem Laden.«

»Ja, einem absoluten Ramschladen. Wozu bitte braucht man solche Kameras, wenn man diesen Billigplunder verkauft? Und siehst du, worauf sie gerichtet sind? Auf die hintere Wand. Was auch immer sie bewachen, muss sich also dahinter befinden.«

»Plastiktotenmasken von Tutanchamun«, sagte Pan.

»Ja, und siehst du das Schild vor der einen Maske? ›Ausstellungsstück‹. Obwohl sie genauso aussieht wie die anderen.«

»Und warum ist diese eine nicht zu verkaufen?«

»Genau das ist die Frage. Okay, kann sein, dass es nicht das Geringste mit Mum und Dad zu tun hat, aber komisch ist es schon, oder? Wir müssen auf jeden Fall mal nachbohren.«

»Ich … wie hast du das alles so schnell gesehen?«, fragte Pan.

Sie klang beeindruckt, aber mir war es einfach nur peinlich. Als Ladendieb, als Typ, der ständig Ärger machte, hatte ich natürlich einen besonderen Blick für Überwachungskameras. Ich sah die Dinger sofort, egal, wo ich auftauchte. Das war keine bewundernswerte Fähigkeit, das war ein Problem.

Der runzlige Alte kam mit einem Tablett hinter seinem Tresen hervor. »Hibiskusblütentee«, sagte er. »Ägyptische Spezialität.«

Er stellte das Tablett auf das niedrige Tischchen und schenkte uns Tee aus der gläsernen Kanne ein.

»Gefällt dir Trinkbecher?«, fragte er Pan. »Ich mache guten Preis.«

Pan stellte den Becher ab und trat näher an die Sicherheitskameras und die Masken heran. »Und diese Geschirrtücher dort?«, fragte sie.

»Ja, auch guter Preis.«

Die Augen des Mannes verfolgten jede ihrer Bewegungen.

»Und die Tutanchamun-Masken?«, erkundigte sie sich.

Der Mann hörte abrupt mit dem Einschenken auf. »Nein, die nicht. Sind sehr teuer.«

Pans Blick huschte zu mir und dann wieder zurück zu der Maske mit dem Schild.

»Und Sie können mir keinen guten Preis machen?«, bohrte sie nach. »Für diese hier zum Beispiel?«

»Die nicht für Verkauf«, antwortete der Mann. »Nur für Ausstellung.«

Er hielt ein Glas mit dampfendem Tee hoch. Sein Lächeln wirkte gezwungen. »Wie heißt ihr?«

»Wieso wollen Sie das wissen?«

»Zwei Kinder alleine. Nicht üblich. Wo sind Eltern?«

»Ich weiß es nicht.« Pan drehte sich um und musterte den Mann durchdringend. »Wissen Sie es vielleicht?«

Das Lächeln des Mannes verschwand, und als er das Glas zurück auf den Tisch stellte, zitterte seine Hand. Seine Stimme klang verändert, und er sprach plötzlich nicht mehr gebrochen, sondern fließend Englisch – mit echtem amerikanischen Akzent: »Ihr zwei müsst mir jetzt mal zuhören. Ich war mir erst nicht ganz sicher, ob ihr die Turner-Zwillinge seid. Ihr seid in Gefahr. Wenn …«

Weiter kam er nicht, denn ich knallte ihm das Teetablett an den Kopf. Wirklich, kein Scherz! Er ging sofort zu Boden, wo er zusammengekrümmt liegen blieb. Mit einem Satz, direkt über ihn hinweg, war ich bei der Tutanchamun-Maske.

»Ich glaub, die lässt sich öffnen!« Ich tastete bereits die Ränder ab. Und tatsächlich: Als ich die Fingerkuppen unter die Maske schob, klappte sie beiseite.

Dahinter kam eine elektronische Vorrichtung zum Vorschein, ein bisschen dicker als ein Tablet-PC, mit einem leicht gewölbten Schutzdach über der Linse. Im Grunde sah das Ding aus wie ein in der Mitte durchgeschnittener Feldstecher. Ein rotes Licht, klein wie eine Nadelspitze, leuchtete über der Linse.

»Was bitte ist *das*?«, fragte Pan.

»Irgendein Security-Dingens, schätze ich.«

»Ein Fingerabdruck-Scanner?«

»Nein, dazu hängt es zu weit oben. Vielleicht eher ein Netzhaut-Scanner.«

»Ein was?«

»Ich hab die Dinger in Filmen gesehen. Die scannen nicht deine Fingerlinien, sondern deine Iris.«

»Und wieso braucht man so was hier?«

Ein Teil von mir hätte sich am liebsten Pan geschnappt und mit ihr zusammen das Weite gesucht. Aber wohin? Zur Polizei konnten wir schlecht gehen. Was hätten wir denen erzählen sollen? Dass unsere Eltern wie vom Erdboden verschluckt waren und wir deshalb einen Basarhändler zusammengeschlagen hatten?

»Und?« Pan spähte in den Scanner. »Was jetzt?«

Der alte Mann lag immer noch am Boden und hielt sich den Kopf.

»Wir brauchen seine Augen«, sagte ich.

Man konnte nur hoffen, dass es sich bei ihm um einen richtig miesen Kerl handelte, denn was wir als Nächstes mit ihm veranstalteten, war nicht wirklich nett. Wir zogen ihn in den hinteren Teil seines Ladens und hievten ihn hoch, bis sein Gesicht vor dem Scanner war.

Er war schwerer, als er aussah, und ich musste mich ziemlich abmühen mit seinem Körper, während Pan seinen Kopf näher an den Apparat heranschob. Da seine Augen geschlossen waren, griff sie um seinen Kopf herum und hielt ihm die Lider auf.

»Los, Pan, beeil dich«, stöhnte ich.

»Willst du das vielleicht machen? Ihm immer wieder in die Augäpfel tatschen?«

»Ich hab ihm schon eins mit dem Tablett übergebraten!«

»Bist du überhaupt sicher, dass das Ding ein Netzhaut-Scanner ist? Vielleicht ist es …«

»Da! Schau mal!«

Das rote Lämpchen in der Mitte des Geräts leuchtete jetzt orange. Scans von den Augen des Ladenbesitzers erschienen auf dem Monitor, in winzige Raster unterteilt. Die Augen wurden heller und schließlich begannen die Pupillen rot zu leuchten. Und dann … nichts.

Das Gerät wurde wieder dunkel.

»Na toll«, schnaubte Pan. »Hat ja super funktioniert.«

Ich legte den Typen zurück auf den Boden.

»Okay«, gab ich mich geschlagen, »dann sollten wir vielleicht doch die Polizei …«

Ich hatte noch nicht zu Ende gesprochen, da begannen vorne am Eingang schwere Metallrollläden herunterzurattern und eine Sirene heulte so laut los, dass wir uns die Ohren zuhalten mussten. Das Scannergerät verschwand wieder in der Wand und dann teilte sich diese. Aus der Öffnung glitt ein waagerechter Bildschirm von der Größe und Höhe eines Küchentisches.

Die Glasvitrinen drehten sich einmal um ihre eigene Achse, und als sie sich wieder in ihrer ursprünglichen Position befanden, waren die Plastiksouvenirs durch Hightech-Geräte, Tarnanzüge und fertig montierte Waffen ersetzt. Pan zog mich beiseite, als ein Teil des Teppichs sich erst anhob und dann zur Seite glitt. Ein weiterer Bildschirm fuhr von unten hoch, um eine Art gläsernen Boden zu bilden. Binnen Sekunden hatte sich die ramschige Souvenirbude in ein *Mission Impossible IV*-Setting verwandelt.

Rote Lichtspots erschienen auf dem küchentischgroßen Glasmonitor, und aus jedem dieser Spots schossen nadelspitze, noch hellere Leuchtpunkte heraus, die sich zu einer schwebenden, gestochen scharfen Projektion über dem Monitor bündelten. Sie zeigte zwei Menschen, die ich nur allzu gut kannte: Mum und Dad.

# 10

»Hast du Angst?«, flüsterte Pan.

»Nein«, flüsterte ich zurück.

»Ich auch nicht.«

Aber warum drängten wir uns dann so eng aneinander? Wir blickten uns in dem verwandelten Laden um, und ich spürte, dass Pans Herz genauso hämmerte wie meins.

Ständig projizierte der gläserne Tisch neue Hologramme in die Luft, direkt neben die von Mum und Dad. Grundrisse von Gebäuden waren darunter, hauptsächlich von großen Museen wie dem British Museum, dem Smithsonian und dem Metropolitan Museum, in denen jedes einzelne Dachfenster, jedes Versorgungsrohr und jeder Lüftungsschacht eingezeichnet waren. Außerdem gab es 3-D-Pläne von ägyptischen Grabanlagen mit frei schwebenden Notizen zu den jeweiligen Gesteinsarten und der Dicke der Mauern.

»Was ist das hier?«, fragte Pan. »Und was hat es mit Mum und Dad zu tun?«

Der alte Mann lag noch immer stöhnend am Boden. Ich

machte einen Schritt über ihn hinweg und betrachtete die Vitrineninhalte. Ein paar von den Sachen kannte ich aus Actionfilmen, die Signalpistolen zum Beispiel, die Scharfschützen-Zielfernrohre, die GPS-Peilsender …

»Äh, Jake?« Pan deutete auf die Hologramme.

Die hatten sich schon wieder verändert. Die Bilder von Mum und Dad waren durch andere 3-D-Fotos ersetzt worden. Eins davon zeigte unsere Familie am Kairoer Flughafen. Auf einem anderen standen wir vor *Kairos großer alter Lady*, unserem Hotel. Wer zum Teufel hatte uns dort aufgelauert?

»Also, das ist jetzt echt gruselig«, meinte Pan.

Ein weiteres Hologramm ploppte auf. Es zeigte Mum, wie sie weinend an Dads Schulter lehnte, nachdem mir das Tablet aus der Jeans gerutscht war. Sofort quälte mich wieder mein schlechtes Gewissen. Das war das letzte Mal gewesen, dass wir unsere Eltern gesehen hatten. Würde es das letzte Mal bleiben?

Eine Mischung aus Scham und Wut überkam mich – und dazu dieser unwiderstehliche Drang, etwas kaputt zu machen. Ich trat gegen eine der Vitrinen. Sie wackelte erst und schwankte dann. Pan kam hinzu und rammte ihre Schulter dagegen, während ich immer wieder dagegentrat, so lange, bis das Teil auf die Seite kippte. Glas splitterte und der Vitrineninhalt flog heraus.

Ich wollte Pan abklatschen, doch die ließ mich erneut stehen.

»Jake, schau mal.«

Der Monitor leuchtete auf und zeigte ein etwa zwei Meter hohes Hologramm einer ägyptischen Götterstatue. Die schlanke Gestalt war eingewickelt wie eine Mumie und trug eine weiße Krone, die spitz zulief wie ein Verkehrsleitkegel. Das Bild wirkte unnatürlich real. Man konnte jeden noch so kleinen Riss im Stein erkennen, jede schadhafte Stelle in der uralten Farbschicht. Die Arme der Figur waren über der Brust verschränkt. In den Händen hielt sie zwei Dinge, die wie eine Zuckerstange und eine winzige Angelrute aussahen. Sie umklammerte sie so fest, als hätte sie Angst, die Teile könnten ihr geklaut werden.

Pan berührte das Hologramm. Es knisterte und bildete sich dann neu, genauso scharf wie zuvor.

»Jake, was ist das hier?«

Ich hatte nicht den leisesten Schimmer – und hätte ich es gewusst, ich hätte nicht die Zeit gehabt zu antworten.

»Oh, ich würde sagen: Einbruch, Vandalismus und pubertäre Unreife.«

Die Stimme schien aus allen Ecken des Ladens gleichzeitig zu kommen. Wir hatten uns so auf die Hologramme konzentriert, dass wir gar nicht mitbekommen hatten, wie eine der Vitrinen zur Seite geglitten war. Eine große Gestalt beobachtete uns von dem dahinterliegenden Gang aus.

»Also genau das, was man von den Turner-Kindern im Allgemeinen so erwartet«, fügte die Stimme hinzu.

Die Gestalt trat in den Laden. Sie hatte zurückgegeltes silbernes Haar und einen leuchtend roten Striemen auf der Wange.

»Das Narbengesicht!«, keuchte ich.

# 11

»Keine Angst«, sagte der Mann.

Na, das war ja mal eine beruhigende Ansage!

Jetzt hob er die Hände, wohl um zu signalisieren, dass er unbewaffnet war. Was mich natürlich noch misstrauischer machte.

Unauffällig ließ ich meinen Blick durch den Laden schweifen, auf der Suche nach irgendetwas, das mir als Waffe dienen könnte, aber da kam der Narbige auch schon näher und blockierte mir den Weg. Seine sonnengebräunte Haut war gleichzeitig wettergegerbt und aalglatt. In seine Lederjacke waren in Gold die Initialen DKT eingestickt. Sein Aftershave roch nach Weihnachtsgewürzen.

Pans Hände waren zu Fäusten geballt, was dem Mann nicht verborgen blieb. Ein Lächeln kräuselte seine Lippen. Mit der flachen Hand klopfte er seine Taschen ab.

»Wird das hier gleich in einen Kampf ausarten?«, fragte er. »Wenn ja, sollte ich euch vielleicht kurz meine Visitenkarte zeigen, darauf steht nämlich, dass ich Träger des schwarzen

Gürtels im Ju-Jutsu bin – was eine völlig rechtmäßige Art der Selbstverteidigung ist. Im Falle irreparabler Organschäden also bitte keine Klagen.«

Pan blieb unbeeindruckt, aber vielleicht waren die Worte des Mannes auch gar nicht zu ihr durchgedrungen. Sicherheitshalber hielt ich sie mit einer Hand zurück. Wer auch immer der Typ war, er wusste, was hier gespielt wurde. Er musste uns Antworten geben. Danach konnten wir uns immer noch mit ihm anlegen.

»Jake«, sagte er. »Wie schön, dich wiederzusehen.«

»Du kennst den Kerl?«, schnauzte mich Pan an.

»Nein. Doch. Na ja, irgendwie schon.«

Wie zum Teufel sollte ich ihr das erklären? Selbst für mich war das alles ja total absurd, erst recht jetzt, wo ich dem Typen schon wieder gegenüberstand.

»Wer sind Sie?«, fragte ich.

»Ich bin Kit Thorn. Dr. Kit Thorn.«

»Das beantwortet die Frage nicht!« Pan trat näher und stieß den Kerl gegen die Brust. »*Wer sind Sie?*«

Das Lächeln des Mannes verschwand, sein Kiefer spannte sich an und sein eines Augenlid zuckte wie von einem unsichtbaren Faden gezogen. Er schob sich an Pan vorbei, half dem Ladenbesitzer auf die Füße und klopfte dessen bunte Djellaba ab.

»Der Gentleman hier, den ihr zusammengeschlagen habt, ist mein Partner, Dr. Sami Fazri. Sam ist IT-Spezialist, Nanotechnologe und führender Experte im Bereich Zukunftstechnologien an den Universitäten von Kairo, Harvard und Oxford. Er hat lange vor dem Militär Militärdrohnen entwickelt und er hat Technologie tragbar gemacht, bevor irgendjemand sonst Technologie am Körper trug. Er ist ein Genie, was er selbst natürlich nie zugeben würde.«

Der alte Mann – Sami – rieb sich den Hinterkopf, um zu prüfen, ob er blutete.

»Schönes Genie«, murmelte er, »das sich hinterrücks eins überbraten lässt.« Er lächelte schwach. »Na ja, nichts für ungut.«

»Und Sie?«, beharrte Pan und schubste das Narbengesicht erneut.

»Ich bin ebenfalls ein Genie«, erwiderte Kit Thorn. »Und zwar eins ohne Beule.«

»Sie sind ein Dieb«, sagte ich. »Ein Grabräuber.«

Der Mann prustete los. »Also, vorrangig bin ich Archäologe, Althistoriker und Menschenfreund. Aber es stimmt, nebenbei bin ich auch darauf spezialisiert, verlorene Artefakte wiederzubeschaffen. Wahrscheinlich kennt ihr mich aus der Zeitung, stimmt's?«

»Nö«, sagte ich.

»Oh. Na, dann habt ihr mich wahrscheinlich im Fernsehen gesehen? Oder … eure Eltern haben mal über mich gesprochen?«

Ich zuckte die Achseln. Nö.

Das Augenlid des Typen fing wieder an zu flattern. »Dürfte ich fragen, wie ihr dann auf die Grabräubergeschichte kommt?«

»Sie hantieren hier mit Grundrissen von Grabanlagen«, erwiderte ich. »Und Plänen von Museen. Und die meisten Gerätschaften in diesen Vitrinen dienen dazu, an schwer zugängliche Orte zu gelangen und dort Dinge zu entwenden: GPS-Tracker, Enterhakenpistolen, Nachtsichtgeräte …«

»Du erkennst Nachtsichtgeräte?«, fragte Sami. »Du bist doch erst zwölf.«

»Zwölfeinhalb.«

»Wo sind unsere Eltern?«, fragte Pan.

»Eure Eltern haben für mich gearbeitet«, erklärte Kit.

»Sind die … sind die etwa auch Grabräuber?«, fragte ich.

Diesmal lachte Kit so laut, dass das Hologramm wackelte. »Großer Gott, nein. Sie sind Universitätsprofessoren. Eure Eltern waren Experten für eine bestimmte Epoche der ägyptischen Geschichte, die uns besonders interessiert.«

»Sie *sind* Experten«, korrigierte Pan.

»Ja, natürlich. Wie haben sie als externe Berater gebucht und ihnen als Visitenkarte eine Tüte unseres Geschäfts geschickt. Eigentlich sollten sie uns heute hier treffen.«

»Und wieso haben Sie uns dann hinterherspioniert und uns heimlich fotografiert?«

»Es hat sich angedeutet, dass ihr in Gefahr seid.«

»Wieso sollten wir in Gefahr sein?«

Kit warf Sami einen Blick zu. Der nickte.

Also räusperte sich Kit: »Was ich euch jetzt erzähle, ist streng geheim. Es sind Informationen, über die außer mir kaum jemand verfügt. Informationen, die ich mit Mut, meinen besonderen Fähigkeiten und guter, solider …«

»Jetzt spucken Sie's schon aus!«, sagte Pan.

Kit schoss ihr einen finsteren Blick zu, wieder mit zuckendem Augenlid. Dann rang er sich ein Lächeln ab und trat zu dem Hologramm der Gottheit.

»Kennt ihr diese Figur?«

»Das ist Osiris«, antwortete Pan. »Der alte ägyptische Gott des Todes und der Fruchtbarkeit. Er wurde von seinem

Bruder Seth getötet und zerstückelt und von seiner Frau Isis wieder zusammengesetzt. Danach herrschte er über die ägyptische Unterwelt, wo er über die Seelen der Verstorbenen richtete. In den Händen hält er einen Krummstab und einen Wedel, beides Landwirtschaftsgeräte, die seine Herrschaft über Leben und Tod symbolisieren.«

Kit starrte sie verblüfft an. »Woher zum Teufel weißt du das?«

Statt zu antworten, ließ Pan eine Schimpftirade vom Stapel. Sie hatte mit ihrem Wissen nicht angeben, sondern nur klarstellen wollen, dass sie nicht blöd war. Trotzdem: Ein winziges Lächeln hatte sie sich bei ihrem Vortrag nicht verkneifen können, das hatte ich genau gesehen.

Ich nickte eifrig, als wäre das alles auch für mich sonnenklar.

»Und was hat das jetzt mit uns zu tun?«

»Absolut gar nichts«, sagte Kit. »Aber mit euren Eltern und deren Verschwinden hat Osiris eine Menge zu tun. Oder zumindest Osiris' Grab.«

»Grab?«, fragte Pan. »Götter haben doch keine Gräber.«

»Dem Glauben der alten Ägypter nach schon. Quer durch die Literatur finden sich Hinweise auf Osiris' Grab.« Kit strich sich seine Haare zurück. »Und auch ich bin der festen Überzeugung, dass die alten Ägypter Osiris ein Grabmal gebaut haben, höchstwahrscheinlich für zeremonielle Zwecke. Ein Grab, das seit Jahrtausenden verschollen ist. Und das ich, Dr. Kit Thorn, zu entdecken gedenke.«

»Jetzt prahlen Sie nicht weiter rum, sondern erzählen uns endlich, was hier läuft!«, herrschte ihn Pan an. Sie sah aus, als wollte sie ihn gleich wieder schütteln, aber ich hielt sie zurück. Wir mussten uns auf das Wesentliche konzentrieren.

»Okay, Sie suchen also nach diesem Grab«, sagte ich. »Warum?«

Kit schnaubte, als sei das die dümmste Frage, die ihm jemals untergekommen war.

»Warum?«, wiederholte er. »Warum? Wisst ihr, welche Schätze man im Grab Tutanchamuns gefunden hat?«

»Wir leben ja nicht hinterm Mond«, antwortete Pan.

»Tja, und der war nur ein relativ unbedeutender König. Osiris dagegen war einer der bedeutendsten Götter! Da könnt ihr euch vorstellen, welche Reichtümer man ihm auf seine letzte Reise mitgegeben haben wird. Jede Wette, dass Tutanchamuns Grab im Vergleich ein Billigdiscounter war.«

»Was soll dieses Geschwafel von Reichtümern?« Zum dritten Mal schubste Pan das Narbengesicht. »Erzählen Sie uns lieber, warum unsere Eltern in Gefahr sind.«

Diesmal lächelte Kit nicht. Er hielt Pans bitterbösem Blick stand, zog die erwähnte Visitenkarte aus seiner Tasche und legte sie auf den Hologrammtisch.

»Das ist eine offizielle Verwarnung«, sagte er.

Sami fasste ihn am Arm. »Äh, Kit? Keine gute Idee, sich an einer Zwölfjährigen zu vergreifen.«

»Zwölfeinhalb«, korrigierte Kit.

Ich war kurz davor, mich einzuschalten, aber dann sah ich, wie Sami Kits Arm fester packte.

»Sie verdienen eine Antwort auf ihre Frage.«

Kit blickte Sami an und dann wieder Pan. »Ja, natürlich«, sagte er. »Sam?«

Wie aufs Stichwort begannen Samis Hände über den Hologrammen zu wirbeln und sie kreuz und quer durch die Luft zu schieben. Es war ein absolut irrer Anblick, wie dieser kleine alte Mann mit dem Hightech-Kram hantierte. Seine runzeligen Finger sausten in einem absurden Tempo umher, wie die eines Dirigenten. Er tippte auf eine Projektion, wischte sie beiseite, um eine andere in zwei einzelne zu teilen. So tauchten ständig neue Bilder auf dem interaktiven Tisch auf.

Osiris flackerte noch einmal kurz auf, dann wurde er ersetzt durch das Schwarz-Weiß-Bild eines Mannes mit schlaff herunterhängendem Schnurrbart und Safarianzug.

»Das ist Percy Vyse«, erklärte Kit. »Der einzige Archäologe, der ernsthafte Anstrengungen unternommen hat, das Grab von Osiris zu finden. Er ist 1932 verschwunden.«

»Verschwunden?«

»Nun ja, ›verschwunden‹ ist etwas ungenau. Man entdeckte seine Leiche 1989 in Abydos. Er wurde ermordet und mumifiziert und auf seiner Brust fand man ein Symbol eingebrannt.«

Wieder wechselten die Projektionen. Ein sonderbares Zeichen schwebte über dem Monitor, eine Säule mit vier waagerechten Strichen am oberen Ende. Ohne die Schlange, die um das untere Ende gerollt war, hätte man das Ding für einen Strommast halten können.

»Kennt ihr das?«, fragte Kit.

»Das ist ein Djed-Pfeiler«, antworte Pan. »Ein altägyptisches Symbol der Stärke. Es soll Osiris' Rückgrat darstellen.«

»Tut mir leid, aber in diesem Fall liegst du falsch«, sagte Kit, der keineswegs so aussah, als würde es ihm leidtun. »Allerdings hätten neunundneunzig Prozent aller Experten dasselbe geantwortet. Das restliche eine Prozent bin ich. Seht ihr die Kobra? Wie sie sich nach oben windet und mit ihrem Körper die Säule zweiteilt? Das ist ein minimaler Unterschied zum Djed-Pfeiler. Tatsächlich handelt es sich um ein Symbol des Osiris-Kultes.«

»Es gibt einen Osiris-Kult?«, fragte ich.

»Ja, eine geheime Sekte aus grauer Vorzeit, deren Mitglieder Osiris verehren. Im Laufe meiner bewegten Karriere sind mir schon viele Sekten untergekommen, aber diese Burschen sind die schlimmsten.«

»Haben sie etwas mit dem Verschwinden unserer Eltern zu tun?«

»Nun ja, zumindest können wir inzwischen wohl sagen, dass eure Eltern nicht im Stau feststecken.« Kit lachte sich halb tot über seinen Witz, doch er verstummte, als er merkte, dass niemand mitlachte.

»Unsere Vermutung ist«, schaltete sich Sami ein, »dass diese Gruppe eure Eltern unter unserem Namen kontaktiert hat. Die Sekte sucht nämlich ebenfalls nach dem Osiris-Grab und sie wollen eure Eltern zwingen, sie dabei zu unterstützen. Sie haben gewartet, bis die beiden alleine waren, und sie dann entführt. Wisst ihr, ob sie gestern Abend eine Nachricht oder einen Anruf erhalten haben?«

»Wir haben nichts mitgekriegt.«

»Hatten sie es eilig, als sie aufgebrochen sind?«

»Wissen wir auch nicht.«

»Wann sind sie denn los?«

»Wir wissen von nichts«, erklärte Pan. »Wir hatten einen Streit. Jake und ich waren den ganzen Abend und die Nacht in unserem Zimmer.«

»Muss ja ein ziemlich heftiger Streit gewesen sein.«

Pan warf mir einen kurzen Blick zu, dann schaute sie wieder weg. Leider war es *immer* heftig, wenn wir uns stritten, aber diesmal hatte es Mum und Dad den Rest gegeben. War der Streit schuld an der jetzigen Situation? Wenn wir uns nicht gezofft hätten, wären die beiden nicht alleine ausgegangen. Und die Sektenleute hätten keine Chance gehabt, sie sich zu schnappen.

Vor meinem inneren Auge sah ich Mum und Dad in Geiselhaft, schlotternd vor Angst. Sie waren keine Abenteurertypen wie dieser Kit. Sie würden damit nicht klarkommen.

Pan starrte die Familienfotos an, die über dem Monitortisch in der Luft schwebten, und ich wusste, dass sie dasselbe dachte wie ich.

»Aber sie werden doch freigelassen, oder?«, fragte sie. »Sobald sie diesen Leuten geholfen haben?«

»Das hoffen wir«, antwortete Sami. »Wahrscheinlich …«

»Nein«, unterbrach ihn Kit. »Eure Eltern werden mit ziemlicher Sicherheit dasselbe Schicksal erleiden wie der arme Percy Vyse.«

»Sie meinen …« Ich konnte kaum weitersprechen. »Sie glauben, sie werden mumifiziert?«

Da wirbelte Pan herum und trat gegen eine zweite Glasvitrine. »Wir müssen zur Polizei!«

Es war merkwürdig, Pan so emotional zu erleben, besonders, da es um Mum und Dad ging. Aber vermutlich wäre die Polizei keine große Hilfe, jedenfalls nicht, wenn dieser Kult so geheim war, wie Kit behauptete. Nein, wenn wir Mum und Dad helfen wollten, dann war ziemlich klar, was wir tun mussten.

»Die Sektenleute wollen das Grab von Osiris finden, stimmt's?«, fragte ich.

»Davon gehe ich aus«, sagte Kit. »Ich möchte sogar wetten, dass sie es speziell auf die Mumie im Sarg abgesehen haben. Das ist das eigentliche Heiligtum: der Körper desjenigen, der in dem Grab beerdigt ist. In diesem Fall wohl am ehesten ein Priester, der den Gott Osiris repräsentiert. Sie wollen den Leichnam beschützen ... vor mir, muss man wohl sagen.«

»Also müssen wir ihnen zuvorkommen«, sagte ich. »Wir suchen das Grab, schnappen uns die Mumie und tauschen sie gegen unsere Eltern ein.«

»*Wir?*«

»Natürlich«, sagte Pan. »Wir begleiten Sie.«

Kit starrte Pan fassungslos an, dann brach er in heiseres Gelächter aus. Doch als er sie wieder anblickte, fiel ihm das Lachen aus dem Gesicht.

»Oh, du meinst es wirklich ernst. Nee, sorry, keine Chance. Ich bin Altägyptologe und professioneller Schatzsucher. Ich weiß, was ich tue. Und ich weiß, dass ihr zwei Hübschen hierbleibt. Sam kauft euch gerne einen Comic oder so.«

Wieder schubste Pan ihn. »Sie sind kein Altägyptologe, Sie sind ein Dieb. Sie interessieren sich gar nicht für unsere Eltern, sondern nur für den Schatz.«

Erneutes Schubsen. So heftig diesmal, dass Kit das Gleichgewicht verlor. Er taumelte rückwärts in das Hologramm und landete auf dem Hintern. Ein paar Sekunden schaute er reichlich dümmlich drein, doch das machte er schnell wieder wett: mit einem Rückwärtssprung, der ihn in eine einwandfreie Ninja-Kampfposition brachte. »Versuch's noch mal, kleiner Grufti«, brüllte er.

Um die Eskalation zu verhindern, ging ich dazwischen. Genau wie Pan traute ich dem Typen nicht, doch wir brauchten seine Hilfe. Die Mumie vor den Sektenleuten zu finden, war unsere einzige Chance, Mum und Dad lebend wiederzusehen.

»Warten Sie«, sagte ich. »Denken Sie noch mal drüber nach. Wir können Ihnen wirklich eine Hilfe sein. Als Kinder sind wir die perfekte Tarnung für Sie. Wir machen einen auf Familie. Kein Mensch würde je auf die Idee kommen, eine Familie zu verdächtigen. Außerdem haben Sie gar keine andere Wahl.«

»Keine andere Wahl?«

»Glauben Sie wirklich, wir wissen nicht über Sie Bescheid?« Ich hielt seinem prüfenden Blick stand und versuchte, mir nicht anmerken zu lassen, dass ich bluffte. »Sie erinnern sich doch bestimmt an die Plastiktüte, die Sie meinen Eltern geschickt haben, oder? Die haben wir jemandem gegeben, dem wir vertrauen. Wenn wir uns nicht bis sechs Uhr bei dieser Person melden, wird sie mit der Adresse dieses Ladens zur Polizei gehen und von dem Osiris-Plan berichten. Es liegt also ganz bei Ihnen, Kit. Entweder Sie nehmen uns mit oder Sie sperren uns hier ein und warten darauf, dass die komplette Kairoer Polizei uns rausholt.«

Kit strich sich über den Bart und sah mich unschlüssig an, als überlegte er, ob er mich verprügeln sollte oder nicht. Dann verzog sich sein Gesicht zu einem breiten Grinsen.

»Hey, nicht schlecht, Junge«, sagte er. »Ziemlicher Bullshit zwar, denn die Tüte guckt hinten aus deiner Hosentasche, aber du hast dich gut verkauft.« Dann drehte er sich um. »Was meinst du, Sam? Eine Tarnfamilie? Könnte funktionieren, oder?«

Samis Gesicht verzog sich vor Entsetzen. »Eine schreckliche Idee! Kit, das sind Kinder! Wir haben doch versprochen, dass wir auf sie aufpassen.«

»Hab stets einen Plan B in der Hinterhand«, belehrte ihn Kit. »Die wichtigste Regel für Schatzsucher.«

»Das ist nicht die wichtigste Regel. Die wichtigste Regel lautet: Arbeite nie mit Kindern zusammen.«

»Regeln sind dazu da, gebrochen zu werden, Sam.«

»Kit, die beiden sind zwölf!«

»Zwölfeinhalb«, präzisierte ich.

»So, können wir jetzt alle mal wieder zur Vernunft kommen?«, sagte Sami. »Jake, Pandora, ihr könntet mich im Lieferwagen begleiten, als Unterstützung im Hintergrund. Das wäre sicherer, dort hätte ich ein Auge auf euch …«

»Nein, wir begleiten Kit«, schnitt ihm Pan das Wort ab.

Kit klatschte in die Hände. »Ha! Das alte Team!«

»Was?«, fragte Pan.

»Oh, äh, nichts.«

Was für ein merkwürdiger Typ, dieser Dr. Kit Thorn! Ich glaubte kein Wort von dem, was er sagte, aber zumindest schienen wir dasselbe Ziel zu haben: die Entdeckung von Osiris' Grabstätte. Trotzdem, irgendetwas an dem Plan störte mich.

»Warten Sie«, sagte ich. »Woher wissen wir, dass wir die Mumie da rausbekommen?«

»Oh, das ist nun wirklich das kleinste Problem«, erwiderte Kit. »Die schmeißt man sich einfach über die Schulter. Mumien sind dürre, kleine Dinger. Hey, Sam, erinnerst du dich noch an Peru, wo ich fünf von denen tragen musste? Zwei über jeder Schulter und eine …«

»Nein«, unterbrach ich ihn. »Ich meine etwas anderes: Woher wissen wir, dass da überhaupt eine Mumie drinliegt, die wir rausholen können? Und dass es das Grab von Osiris überhaupt gibt?«

Kits Grinsen wurde noch breiter, als hätte er auf die Frage gewartet. Er blickte Sami an, der wütend den Kopf schüttelte. Doch Kit nickte nur, als hätte Sami gerade eifrig zugestimmt. »Also, ihr beiden solltet lieber mit mir kommen«, sagte er.

# 12

Zwanzig Minuten später standen wir im Ägyptischen Museum im Zentrum von Kairo. Kit hatte uns durch Scharen von Touristen geleitet, vorbei an unzähligen Museumsführern, Souvenirständen und Glasvitrinen mit Königsstatuen, uralten Mumien und den vergoldeten Grabbeigaben von Tutanchamun. Pan wollte andauernd stehen bleiben und sich alles anschauen, aber Kit scheuchte uns die breite steinerne Treppe hinauf in einen staubigen, spärlich beleuchteten Raum im Obergeschoss.

Kein Reiseführer machte sich die Mühe, mit seiner Gruppe hier heraufzukommen, um die unscheinbaren antiken Schriftstücke anzusehen, die in den Vitrinen ausgestellt waren. Kits Interesse galt einem der kleinsten Dokumentenfragmente. Es sah aus wie eine verkohlte Zeitungsseite, stellenweise schwarz, an den Rändern zerfranst und mit einer verschnörkelten Tintenschrift bedeckt.

»Das hier ist ein Papyrus«, erklärte Kit. »Die altägyptische Form von Papier, hergestellt aus …«

»Wir wissen, was Papyrus ist«, unterbrach ihn Pan. »Sagen Sie uns lieber, was das Ding mit dem Osiris-Grab und der Rettung unserer Eltern zu tun hat.«

Kit funkelte sie wütend an, doch dann räusperte er sich und fuhr in ruhigem Ton fort: »Dieses Schriftstück hier, die sogenannte ›Erzählung eines Grabräubers‹, ist unsere einzige Spur zu dem Grab. Es ist vor etwa dreitausend Jahren von einem professionellen Grabräuber namens Ipuwer verfasst worden. Ipuwer berichtet darin von Einbrüchen in Gräber im Tal der Könige. Interessanterweise entsprechen seine Beschreibungen der geheimen Eingänge und Tunnel dort exakt den archäologischen Forschungen.«

»Also hat er die Wahrheit geschrieben?«, fragte ich.

»Scheint so. Und hier unten auf der Seite erwähnt er das Grab von Osiris.«

Ich beugte mich vor, um im Zwielicht, das durch die staubigen Oberlichter drang, die verschnörkelte Schrift besser zu erkennen. »Sagt er, wo es sich befindet?«

»Leider nicht«, antwortete Kit. »Wir vermuten, dass er den genauen Ort auf der Rückseite beschreibt.«

»Können wir uns die anschauen?«

»Nein. Der Papyrus ist uralt. Wenn man ihn umdreht, zerstört man ihn. Man hätte nur wenige Sekunden, um ihn zu fotografieren, bevor er zerfällt.«

»Ein paar Sekunden würden uns doch reichen, oder?«

»Uns schon. Die Museumsleitung wird das allerdings anders sehen. Es besteht nicht die geringste Hoffnung, dass man uns erlaubt, das Dokument umzudrehen.«

»Wir können doch zumindest mal fragen. Sie sind doch Historiker, oder?«

»Ich bin ein brillanter Historiker, aber man mag mich hier nicht. Ich habe einige Objekte von hier befreit.«

»›Befreit‹? Sie meinen ›gestohlen‹?«

»Ja, ein- oder zweimal.«

»Ein- oder zweimal? Das wissen Sie nicht so genau?«

»Na ja, zwei- oder dreimal. Vielleicht auch vier. Aber egal, solange dieser Papyrus hier im Museum liegt, wird kein Mensch je die Rückseite zu Gesicht bekommen.«

»Und was, wenn es nicht mehr hier liegt?«, schaltete sich Pan ein.

»Tja, jetzt kommen wir der Sache langsam näher«, sagte Kit.

»Moment«, rief ich. »Wir sollen das Ding klauen? Aber wir können doch nicht einfach …«

Verblüfft sahen Pan und Kit mich an. Noch bis vor Kurzem wäre ich Feuer und Flamme gewesen für so eine abgefahrene Idee wie einen Museumsraub. Aber jetzt musste ich daran denken, was ich mir im Hotel geschworen hatte. Nie wieder zu stehlen.

Pan packte mich am Arm und zog mich zu sich heran.

»Uns bleibt nichts anderes übrig, Jake. Ohne die Informationen auf diesem Papyrus haben wir keine Chance, das Grab zu finden. Und ohne Grab keine Mumie – und ohne die Mumie keine Mum und kein Dad. Dann sind die beiden tot.«

Ich hatte Pan noch nie so erlebt: so *dermaßen* besorgt um unsere Eltern. Oder überhaupt um sie besorgt. Aber sie hatte recht: Hier ging es nicht um einen lächerlichen Familienstreit. Hier ging es um Leben und Tod.

»Okay«, sagte ich schließlich. »Und wann machen wir's?«

»In neunzig Sekunden«, antwortete Kit.

Er hob seinen Rucksack auf, ein mit Tempelruinen bedrucktes Souvenir aus dem *Ägyptomania.* »Das wird ein Spaß!«

Bevor wir den Laden im Basar verlassen hatten, hatten wir uns alle drei auf die gleiche idiotische Weise eingekleidet: mit Kleopatra-T-Shirts und Basecaps in Pyramidenform. Wir sahen aus wie die dämlichste aller Touri-Familien.

»Noch eine Minute«, drängte Kit, »kommt mit.«

Wir folgten ihm in einen Gang mit einer Balustrade, von dem aus man in das darunterliegende Atrium blicken konnte. Zwischen Glasvitrinen und Pharaonenstatuen scharten sich Touristen um ihre Führer, zu erkennen an den bunten Fähnchen. Andere Besucher drängten in den Museumsladen, um Info-Broschüren, Postkarten, Plastikpyramiden und Mini-Obelisken aus Gips zu kaufen.

»Seht ihr die Leute dort in dem Laden?«, fragte Kit. »Seht ihr, was sie kaufen?«

»Sieht genauso aus wie der Schrott aus Ihrem Laden«, antwortete Pan.

»Es *ist* der Schrott aus unserem Laden. Seit einigen Wochen beliefern wir den Museumsshop. War nicht ganz leicht, den Deal einzufädeln. Am Ende sind wir mit unseren Preisen so weit runtergegangen, dass wir die des vorigen Lieferanten um mehr als die Hälfte unterboten haben. War meine Idee.«

»Und … wozu das Ganze?«, fragte Pan.

Ich weiß nicht, wieso, aber mir schien der Plan auf einmal total einleuchtend. Offensichtlich hatte ich die gleiche Art zu denken wie Kit.

»Die Souvenirs sind manipuliert«, erklärte ich. »Darin ist irgendwas versteckt, das für Chaos sorgen wird.«

Kit zog drei kleine Geräte aus seinem Rucksack – Kugelschreiberähnliche Dinger mit einem Mundstück in der Mitte. Er reichte uns je eines.

»Das sind Atemröhrchen«, sagte er. »Sie enthalten genug komprimierten Sauerstoff für zehn Minuten.«

»Atemröhrchen?«

»In zehn Sekunden wird hier die totale Panik ausbrechen. Befolgt meine Anweisungen und wir werden dieses Gebäude mit allen Informationen verlassen, die wir brauchen, um das Grab zu finden und eure Eltern zu retten. Wenn ihr jedoch Mist baut, habt ihr gute Chancen, erschossen zu werden.« Er klatschte in die Hände. »Aufregend, oder?«

Dabei sah er nicht die Spur aufgeregt aus. Eher verwirrt. Kurz hielt er inne, dann beugte er sich zu uns und flüsterte: »Ich wette, ihr findet mein Leben jetzt rasend spannend, aber ich sage euch: Es kann auch ganz schön einsam sein. Manchmal bin ich nur von Mumien umgeben. Dabei würde ich meine Erfahrungen und Erlebnisse so gerne mit jemandem teilen. Okay, ich hab Sam, aber ich bin mir nicht mal sicher, ob er mich mag. Glaubt ihr, dass er mich mag? Eigentlich bin ich doch ein liebenswerter Typ, oder?«

»Also, ich mag Sie nicht. Null«, knurrte Pan.

Kit zog ihr das Basecap vom Kopf und wuschelte ihr durchs Haar. »Du bist lustig, Pandora! Ich finde, wir sind ein gutes Team.«

Plötzlich ertönte unten im Atrium ein Schrei, so laut, dass alle sich umdrehten. Ein extrem übergewichtiger Tourist watschelte aus dem Museumsshop und ließ seine Plastiktüte fallen. Schwarzer Rauch stieg daraus auf.

»Feuer!«, brüllte jemand, und schon ließ eine zweite Besucherin ihre Tüte fallen. Aus der qualmte es ebenfalls. Binnen Sekunden war die Frau in eine dunkle Wolke gehüllt, die sich rasch ausbreitete.

»Was ist da los?«, fragte Pan. »Was ist in den Tüten?«

»Souvenirs, nichts weiter«, antwortete Kit. »Souvenirs, die mit einer Rauchgranate und einem halluzinogenen, Panik erzeugenden Stoff gefüllt sind.«

Überall im Museum ertönten jetzt Hilfeschreie, aus diversen Tüten qualmte es, die Rauchwolken vermischten sich miteinander und breiteten sich im Atrium aus. Nach kurzer Zeit herrschte die totale Panik. Ein Mann schrie »Sie sind festgenommen« und warf sich auf eine Pharao-Statue. Alarmsirenen heulten auf. Leute stolperten in Glasvitrinen. Es war das reinste Chaos.

»Jetzt ist ein guter Zeitpunkt, um die Atemröhrchen zu benutzen«, bemerkte Kit. »Leuchtet das Lämpchen am Ende grün, bedeutet das, dass das Röhrchen mit Sauerstoff gefüllt ist. Leuchtet es rot, ist es leer.«

Er bog sein Mundstück zurecht und steckte es sich zwischen die Lippen. Ich machte es ihm nach, doch mein Röhrchen funktionierte nicht. Statt Sauerstoff atmete ich einen Riesenschwall Rauch ein. Sofort fühlte ich mich, als würde ich von allen Seiten angegriffen.

Kit schnappte sich mein Röhrchen und natürlich funktionierte es. Ich fühlte mich wie der größte Idiot auf Erden.

»Ich hab gesagt, ihr sollt meine Anweisungen befolgen«, knurrte er.

Entlang des oberen Flurs glitten schwere Feuerschutztüren vor die Eingänge der Säle, um diese zu verschließen. Hastig schleuderte Kit seinen Rucksack in die Türöffnung des Papyrus-Raums, und aus unerfindlichen Gründen wurde der Sack nicht zerquetscht, sondern hielt die Metalltür auf.

»In das Futtermaterial sind Kohlenstoff-Nanoröhren eingearbeitet«, erklärte Kit, während er den Papyrus-Raum betrat. »Zehnmal stabiler als Stahl. War auch meine Idee. Und jetzt kommt.«

Im Inneren des Raumes nahm mir Kit das Basecap vom Kopf. Er trennte den Schirm ab und zog eine halbkreisförmige silberne Scheibe heraus. Dann machte er das Gleiche mit Pans Cap.

»Titan. Eine messerscharfe Schneide«, sagte er. »Jake, du behältst die Oberlichter im Auge. Jane, du die Tür.«

»Ich heiße Pan. Jane ist meine Mutter.«

»Rede nicht, achte auf die Tür.«

Kit trat vor die Glasvitrine, in jeder Hand eine Titanscheibe. »Gleich wird der Alarm ausgelöst«, warnte er. »Aber eine Sirene mehr wird niemandem auffallen.«

Er holte noch einmal tief Luft und fuhr dann mit den Händen über das Glas, immer hin und her, als wären seine Arme Scheibenwischer. Dann trat er zurück und ein rundes Stück löste sich aus der Vitrinenscheibe und krachte zu Boden.

Kit griff durch das Loch in die Vitrine und hob das Schriftstück, das auf einem kleinen Podest lag, vorsichtig an einer Ecke an. Sofort zerbröselten ein paar Fasern des brüchigen Papyrus.

»Jake, in meinem Rucksack steckt ein Buch. Hol es heraus.«

»Jake ist kein Hund«, bemerkte Pan.

Doch mir war das egal. Ich war vollkommen fasziniert und

spürte ein altbekanntes Kribbeln im Bauch, noch viel intensiver als sonst. Chaos von so gigantischem Ausmaß hatte selbst ich noch nicht verursacht! Ich zog das Buch aus dem Rucksack, ein großformatiges, sterbenslangweilig aussehendes Lexikon.

»Aufschlagen«, befahl Kit.

»Wo?«

»Geht nur an einer Stelle.«

Ich gehorchte. »Wow, wie cool ist das denn?«

Das Buch war nur äußerlich ein Buch. Innen war es hohl und bot Platz für ein Glasbehältnis, das durch ein Minikühlsystem im Buchrücken temperiert wurde. Ich öffnete den Glasbehälter und Kit legte den Papyrus hinein.

Er betrachtete das Schriftstück und seine Stimme wurde weicher. »Wunderhübsch, oder? Könnt ihr euch vorstellen, dass ein Papyrus-Dokument wie dieses hier uns mehr über das Leben im alten Ägypten verraten kann als ein Dutzend Königsgräber?«

»Was kümmert Sie das?«, fragte Pan. »Sie sind doch eh nur scharf auf die Grabschätze.«

Kit schoss ihr einen vernichtenden Blick zu, wieder mit diesem zitternden Augenlid. Er sah aus, als würde er gleich auf sie losgehen, also klappte ich schnell das Buch zu. Der Papyrus war jetzt in dem Glas eingeschlossen. Jetzt war der richtige Moment für einen coolen Spruch.

»Finderlohn«, sagte ich, aber niemand hörte mir zu.

»Und jetzt?«, fragte Pan. »Spazieren wir einfach raus?«

»Nun ja, also die schlechte Nachricht zuerst«, verkündete Kit. »Als ich die Vitrinenscheibe aufgeschnitten habe, ist kein Alarm ausgelöst worden.«

»Und das soll die *schlechte* Nachricht sein?«

»Ehrlich gesagt gibt es *nur* schlechte Nachrichten. Wenn das Alarmsystem nicht funktioniert, heißt das, dass es per Fernsteuerung ausgeschaltet wurde, was äußerst kompliziert ist. Dazu muss man sich nämlich in den Großrechner einhacken, und zwar mit einem binären …«

»Was bedeutet das?«, unterbrach ihn Pan.

»Das bedeutet, dass jemand anders den Alarm deaktiviert haben muss«, schlussfolgerte ich.

»Aber wer?«

»Jemand, der ebenfalls ein Interesse daran hat, sich diesen Papyrus unter den Nagel zu reißen.«

»Sie meinen, jetzt gerade? In diesem Moment?«

Kit nickte. »Okay, Kinder, die Lage spitzt sich zu. Aber wie mein Vater immer so schön sagte …«

Leider erfuhren wie nicht mehr, was Kits Vater zu sagen pflegte, denn in dem Moment zerbarsten die Oberlichter. Und dann brach auf einmal die Hölle los.

# 13

Pan packte mich am Arm und wir taumelten rückwärts, während von der Decke ein wahrer Scherbenregen niederprasselte. Kits »Lexikon« war runtergefallen und schlitterte über den Boden. Doch bevor ich es aufheben konnte, wurde ein Seil durch eines der kaputten Oberlichter herabgelassen und eine dunkle Gestalt glitt daran nach unten. Der Typ sah aus wie von einer Spezialeinheit: schwarzer Kampfanzug, schwarze Gesichtsmaske mit getönter Brille und schwarze Stiefel, die das Gewicht des Typen lautlos abfederten, als er direkt vor der Vitrine zu Boden sprang. Er war ziemlich klein, aber in seinem Anzug mit den Protektoren wirkte er massig und gefährlich.

War das einer dieser Osiris-Kult-Anhänger?

Eigentlich hatten wir ja vorgehabt, das Grab zu finden, um die Mumie gegen Mum und Dad einzutauschen. Aber jetzt, wo dieser Kampfanzugtyp aufgetaucht war, kam mir eine bessere Idee. Ich würde die Info, wo unsere Eltern festgehalten wurden, aus ihm herausprügeln!

Ich schnellte herum und sprang ihm auf den Rücken. Aber da sein Anzug irgendwie gepanzert war, passierte gar nichts, außer dass er ein paar Schritte nach vorne taumelte.

Der Qualm hatte sich inzwischen auch in unserem Raum ausgebreitet und wurde von Sekunde zu Sekunde dichter. Entweder hatte Mr Kampfanzug nicht gesehen, dass er von einem Jungen angegriffen worden war, oder es kümmerte ihn nicht. Er erholte sich jedenfalls rasend schnell von der Überraschung, wirbelte herum und schleuderte mich über seine Schulter auf den Boden. Japsend blieb ich liegen.

Kit war als Nächster dran, und was ich da zu sehen bekam, war einfach unglaublich! Ein ninjamäßig schneller Austausch von Schlägen und Tritten. Dann wurden die zwei Kontrahenten vom Rauch verschluckt, bevor Sekunden später der Kampfanzugtyp aus der Wolke sprang und auf den Gang hinaus flüchtete.

»Er hat das Buch!«, brüllte Pan.

Der Typ hatte die Grabräuber-Erzählung an sich gerissen! Ohne weiter nachzudenken, stürzte ich aus dem Saal und rannte den Gang entlang, wo ich reihenweise panische Besucher aus dem Weg schubsen musste.

Durch die Rauchschwaden konnte ich nur vereinzelte, kurze Blicke auf den Flüchtenden erhaschen. Sein Vorsprung war einfach zu groß und er rannte zu schnell.

Aber verdammt, ich musste ihn aufhalten!

Ich raste zu der Balustrade und ließ meinen Blick über die Vitrinen und Statuen unten im Atrium gleiten, die sich bis zum Ausgang aneinanderreihten, immer abwechselnd. Die nächste Vitrine befand sich direkt unterhalb der Balustrade, etwa drei Meter unter mir.

Ganz ehrlich: Ich hab's nicht so mit der Höhe. Schon beim Gedanken an den Sprung krampften sich meine Hände um das Geländer. Aber ich konnte den Typen doch nicht einfach ziehen lassen! Also setzte ich kurz entschlossen über die Balustrade.

Der Aufprall auf der Vitrine war hart. Hektisch suchte ich nach Halt. Ich biss die Zähne zusammen, schluckte den Schmerz hinunter und konzentrierte mich auf den Kampfanzugtypen. Dann umklammerte ich die Kanten des Schaukastens und schwang ihn erst in die eine, dann in die andere Richtung. Das Ding schwankte und kippte schließlich um, wobei es das nächststehende Ausstellungsstück mit sich riss: eine kolossale Pharaonenstatue.

Nach meiner Bruchlandung auf einem Haufen aus zersplittertem Holz und Glas konnte ich gerade noch sehen, wie die fallende Statue in die nächste Vitrine krachte, die wiederum die nachfolgende Statue fällte. Eine Reihe umkippender Dominosteine, an deren Ende eine mindestens fünf Meter hohe Osiris-Statue stand. Sie krachte quer in den Eingangsbereich.

Der Spezialeinheittyp wich erschreckt zurück, wobei er Kits Buch fallen ließ. Die aufgescheuchten Besuchermassen drängten an ihm vorbei und verstopften den Ausgang, sodass er nicht mehr hinauskonnte. Blitzschnell hockte er sich hin und öffnete das Buch. Hinter seinen Brillengläsern zuckte ein Blitz. Er musste ein Foto von dem Papyrus gemacht haben! Verdammt, hatte Kit nicht gesagt, das Schriftstück würde zerfallen, nachdem man es umgedreht hatte? Gott, ich musste an das Dokument herankommen!

Ich rappelte mich hoch und stolperte auf den Typen zu.

Auf dem Weg hob ich eine Kamera auf, die irgendein flüchtender Tourist verloren hatte. Dabei entfuhr mir ein Schmerzensschrei, denn mir tat alles, wirklich alles weh.

Das musste der Schwarzgekleidete gehört haben, jedenfalls sprang er auf, das Buch in der Hand, und glotzte mich an. Wenn er wirklich dem Osiris-Kult angehörte, kochte er wahrscheinlich vor Wut, weil ich die Skulptur seines Lieblingsgottes zerstört hatte.

Die ersten Feuerwehrleute waren im Anmarsch. Auf ihrem Weg ins Gebäudeinnere stießen sie Mr Kampfanzug in Richtung Ausgang, wobei ihm Kits Buch erneut aus der Hand fiel. Ich war sofort zur Stelle, schnappte es mir und machte ein Foto mit der gefundenen Kamera. Ich konnte nur hoffen, dass es scharf genug war. Aber mir blieb keine Zeit, noch eins zu schießen, denn einen Moment später zerfiel das Schriftstück zu Staub.

Mr Kampfanzug starrte mich noch immer an.

Da ertönte ein Schrei und Kit rannte die Treppe herunter, Pan dicht auf den Fersen.

Mr Kampfanzug reichte es jetzt offenbar, er machte auf dem Absatz kehrt und floh. Binnen Sekunden war er im Gedränge verschwunden.

Kit stand da und rang nach Luft, die Hände auf die Knie gestützt.

»Hast du sein Gesicht gesehen?«, japste er.

»Wie denn?«, keuchte ich. »Der war doch maskiert.«

»Und der Papyrus?«, fragte Pan.

Tja, der war inzwischen Staub, aber zum Glück brauchten wir ihn ja nicht mehr. Mit zitterndem Arm hielt ich die Kamera hoch.

»Foto … ich hab ein Foto gemacht.«

Um uns herum waberten Rauchschwaden. Schreiend flohen die letzten Touristen durch die Trümmer.

Pan ließ ihren Blick über die Verwüstung schweifen. Dann streckte sie den Arm aus, um mir hochzuhelfen. »Im Chaosstiften bist du wirklich unübertroffen. So, und jetzt lass uns von hier verschwinden.«

# 14

Es grenzte wirklich an ein Wunder, dass ich mich überhaupt noch bewegen konnte. Ich war einem Ninja-Kämpfer in den Nacken gesprungen, hatte mich über eine drei Meter hohe Balustrade gestürzt und das halbe Museum zerlegt. Mein Knöchel war aufs Doppelte angeschwollen und von der Hüfte bis hoch zur Armbeuge bestand ich nur aus blauen Flecken, dunkel wie Gewitterwolken. Eigentlich sah ich aus wie tot – und schon halb verwest.

Innerlich hätte ich mich sogar noch katastrophaler fühlen sollen: Ich hatte das Versprechen gebrochen, das ich Mum und Dad gegeben hatte, und erneut gestohlen. Und ich hatte uralte, unersetzliche Kunstschätze zerstört. Selbst wenn wir unsere Eltern dadurch retten konnten, würden sie mir das nie verzeihen.

Aber ganz ehrlich: Ich fühlte mich kein bisschen zerknirscht. Ich fühlte mich großartig! Ich hatte jede einzelne Sekunde der Aktion in vollen Zügen genossen: die Rauchbomben, den Kampf mit dem Typen in Schwarz … Ich hatte mir einen Plan überlegt und er hatte funktioniert! Na ja, einigermaßen jedenfalls. Das Foto, das ich von dem Papyrus geschossen hatte, war leider zu verschwommen, um die Schrift lesen zu können. Sami hatte das Bild an eine Wand projiziert und ließ gerade alle möglichen Filterprogramme darüberlaufen, um die Details schärfer zu bekommen. Pixel für Pixel arbeiteten sich die Programme durch das Foto – und das, was bislang dabei herausgekommen war, war tatsächlich ziemlich klar und deutlich zu erkennen. Aber es dauerte ewig!

Je länger wir warteten, desto frustrierter wurden wir. Mr Kampfanzug hatte das Schriftstück ebenfalls fotografiert und war vielleicht schon auf dem Weg zur Grabstätte.

Kit starrte die Projektion an der Wand an, wobei er unentwegt von einem Fuß auf den anderen trat, als würde er auf heißen Kohlen stehen. Und die ganze Zeit sprach er leise mit sich selbst, verfluchte meine Fotokünste und das schnarchlangsame Computerprogramm.

Wir hatten uns ins *Semiramis* zurückgezogen, ein piekfeines Hotel in der Nähe des Museums. Ich saß neben Pan auf einem riesigen Bett, das genauso roch wie das Lavendel-Duftbäumchen in Dads Auto. Die Klimaanlage lief so dermaßen auf Hochtouren, dass man im Zimmer bedenkenlos frische Wurstwaren hätte lagern können, aber im Vergleich zu der stickigen Hitze draußen war es das reinste Paradies.

Sami fummelte mit dem Erste-Hilfe-Zeug herum, das er für uns besorgt hatte. Er schien eine ganze Apotheke leer gekauft zu haben. Er hatte sich total beeilt hierherzukommen und japste immer noch. Seine bunte Djellaba klebte ihm schweißnass am Körper.

»Ich hab Pflaster, Verbandszeug und diese Pillen hier«, sagte er.

»Wofür?«, fragte ich.

»Für dich! Du bist doch über diese Balustrade gefallen …«

»Gesprungen, nicht gefallen …«

»Wir sollten ins Krankenhaus fahren«, beharrte Sami. »Kit, sollen wir die beiden nicht ins Krankenhaus bringen?«

Kit wedelte ungeduldig mit einer Hand, die Augen starr auf die Wand mit dem Foto gerichtet. »Häh? Äh, nein, denen geht's gut.«

»Aber …«

»Den Kindern geht's gut, Sam. Hast du den Laden in Khan-el-Khalili dichtgemacht? Und den Lieferwagen mitgebracht?«

Doch Sami hörte nicht zu. Er schwirrte weiter um uns herum, was gar nicht notwendig gewesen wäre, aber total nett war. Zusätzlich zu dem Verbandszeug hatte er uns auch etwas zu essen besorgt – Brot, Falafel und Dips. Ich schlürfte meine Cola und warf Pan verstohlene Blicke zu. Die saß schweigend da und blätterte in einem Buch über die Religion des alten Ägypten. Ich kannte den Ausdruck in ihren Augen. Wenn sie in der Schule gemobbt wurde, guckte sie genauso.

Ich reichte ihr eine Cola. »Alles in Ordnung mit dir?«

Überrascht blickte sie auf, dann blätterte sie weiter. »Ja, na ja … Wie steht's mit dir? Ich meine, immerhin haben wir ein weltberühmtes Museum ausgeraubt …«

Ich wusste, was sie meinte. Im Museum hatte Pan mich geradezu überreden müssen, den Papyrus zu klauen. Und jetzt, wo es passiert war, wo nichts mehr daran zu ändern war,

war wahrscheinlich die gesamte Kairoer Polizei hinter uns her. Ob es in Ägypten Jugendgefängnisse gab? Ehrlich gesagt war ich nicht scharf darauf, es herauszufinden.

»Mums und Dads Rettung ist das Einzige, was zählt«, sagte ich. »Und immerhin haben wir uns mit der Aktion Ipuwers Papyrus besorgt. Vielleicht führen uns seine Hinweise ja tatsächlich zu der Grabstätte und wir können Mum und Dad gegen die Mumie eintauschen.«

Pan nickte langsam. »*Du* hast ihn besorgt.«

»Häh?«

»*Du* hast den Papyrus besorgt, nicht wir.«

»Wir waren's zusammen, Pan.«

Sie grinste und trank einen Schluck Cola. »Eigentlich würde ich's dir lieber alleine anhängen. Mum und Dad werden nämlich ausflippen, wenn sie erfahren, dass wir all diese einzigartigen Kunstwerke auf dem Gewissen haben.«

In dem Moment trat Kit volle Kanne gegen die Wand mit der Foto-Projektion. »Sam, warum zum Teufel geht das nicht schneller?«

Echt, ich hatte immer noch keinen Schimmer, wie der Mann tickte. Er war ein ziemlicher Angeber und hörte sich definitiv gerne reden. Außerdem war er raffgierig und total heiß auf Grabschätze. Aber kurz bevor die Sache in dem Museum aus dem Ruder gelaufen war, hatte ich etwas anderes in seinen Augen aufblitzen sehen: echte Begeisterung für den Papyrus. Und trotzdem hatte er ihn nur wenige Sekunden später gestohlen, in dem Wissen, ihn unwiederbringlich zu zerstören. Er bezeichnete sich selbst als Historiker und Grabräuber. Aber konnte man wirklich beides sein?

Und was war Sami für einer? Er wirkte eigentlich ganz

vertrauenswürdig, aber was wussten wir schon groß von ihm? Ich beobachtete ihn, während er einen gläsernen Monitor flach auf den Schreibtisch legte. Er tippte einen Code auf die Scheibe und sofort leuchteten Hologramm-Dateien auf und Websites schwebten in der Luft. Er blätterte sich hindurch, suchte einige aus und zoomte sie größer, während er andere mit Tai-Chi-ähnlichen Bewegungen wegwischte.

»Das Chaos im Museum ist überall in den Nachrichten«, stellte er mit Blick auf einige News-Websites fest. »Das einzig Positive: Von Jake und Pandora ist nirgends die Rede.«

»Und von mir?«, fragte Kit.

»Auch noch nicht.«

»Oh.« Kit klang enttäuscht.

Sami scrollte sich weiter durch die Hologramme. Seine Hände waren kaum zu erkennen, so schnell bewegte er sie. Offenbar war er in der Lage, hundert Websites gleichzeitig zu lesen. Der reinste Scanner.

»Wie funktioniert das so schnell?«, fragte Pan.

Die Frage schien Sami zu überraschen – vielleicht, weil sich die Leute normalerweise eher für Kit interessierten als für seine technischen Spielereien.

»Das? Oh, keine große Sache. Das Ding hab ich selbst zusammengebastelt. Eine Kombination aus holografischer und diffraktiver Optik. Ich nenne es ›Diffraktionsoptik-Gestensteuerungs-Interface‹, kurz: DOGSI.«

»Einprägsamer Name«, bemerkte ich. »Sollen wir es nicht einfach Holosphäre nennen? Klingt cooler.«

Kit wandte sich von der Projektion ab. »*Holosphäre.* Das Wort gefällt mir. Gute Idee, John.«

»Jake«, korrigierte ich. »John ist mein Vater.«

Kits Uhr piepte. Als er die eingegangene Nachricht vom Display ablas, mahlten seine Kiefermuskeln und die Narbe auf der Wange pochte. Aber schon in der nächsten Sekunde war der angespannte Ausdruck verflogen.

»Was esst ihr da, Kids?«, fragte er. »Falafel? Falafel sind doch langweilig. Hier im Hotel gibt's Ziegenbraten. Ich gehe kurz und hol euch welchen.«

»Und was ist mit dem Papyrus?«, fragte ich.

»Die wichtigste Regel für Schatzsucher: Suche niemals mit leerem Magen nach einem verschollenen Grab. Im Ernst, ihr werdet diesen Ziegenbraten *lieben.*«

Und schon hatte er den Raum verlassen und die Tür hinter sich geschlossen.

»Das ist definitiv *nicht* die wichtigste Regel«, brummelte Sami, aber ich hörte gar nicht richtig zu.

Ich fand es merkwürdig, wie sich Kits Gesichtsausdruck beim Lesen der Nachricht verändert hatte. Außerdem: Er hatte es doch genauso eilig wie wir, das Grab zu finden. War es da nicht seltsam, dass er ausgerechnet jetzt, wo das Bild fast komplett scharf war, Ziegenbraten holen ging?

Nee, irgendetwas stimmte da nicht.

Mit einem raschen Blick vergewisserte ich mich, dass Sami gerade nicht guckte, und schlüpfte aus dem Raum.

Im Flur brannte kein Licht und es war kein Geräusch zu hören, außer dem wilden Klopfen meines Herzens. Was, wenn Kit mich erwischte, wie ich hier im Zwielicht hinter ihm her spionierte? Oder ein Sondereinsatzkommando die Bude umstellt hatte? Schließlich hatte ich vor knapp einer Stunde eines der bekanntesten Museen der Welt ausgeraubt.

Ein lautes *Ping* ließ mich zusammenzucken, aber es war

nur der Fahrstuhl. Bevor sich seine Türen schlossen, erspähte ich Kit in der Kabine. Angespannt las er eine weitere Nachricht auf seiner Smartwatch.

Der Fahrstuhl fuhr nach unten.

Ich rannte ins Treppenhaus, nahm immer drei Stufen auf einmal und stürmte in die Lobby.

Dort, zwischen glänzenden Marmorsäulen und riesigen Zimmerpalmen, saßen Geschäftsleute beim Meeting, und überall schwirrten Touristen mit viel zu großen Fotoapparaten und Portiers in purpurfarbenen Uniformen herum.

Und da war auch Kit!

Also, Ziegenbratenbestellen sah definitiv anders aus. Kit stand im Schatten einer Palme und sprach mit jemandem, der in einem Ledersessel saß. Er redete schnell, die Narbe auf seiner Wange leuchtete. Er, der sonst so coole und abgeklärte Typ, wirkte wie ein kleiner Schuljunge, der seinem Klassenlehrer etwas beichten muss.

Vorsichtig näherte ich mich und versteckte mich hinter einer Marmorsäule.

Der Gesprächspartner war eine Frau! Eine Frau, etwa in Mums Alter, mit hohen Wangenknochen und rubinroten Lippen. Ihre Haare waren schneeweiß und fielen ihr auf die Schultern, um die sie ein Cape gelegt hatte. Mit der Zungenspitze fuhr sie sich über die geschminkten Lippen, während sie Kit mit vollkommen ausdruckslosem Blick musterte. Ihre bleiche Hand strich über einen schmalen Aluminium-Aktenkoffer auf ihrem Schoß.

Als ich mich noch näher heranpirschte, konnte ich sogar die Verzierung auf dem Kofferdeckel erkennen: Ein glänzend grüner Edelstein war in das Metall eingelassen, geschliffen in Form einer zusammengerollten Schlange, die sich selbst in den Schwanz biss. Ich kannte mich nicht sonderlich gut aus mit Edelsteinen, aber für mich sah es aus wie ein Smaragd. Ein riesiges Exemplar. Und was auch immer die Schlange zu bedeuten hatte, sie schien Kit zu beunruhigen, jedenfalls wanderte sein Blick immer wieder nervös zu dem Stein. Sein Augenlid flatterte.

»Was machst du da?«

Mit einem Aufschrei fuhr ich herum. Es war Sami.

»Ich ... ich hab Hunger«, stammelte ich. »Ich wollte schauen, wo der Ziegenbraten bleibt.«

Sami schien mir zu glauben, oder er war so versessen darauf, mich schnell wieder in unserem Zimmer zu verstecken, dass er über den Grund meines Verschwindens gar nicht weiter nachdachte.

»Du darfst dich nicht zeigen«, warnte er. »Ich hab noch keinen kompletten Überblick über die Nachrichtenlage. So lange müssen wir dich in Sicherheit behalten.«

In Sicherheit behalten – oder im Blick?

»Jetzt komm schon«, drängte er. »Das Filterprogramm ist beendet. Der Papyrus ist lesbar.«

Na, wenigstens etwas. Dann konnten wir uns ja endlich auf die Suche nach dem Grab machen. Während ich Sami zum Fahrstuhl folgte, warf ich einen Blick zurück über die Schulter, aber Kit und die Weißhaarige waren verschwunden. Schon möglich, dass ihr Treffen gar nichts mit Mum und Dad und der Grabstätte zu tun hatte, aber trotzdem: Irgendwie wurde ich das Gefühl nicht los, dass da noch etwas anderes lief. Etwas, dass Kit und Sami uns verschwiegen.

# 15

Als Kit ins Zimmer zurückkam, war er außer Atem und seine Narbe leuchtete rot wie eine frische Wunde. »Ist es fertig?«

Es war fertig. Das ursprünglich verschwommene Foto war jetzt gestochen scharf, jedes Detail von Ipuwers Gekritzel war zu erkennen. Aufgeregt trat Kit näher, die Augen starr auf die Wand-Projektion gerichtet.

»Keine Ziege?«, fragte ich.

»Was?«

»Sie wollten doch Ziegenbraten holen.«

»Oh, äh … nein. So richtig lecker ist der nicht.«

*Oder du hast dich nicht so richtig drum gekümmert*, dachte ich. Leider hatte ich noch keine Gelegenheit gehabt, Pan von der Frau in der Lobby zu erzählen. Na ja, später. Der Papyrus war jetzt wichtiger. Und die Frage, ob er uns den Ort des Osiris-Grabes verriet.

»Werden Sie daraus schlau?«, fragte Pan.

»Nicht ganz einfach«, antwortete Kit. »Es ist in hieratischer Schrift verfasst.«

»Ich dachte, die alten Ägypter haben in Hieroglyphen geschrieben?«, wandte ich ein.

»Hieroglyphen wurden nur für heilige Sachen verwendet«, erklärte Pan. »Bei Reliefs in Tempeln zum Beispiel oder bei Grabinschriften. Für Alltägliches haben die Leute einfachere Zeichen benutzt, um schneller schreiben zu können: das Hieratische.«

Ich betrachtete meine Schwester. In dem Souvenir-Shop hatte Pan ihre Intelligenz nur einmal kurz aufblitzen lassen, um Kit mundtot zu machen. Jetzt schien sie das Ganze fast als Herausforderung zu begreifen und es irgendwie zu genießen.

»Man kann es immer noch lesen, oder?«, fragte sie Kit.

»Also, ich kann es natürlich. Allerdings ist das hier fast eine Art Schreibschrift. Ich kann es wortwörtlich übersetzen, sozusagen buchstabengetreu, aber um die Gesamtbedeutung zu erfassen, müsste ich die zwei weltweit führenden Experten zurate ziehen.«

»Und wo sind diese Experten?«, fragte ich.

»Das wissen wir nicht«, schaltete sich Sami ein. »Es sind eure Eltern.«

Ich hatte schon fast damit gerechnet, dass er das sagen würde, aber als ich es tatsächlich hörte, haute es mich doch um. Meine Mum und mein Dad … weltweit führende Experten? Das hatte ich nicht gewusst. Na okay, ich hatte mich auch nie wirklich für ihre Arbeit interessiert.

»Aber irgendwas werden Sie doch aus dem Schriftstück herauslesen können?«, fragte Pan. »Sagen Sie nicht, dass wir das Museum völlig umsonst verwüstet haben.«

Kit brach in bellendes Gelächter aus. »Ha! Die Museumsnummer war ein Kindergeburtstag im Vergleich zu den Einsätzen, die Sam und ich sonst so haben. Hey, Sam, erinnerst du dich noch an unseren Ausflug nach Kambodscha mit dem Medizinmann und der Tarantel-Höhle?«

»Kit«, mahnte Sami. »Sollten wir nicht beim Papyrus bleiben?«

»Stimmt, hast recht.«

Er trat näher an die Wand und fuhr während des Übersetzens mit dem Finger die jeweiligen Zeilen entlang.

»*Und sehet, ich betrat das Reich des höchstrangigen Westlers. Ich erklomm die hundertachtzigste Ebene der Strahlen der untergehenden Sonne, wo ich eine Markierung setzte. Aber sehet, ich fürchtete den Zorn der Götter und verließ den Ort, wo der Gott Osiris für immer ruhet.*«

»Na, dann ist ja alles klar«, sagte ich.

Doch Kit beachtete mich gar nicht, er ging das Schriftstück noch einmal durch, Zeile für Zeile. »Reich des höchstrangigen Westlers ...«

»Das ist Osiris!«, rief Pan. »Das Westufer des Nils war das Reich der Toten, dort wurden die Leute früher beerdigt.«

»Da stimme ich dir zu«, sagte Kit. »Tja, und die hundertachtzigste Ebene, das ist ja eine sehr genaue Angabe. Aber die hundertachtzigste Ebene wovon?«

»Hundertachtzig ist die Höchstpunktzahl beim Dart«, bemerkte ich.

Entgeisterte Gesichter wandten sich mir zu.

»Könntest du vielleicht mal eine Weile die Klappe halten?«, bat Kit.

Okay, zwischen diesen Superhirnen war ich wirklich keine große Hilfe.

»Also, was könnte Ipuwer mit den Strahlen der untergehenden Sonne gemeint haben?«, fragte Sami und sah mich entschuldigend an.

Kit schüttelte den Kopf. »Untergehende Sonne, untergehende Sonne …«, murmelte er nachdenklich.

Plötzlich sprang Pan auf, die Augen tellergroß, als wäre Kit gerade ein zweiter Kopf gewachsen. Sie schien voll in ihrem Element zu sein. »Das ist doch so was von offensichtlich!«

Kit sah Sami an, der nur die Achseln zuckte. »Aha, ist es das?«

»Na ja, ›untergehen‹ ist hier wahrscheinlich im Sinne von ›alt‹ zu verstehen. Es bezeichnet etwas, das bereits alt war, als Ipuwer seinen Text verfasste. Er lebte im Neuen Reich, oder? Während der Herrschaft von Ramses III.?«

»Stimmt.« So langsam konnte selbst ich folgen. »Also war der Ort, an dem er in das Grab von Osiris eindrang, selbst für ihn schon alt. Aber was hat es mit den Sonnenstrahlen auf sich?«

»Damit wären wir beim Knackpunkt. Überlegt doch mal: Was war den Strahlen der Sonne nachempfunden?« Pans sonst so blasses Gesicht leuchtete vor Aufregung.

»Mein Gott!« Kit schlug sich gegen die Stirn. »Sie hat recht!«

»Hat sie?«, fragte Sami.

»Eine Pyramide«, verkündete Pan.

»Du meinst … diese riesigen spitz zulaufenden Dinger?«, fragte ich.

»Diese riesigen spitz zulaufenden Grabanlagen«, präzisierte Kit. »Natürlich! Die Pyramiden sind den Strahlen der Sonne nachempfunden – wie sie schräg vom Himmel nach unten auf die Erde brechen. Und gleichzeitig sollten sie eine Art Himmelsleiter zum Sonnengott Re darstellen. Die aufeinandergeschichteten Steinquader müssen die ›Ebenen‹ sein, von denen Ipuwer spricht.«

»Also liegt der Grabeingang auf Höhe der hundertachtzigsten Steinquaderschicht einer Pyramide?« Ich wollte auch mal was beisteuern.

»Nur dass es leider haufenweise Pyramiden gab«, wandte Pan ein. »Über hundert, meinen manche Experten. Die meisten sind inzwischen eingestürzt.«

»Na ja, sehr viele mit über hundertachtzig Ebenen werden nicht dabei sein«, murmelte ich.

Wieder schauten mich alle drei an. Ich zuckte die Achseln. »Okay, okay, ich sag nichts mehr.«

»Nein!«, rief Pan. »Du hast recht! Tatsächlich gibt es nur zwei Pyramiden, die so hoch sind. Stimmt's, Kit?«

Der klopfte ihr anerkennend auf die Schulter. Erstaunlich, dass sie ihm nicht gleich eine scheuerte. Pan hasste es, wenn man sie antatschte.

»Und mit Sicherheit befindet sich unser Grabeingang in der zuerst erbauten der beiden Pyramiden«, fügte Kit hinzu.

»Warum?«, fragte Sami.

»Weil das Grab der Grund sein wird, warum die Pyramide überhaupt dort errichtet wurde«, führte Pan Kits Gedanken aus. »Die alten Ägypter glaubten, dass ihre Könige sich nach dem Tod mit Osiris vereinigten. Was liegt also näher, als die Pyramide, das Königsgrab, direkt auf Osiris' Begräbnisstätte draufzusetzen?«

»Und welcher König hat die erste der beiden großen Pyramiden gebaut?«, fragte ich.

Pan blickte Kit an. »Cheops?«, fragte sie.

»Cheops«, bestätigte Kit.

Wieder ärgerte ich mich. Die beiden wussten es, ich nicht. Irgendwie schienen sie es drauf anzulegen, Sami und mich wie Idioten dastehen zu lassen.

»Und existiert die Pyramide von diesem Cheops noch?«, fragte ich.

»Klar«, antwortete Kit. »Sie ist das einzige erhaltene der sieben Weltwunder der Antike.«

»Sie meinen … Meinen Sie etwa die …?«

»Ja, er meint die Cheops-Pyramide. Die Große Pyramide von Gizeh«, sagte Pan.

# 16

Der Lieferwagen holperte durch ein kratergroßes Schlagloch und ich flog auf Pans Schoß. Sie schubste mich zurück – nur um beim nächsten Loch auf meiner Seite zu landen.

»Festhalten!«, rief Kit nach hinten, riss das Steuer herum und brachte den Wagen auf noch unwegsameres Gelände. Digitale 3-D-Straßenkarten von Kairo flimmerten über die Windschutzscheibe. Während des Fahrens wischte und scrollte er in den Projektionen herum, auf der Suche nach der schnellsten Route zu den Pyramiden. Sein Kiefer war total angespannt, aber dafür lag ein Glitzern in seinen Augen – wie bei einem aufgeregten kleinen Kind.

»Weißt du noch damals, 2006 in Guatemala, Sam? Das waren noch Zeiten, was? Da war noch was los!«

Hinten im ausgebauten Laderaum rollte Sami mit den Augen. Er saß an einem Arbeitstisch und bereitete die Ausrüstung für unsere Exkursion vor. Es war ein »gyroskopischer« Tisch, wie Sami ihn nannte, drehbar und extrem gut gefedert, sodass die Arbeitsfläche trotz der Schlaglöcher ruhig und stabil blieb.

Sami hatte einige Stunden gebraucht, um das passende Equipment zusammenzustellen. Kit wollte eigentlich sofort aufbrechen, aber wegen der unglaublichen Touristenmassen, die sich tagsüber in Gizeh tummelten, und einer Sound- und Light-Show bis in die späten Abendstunden wäre das eh nicht gegangen. Keine Chance, bei diesem Trubel auf die Cheops-Pyramide zu klettern.

Nein, es machte schon Sinn, es erst nach Mitternacht zu versuchen, wenn die Touristen und auch die meisten Wachleute abgezogen waren. Blieb nur zu hoffen, dass Mr Kampfanzug zu demselben Schluss gekommen war.

Die Straße wurde immer schlechter. Wir fuhren an einer Ansammlung von Lehmhäusern und Wellblechhütten vorbei, die zwischen endlosen Reihen von Steingräbern errichtet worden waren. War das etwa ein Friedhof, auf dem Leute lebten?

»Die Totenstadt«, erklärte Sami. »Kairos Einwohnerzahl hat sich in den letzten vierzig Jahren verdoppelt. Der Platz zum Wohnen ist mittlerweile so knapp, dass die Leute sogar schon die Friedhöfe besiedeln.«

Durch die Fenster und Türen der Hütten sah ich Kinder, die mit ihren Eltern im selben Bett schliefen. Andere spielten, obwohl es mitten in der Nacht war, zwischen den Grabsteinen Fußball. Eine Gruppe älterer Männer hockte um ein Backgammon-Brett. Komisch, irgendwie kamen mir diese Friedhofsbewohner glücklicher vor als meine eigene Familie.

»Und warum wächst die Stadt nicht einfach in die andere Richtung?«, fragte Pan.

»Weil nirgendwo Platz ist«, antwortete Kit. »Überall ist etwas im Weg. Wie zum Beispiel dort vorne.«

Drei schwarze Dreiecke kamen zwischen den Grabsteinen in Sicht, hoch wie Berge. Es mussten Berge sein, denn Menschen konnten etwas so Gigantisches unmöglich gebaut haben.

»Die Pyramiden!«, keuchte Pan und presste ihr Gesicht ans Fenster. Hatte sie Mum im Hotel nicht noch gesagt, dass sie die ›ollen Steinhaufen‹ langweilig fand? Jetzt schien sie auf einmal ziemlich Feuer und Flamme zu sein.

»Die sind ja riesig, unfassbar!«, murmelte sie.

»Es gibt drei große Pyramiden auf dem Gizeh-Plateau, das ist die Kalksteinplatte, die als Untergrund dient«, erklärte Kit. »Die größte, die Cheops-Pyramide, besteht aus über zwei Millionen Steinquadern, von denen jeder einzelne mindestens zwei Tonnen wiegt.« Er klang wie ein staunender kleiner Schuljunge. »Hach, ich könnte euch stundenlang von dieser Pyramide erzählen!«

»Aber stattdessen wirst du sie ausrauben«, murmelte Sami.

Kits Finger krampften sich um das Lenkrad. »Wir müssen alle unsere Arbeit machen«, sagte er.

Was war denn das für eine seltsame Antwort? Arbeitete er etwa für die Frau in der Hotellobby? Doch ich schüttelte den Gedanken ab. Entscheidend war jetzt, dass wir Mr Kampfanzug zuvorkamen und ihm die Mumie wegschnappten.

Sami wollte eigentlich, dass wir bei ihm im Auto blieben, doch wir würden Kit auf keinen Fall alleine losziehen lassen, never ever. Ich traute dem Kerl nicht.

»Und wie kommen wir an die Pyramide ran?«, fragte ich.

»Auf jeden Fall nicht über den Haupteingang für Touristen«, sagte Kit. »Zu riskant. Nicht mit all der Ausrüstung. Bestenfalls würden sie uns dort für Archäologen ohne Lizenz halten.«

»Und schlimmstenfalls?«

»Für Terroristen«, antwortete Kit. »Nein, wir nehmen den Sahara-Eingang zum Plateau.«

»Den Sahara-Eingang?«, fragte ich. »Ist das ein Tor?«

»Nein, das ist die Wüste.«

Wir verließen die holprige Piste und fuhren auf pulverweichen Sand, ließen die Lichter und den Lärm von Kairo und Gizeh immer weiter hinter uns. Vor uns nichts als Dunkelheit, Sanddünen und Sterne.

Wir schlugen einen weiten Bogen um das Plateau herum, bis wir eine gewaltige Felsnase erreichten. Wie Drachenzähne wuchsen die zerklüfteten Sandsteinbrocken aus dem Wüstenboden.

»Wir befinden uns jetzt zwei Kilometer westlich vom Gizeh-Plateau«, sagte Kit und bremste. »Glaubst du, du kannst von hier aus mit mir kommunizieren, Sam?«

»Ja. Ich kann sogar deine Bewegungen mit der Wärmebildkamera verfolgen.«

»Okay«, sagte Kit, »dann mach ich mich mal fertig.«

Pan starrte mich an. Wenn wir mitwollten, dann musste *jetzt* etwas passieren. Ich rutschte auf meinem Sitz herum und spannte die Beine an.

Als Kit zu uns nach hinten kletterte, trat ich mit voller Wucht gegen seine Hand. Er schrie auf und ich trat erneut zu.

»Ich bring dich um, du kleiner Bastard!«, brüllte er und sein Speichel flog mir ins Gesicht.

»Sorry, das war ein Versehen, ich schwör's.«

»War es nicht!«

»Natürlich war es das«, sagte Pan. »Jake ist ausgerutscht.«

Kit hielt sich stöhnend die Hand. »Lügner, alle beide.«

»Vielleicht, vielleicht auch nicht«, sagte ich. »Aber wen interessiert das jetzt? Sie haben eine verletzte Hand und müssen irgendwie zu der Mumie. Sind Sie sicher, dass Sie das einhändig schaffen? Sie wissen doch gar nicht, welche Gefahren Sie im Inneren der Pyramide erwarten. Na ja, wir stehen jedenfalls bereit.«

Kit fluchte. Er hörte gar nicht auf zu fluchen. Er wusste, dass ich recht hatte. Wir mussten ihn begleiten, es führte kein Weg daran vorbei.

»Kit«, sagte Sami. »Du kannst sie nicht mitnehmen, ausgeschlossen.«

»Hast du Ersatzanzüge dabei?«, knurrte Kit.

»Ja, aber …«

»Dann gib sie ihnen. Die Kids kommen mit.«

Pan knuffte mich in die Seite und zwinkerte mir zu. Yes! Wir gingen auf Schatzsuche!

Unser Outfit bestand aus sandfarbenen Tarnanzügen und Kletterschuhen mit Gummisohlen. Wir bekamen auch Gürtel ausgehändigt, aber nicht irgendwelche Nullachtfünfzehn-Teile, sondern Gurte aus ultraleichtem Metall mit zigtausend Halterungen und Schlaufen, an denen diverse technische Geräte befestigt waren.

»Das ist ein Ausrüstungsgürtel aus Titan«, erklärte Sami, während er mir half, ihn umzulegen. »Der beste Freund des Grabräubers. Jeder von euch hat Wasser dabei, ein Springmesser, Karabiner, eine Signalpistole, Rauchbomben, ein Atemgerät mit komprimiertem Sauerstoff und einen 100-Volt-Ultrakompaktbohrer. Auch ein integriertes Bungee-Seil ist dabei.«

»Ein Bungee-Seil?«, fragte Pan.

»An meinem Gürtel hängt zusätzlich noch ein Nachtsichtgewehr«, prahlte Kit.

Sami hatte Kits verletzte Hand bandagiert, sodass er sein Equipment mit der anderen Hand vom Gürtel lösen musste. Jetzt nahm Kit einen dünnen Metallstab mit unterschiedlich geformten Haken von einem der Karabiner. »Das ist ein Universalschlüssel, auch Dietrich genannt. Der öffnet *jede* Tür, egal wo. Vor allem die Tür zum Abenteuer.«

In Kits Gürtel waren seine Initialen eingraviert: DKT. Dr. Kit Thorn. Ein extra ›D‹ für ›Doktor‹. Wie eingebildet konnte man eigentlich sein?

»Und was ist das hier?«, fragte ich.

Ich löste etwas von meinem Gürtel, das wie eine Rundum-Sonnenbrille aussah, nur dass die Gläser nicht dunkel, sondern klar waren.

Sami nahm mir das Ding ab und hielt es hoch wie ein Heiligtum, offenbar höchst erfreut, dass er die technischen Details herunterspulen durfte.

»Das ist eine Nachtsichtbrille. Sie hat eine eingebaute 1000-Lumen-Taschenlampe, ein Zwei-Wege-Mikro, Augmented-Reality-Sensoren, Wärmebildtechnik und eine Mikrolinsen-Kamera für besonders hochauflösende Fotos. Ich habe ein 6G-Netzwerk eingerichtet, über das ich direkt mit dem Gerät verbunden bin. Ich kann euch also alle Infos, die ihr braucht, direkt ins Sichtfeld einblenden. Die Brille hat eine

Blickerfassungs- und Spracherkennungsfunktion. Wenn sie etwas für euch tun soll, müsst ihr es nur laut aussprechen. Zum Beispiel sagt ihr ›Zoom‹, wenn ihr etwas von Nahem betrachten wollt, ›Taschenlampe‹, wenn ihr Licht braucht, ›Thermo‹ für die Wärmebildfunktion und so weiter. Ihr werdet sehen: Es gibt nicht viel, was die Brille nicht kann.«

»Kann sie unsere Eltern retten?«, fragte ich.

»Nein, das ist euer Job. Aber sie wird euch dabei helfen.«

»Hat sie einen Namen?«, wollte Pan wissen.

»Teilbildsequenzielles Farboptik-Helmdisplay auf Flüssigkristallbasis, abgekürzt TBSFOHDFB.«

»Können wir sie nicht einfach Smartglotzer nennen?«, schlug ich vor.

»Aber …«

»Super, Smartglotzer, gebongt!«, rief Kit.

Sami sah nicht wirklich erfreut aus, aber wir hatten jetzt keine Zeit zum Diskutieren. Er steckte mir und Pan jeweils einen schwarzen Knopf ins Ohr. »Darüber und über die Funkmikros werde ich mit euch kommunizieren – und zwar über eine Distanz von fünf Kilometern hinweg und durch fast alles hindurch, was sich an Hindernissen zwischen uns befindet.«

Ich bemühte mich, mir die ganzen Hightech-Infos zu merken. Selbst unsere Wüstentarnanzüge schienen irgendwie speziell zu sein, als wären sie aus Luft genäht oder so.

»Woraus sind die?«, fragte ich.

»Aus BioSteel. Ultraleichter Körperschutz. Zwanzigmal stabiler als Kevlar und dabei leichter als Baumwolle.«

»Wie geht das?«, fragte Pan und befühlte den Stoff ihres Anzugs.

»Das ist eine faszinierende Geschichte«, holte Sami aus. »Man hat Ziegen gentechnisch so manipuliert, dass sie die chemischen Bestandteile von Spinnfäden produzieren, was …«

»Genug Wissenschaftsgequatsche«, ging Kit dazwischen. »Jetzt ist Schatzjägerzeit.«

Er schob die Tür des Lieferwagens auf, und sofort schlug uns heiße Backofenluft entgegen, obwohl es mitten in der Nacht war.

»Folgt mir«, sagte er. »Lauft schnell und geduckt und seid wachsam. Überall auf dem Plateau stehen bewaffnete Sicherheitsleute. Und kein Funkkontakt, bevor wir die Pyramide erreicht haben.«

»Warten Sie«, sagte Pan. »Was war das da eben mit den bewaffneten Sicherheitsleuten?«

Aber Kit war bereits losgelaufen, lautlos und geduckt.

»Seid ihr wirklich sicher, dass ihr ihn begleiten wollt?«, fragt Sami.

Pan und ich tauschten einen Blick. Klar konnten wir Kit alleine losziehen lassen. Vielleicht hätte er ohne uns sogar bessere Chancen. Auf der anderen Seite war er jemand, der vom Grabraub lebte. Woher sollten wir wissen, dass er die Mumie tatsächlich gegen unsere Eltern eintauschen und nicht zu Geld machen würde? Nein, keine Frage, wir mussten ihn begleiten – schon allein, um ihm auf die Finger zu schauen.

Meine Gedanken schweiften zu Mum und Dad, die irgendwo eingesperrt waren und sich wahrscheinlich zu Tode ängstigten. Als ich sie zuletzt gesehen hatte, hatte Mum geschluchzt. In diesem Moment schwor ich mir, dass es auf keinen Fall unser letztes Beisammensein gewesen sein durfte. Nicht, solange ich die Möglichkeit hatte, für ihr Überleben zu kämpfen. Ich blickte Pan an, und ihre Augen verrieten mir, dass sie dasselbe dachte.

»Schatzjägerzeit«, sagte ich.

# 17

Wir hatten die dreißigste Steinquaderschicht der Cheops-Pyramide erreicht, als mich einer der Wachmänner erspähte und mir in den Nacken schoss.

Zumindest fühlte es sich so an – bis ich irgendwann merkte, dass es wohl doch eher eine Schulterzerrung war. Mein Griff löste sich, meine Hände schrappten über den Stein und ich rutschte schreiend auf den schmalen Vorsprung der darunterliegenden Quaderebene zurück, wo ich es mit Ach und Krach schaffte, mich irgendwie zu halten.

»Jake?«, tönte Samis erschrockene Stimme in meinem Ohrknopf. »Jake? Oh mein Gott, bist du tot?«

»Er ist nicht tot«, sagte Pan, obwohl sie das überhaupt nicht beurteilen konnte, weil sie ungerührt weiterkraxelte. »Aber wenn er weiter so einen Krach macht, ist er es bald.«

Ich gab mir einen Ruck, tastete in den rauen Sandsteinen nach Halt und kletterte ebenfalls weiter. Meine Arme schmerzten höllisch, aber ich biss die Zähne zusammen, um ja nicht zu stöhnen. Verdammt, von Weitem hatte es ausgesehen wie ein bisschen Treppensteigen – jetzt hatte es eher was von Steilwandklettern.

Jede Quaderschicht war mindestens einen Meter hoch und fünftausend Jahre lang Hitze, Kälte und Sandstürmen ausgesetzt gewesen. Manche Vorsprünge waren komplett abgeschliffen oder weggebröselt, sodass man sich nirgendwo mehr festhalten und seine Füße draufstellen konnte. Selbst Samis BioSteel-Handschuhe und Spezialkletterschuhe konnten nicht verhindern, dass wir immer wieder abrutschten.

Einen Moment verharrten wir auf einem der Vorsprünge, um zu verschnaufen. Zum ersten Mal überhaupt riskierte ich einen Blick nach unten – und, sorry, da konnte ich ein Keuchen dann doch nicht mehr unterdrücken. Mein Magen geriet ins Schleudern, während der Wüstenboden auf mich zuzurasen schien. Die Pyramide war nicht steil, sie war senkrecht! Es mussten reihenweise Leute abgestürzt sein, bevor sie das Besteigen irgendwann verboten hatten.

»Jake? Pandora?«, fragte Sami. Seine Panik klingelte in meinem Ohrknopf. »Ist jemand verletzt? Warum seid ihr stehen geblieben? Ich höre euch keuchen.«

»Wir ruhen uns nur kurz aus, Sami«, antwortete Pan.

Ich presste meinen Rücken gegen den Sandstein und versuchte, bloß nicht noch einmal runterzugucken. Am Horizont leuchteten die Lichter von Kairo. Wie ein pulsierendes Meer aus Lava, so weit das Auge reichte. Kaum zu glauben, dass das die chaotische Stadt sein sollte, durch die wir den ganzen Tag gewuselt waren. Von hier oben sah sie so ruhig und friedlich aus.

Ich löste meine Smartglotzer vom Gürtel und streifte sie mir über den Kopf. Am Rand des Sichtfelds tauchten Digitalzahlen auf: Angaben zu Lufttemperatur und Höhe. Nadelfeine Punkte schwebten über weit entfernten Orten und wiesen sie als Moscheen, Markthallen oder sonst irgendetwas aus.

»Zoom«, sagte ich.

Binnen Sekundenbruchteilen rauschte mein Sichtfeld von der Pyramide quer über die Stadt und hob Details von Gebäuden hervor, die mehrere Kilometer entfernt waren. Ich zwinkerte einmal kurz – und mein Auge sah wieder normal.

»Geniales Teil«, murmelte ich.

Die eingeblendeten Informationen veränderten sich, als ich mich umdrehte und meinen Blick über das Plateau von Gizeh zu den anderen zwei Pyramiden schweifen ließ. Die eine war fast ebenso hoch wie die Cheops-Pyramide, die andere etwas kleiner, was sie fast etwas beschämt wirken ließ. Beide waren umgeben von Tempelruinen und flacheren Grabbauten. Am Rand des Plateaus wachte eine riesige Löwenstatue über Kairo: die Große Sphinx.

»Unglaublich«, schnaufte Pan.

Ich hatte mich nie sonderlich für das alte Zeug interessiert, das Mum und Dad unterrichteten, aber das hier war wirklich der helle Wahnsinn. Ich musste daran denken, mit wie viel Begeisterung Mum gestern von diesen Bauten erzählt hatte. Ich wünschte, sie wäre jetzt hier. Und Dad auch. Ich wünschte, sie würden uns alles über die Pyramiden erzählen. Es würde mich brennend interessieren und ich würde total gebannt zuhören, ohne Scheiß.

Pan blickte in Richtung Kairo. Die Lichter der Stadt spiegelten sich in ihren Brillengläsern. »Irgendwo dort sind Mum und Dad«, murmelte sie.

»Ihnen geht's gut, Pan, da bin ich mir sicher.«

»Nein, geht's ihnen nicht, Jake. Sie sind entführt worden. Sie haben garantiert furchtbare Angst. Sie sind keine Draufgänger wie Kit oder du.«

Wie ich? Ich war ja nun wirklich kein Actionheld. Das wollte ich Pan gerade sagen, doch die wandte ihr Gesicht ab. Weinte sie?

»Du hast gemeint, ich würde sie hassen, aber das stimmt nicht«, sagte sie nach einer Weile.

»Du bist sauer, dass sie dich auf diese neue Schule geschickt haben«, antwortete ich. »Aber warum? Die ist doch genau richtig für dich.«

Sie schoss mir einen wütenden Blick zu, aber dann sah sie, dass ich mich nicht lustig machte. Dass ich es ernst meinte.

»Na ja, ich dachte, die Schule würde … einen Freak aus mir machen, du weißt schon.«

Klar, sie hatte Angst, an ihrer neuen Schule noch mehr geärgert zu werden als an ihrer alten. Wurde ihr jetzt vielleicht gerade klar, dass es eine Gabe war, so dermaßen schlau zu sein? Ich musste an das Glitzern in ihren Augen denken, als sie im Hotel das Papyrus-Rätsel gelöst hatte.

»Ich wünschte, ich wäre auch ein bisschen begabt«, sagte ich. »Wenn ich's wäre, würde ich es überall herumerzählen.«

»Du *bist* begabt und das weißt du genau.«

Ich lachte. »Logisch, ich bin ein Genie. Deshalb versage ich ja auch in fast allen Fächern.«

»Ich meine nicht die Schule. Du hast einfach diese unglaubliche Gabe, ganz genau zu wissen, was du in einer brenzligen Situation tun musst. Während alle anderen noch wie aufgescheuchte Hühner rumlaufen, hast du längst einen

Plan und ziehst ihn durch. Wie im Museum. Da warst du der Einzige, der einen kühlen Kopf bewahrt hat.«

»Na toll – und was ist passiert? Ich hab den halben Laden zerlegt.«

»Du hast uns den Papyrus beschafft. Das ist passiert.«

Pan sah mich an, und ein kleiner Teil von mir wusste, dass sie recht hatte. Es stimmte schon, ich besaß diese merkwürdige Fähigkeit, aber ich wäre nie auf die Idee gekommen, sie als »Gabe« zu bezeichnen. Eine Gabe war doch etwas Positives. Ich dagegen trat immer nur in Fettnäpfchen, stiftete Chaos und brachte Leute gegen mich auf, vor allem Mum und Dad.

»Glaubst du, wir werden sie jemals wiedersehen?«, fragte Pan.

Ich hätte so gerne mit Ja geantwortet, aber es blieb mir im Hals stecken. Mr Kampfanzug hatte denselben Hinweis auf die Grabstätte wie wir. Vielleicht war er sogar schon vor Ort.

»Wenn wir hier weiter rumsitzen, dann nicht«, antwortete ich und half Pan hoch.

Kit hatte trotz seiner verletzten Hand bereits einen ziemlichen Vorsprung. Er war ungefähr dreißig Etagen über uns und kletterte zügig weiter. Wir tranken noch ein paar Schlucke aus unseren Feldflaschen, dann setzten wir uns wieder in Bewegung.

Die Lichter unten wurden immer kleiner, dafür leuchteten die Sterne heller. Trockener Wind peitschte um uns herum und fegte Sand unter unsere Hightech-Brillen. Meine Augen brannten. Trotz der Handschuhe hatte ich aufgeplatzte Blasen an den Fingern.

Als wir Kit endlich eingeholt hatten, fühlten sich meine Arme an wie glühender Pudding. Tränen liefen mir über die zugestaubten Wangen.

Kit zog mich auf das schmale Felssims, auf dem er stand. Er wirkte topfit.

»Alles okay mit euch beiden?«, fragte er.

Ich knurrte ein Ja, was eine faustdicke Lüge war, aber er schien eh nicht hinzuhören.

Wir hatten die hundertachtzigste Stufe der Cheops-Pyramide erreicht, aber ich fühlte mich null euphorisch, sondern einfach nur panisch – jedenfalls als mein Blick nach unten fiel. Gott, was für eine schwindelerregende Höhe!

Krampfhaft presste ich mich an die Steine. Ich kam mir vor, als würde ich auf einem ultraschmalen Fensterbrett im obersten Stock eines Wolkenkratzers hocken und vom Wind durchgerüttelt werden.

Ich bin echt kein ängstlicher Typ, aber ihr wisst ja, mit der Höhe hab ich so meine Probleme. Kit dagegen schien sie überhaupt nichts auszumachen. Völlig entspannt ging er in die Hocke, strich etwas Sand beiseite und beäugte die Steinschicht darunter.

»Wenn ich die Hinweise richtig deute, und ich deute Hinweise immer richtig, dann müsste sich der Grabeingang irgendwo auf dieser Ebene befinden.«

»Kit?«, schrillte Samis panische Stimme in unseren Ohrknöpfen. »Kit, ich sehe da etwas.«

»Ein Problem?«

»Ich verfolge euch über die Wärmebildkamera: Ihr seid drei orangene Punkte hoch oben an der Pyramide. Aber es gibt noch einen weiteren Punkt, ungefähr auf halber Höhe.

Er bewegt sich ziemlich langsam, hält alle paar Stufen an, als würde er sich verstecken.«

»Einer der Wachleute?«, fragte Pan.

»Nein«, antwortete Sami. »Die habe ich alle auf dem Schirm.«

»Dann ist es Mr Kampfanzug«, sagte ich.

Kit sah mich mit hochgezogenen Augenbrauen an. Aber wieso lange drum herumreden? Wir wussten doch alle vier, dass er es war. Außerdem war es doch keine schlechte Nachricht. Im Gegenteil. Wenn Mr Kampfanzug irgendwo auf halber Höhe steckte, bedeutete das, dass er nicht vor uns war.

»Na dann los, worauf warten wir?«, drängte ich.

Vorsichtig schoben wir uns den Vorsprung entlang, eng an die Wand gedrückt – um nicht abzustürzen und um keinen Hinweis auf den Eingang zu übersehen. Dieser Sims war schmaler als die anderen und die Steinblöcke waren ziemlich zerkratzt und angeschlagen, als hätte sich jemand mit einem Eispickel an ihnen zu schaffen gemacht.

Ich war die ganze Zeit so mit meiner Höhenangst beschäftigt gewesen, dass ich gar nicht bemerkt hatte, wie aufgeregt ich war. Das verschollene Grab von Osiris! Zum Greifen nah! Der Gedanke nahm mir fast den Atem – oder jedenfalls das, was nach der Kraxelei an Atem noch übrig war. Ich bekam Gänsehaut.

»Hinter einem dieser Steinquader muss sich eine Öffnung verbergen«, rief Kit. »Achtet auf eingeritzte Symbole oder Griffmulden – jeden Hinweis darauf, dass sich ein Stein vielleicht bewegen lässt.«

Verdammt, wie hatte Ipuwer, der Autor der Grabräuber-Erzählung, den Eingang gefunden? Wir mussten uns irgendwie in ihn hineinversetzen. Wir mussten so denken, wie er es vor dreitausend Jahren hier oben getan hatte.

»Woher Ipuwer wohl wusste, wo der Eingang war«, grübelte ich.

»Wahrscheinlich von irgendeinem Nachfahren eines Pyramidenbauarbeiters«, meinte Kit.

»Also haben die Bauarbeiter hier oben eine Markierung gesetzt?«, fragte Pan.

»Bestimmt nicht«, antwortete Kit. »Das hätte man wegen der vielen Grabräuber nie gemacht.«

»Dann ist es also wahrscheinlich, dass Ipuwer auch nicht mehr gewusst hat als wir heute«, folgerte ich. »Nämlich dass sich der Eingang irgendwo auf dieser Ebene befindet. Also wird er sich jeden einzelnen Quader genau angeschaut und mit der Spitzhacke bearbeitet haben.«

»Deshalb sind die Steine alle so angeschlagen«, beendete Pan meinen Gedanken. »Die ganzen Macken stammen von Ipuwer.«

»Und da *alle* Steine diese Macken haben, ist es so gut wie unmöglich, den einen zu finden, hinter dem sich die Öffnung verbirgt«, seufzte Kit.

»Nein, ist es nicht«, widersprach ich. »Überlegt doch mal: Ipuwer wird den Eingang nach seinem Besuch besonders sorgsam und superunauffällig verschlossen haben. Er ist rein und wieder raus und hat die Öffnung irgendwie getarnt. Hätte er das nicht gemacht, wär sie längst entdeckt worden. Wir müssen also nach einem Quader suchen, der *weniger* Macken und Kratzer hat als die anderen.«

»So einen hab ich schon gesehen!«, rief Pan. »Ein Stück hinter uns.«

Pan und ich hangelten uns wieder zurück, aber Kit folgte uns nicht. Er stand auf dem Vorsprung und starrte vor sich hin. Kurz dachte ich, er hätte den Eingang entdeckt, weil er so verblüfft aussah. Aber dann merkte ich, dass er *uns* anstarrte, Pan und mich.

»Unglaublich«, stieß er hervor. »Es liegt wirklich in der Familie.«

»Was?«, fragte ich.

»Nichts. Wo ist dieser Quader?«

»Hier«, rief Pan. »Dieser hier.«

Sie hatte recht: Der Steinblock war weit weniger erodiert als die anderen. Und er hatte keine Schrammen und Abschürfungen von Ipuwers Meißel.

»Leute«, meldete sich Sami. »Der vierte Wärmepunkt nähert sich.«

Falls Kit die Nachricht gehört hatte, schien sie ihn nicht weiter zu beunruhigen. Mit seiner unverletzten Hand zog er das Messer aus seinem Ausrüstungsgürtel, ließ es aufschnappen und kratzte mit der Spitze in den Fugen rund um den Steinquader. »Dieser Block hier ist nicht so gut eingepasst wie die anderen.« Er steckte das Messer wieder weg. »Ich glaube, das ist er.«

Er löste eins von drei hockeypuckartigen Dingern mit rundem Display von seinem Gürtel. Dann rollte er die Drähte ab, mit denen das Teil umwickelt war, und klemmte die Klammern, die sich an den Drahtenden befanden, in die Ritzen rund um den Quader. Der runde Puck klebte jetzt an dem Stein wie eine Spinne in ihrem Netz.

Als Kit auf das Display tippte, leuchtete eine Tastatur auf. Er gab einen Code ein und das Gerät begann zu vibrieren.

»Was macht das Ding?«, fragte ich.

»Das ist eine Ultraschall-SV«, erklärte Kit. »Die berechnet die Dicke und Beschaffenheit einer Oberfläche. Also, zumindest das Ultraschallelement darin.«

»Und was bedeutet SV?«

»Sprengvorrichtung. So, und jetzt weg hier«, sagte er, während auf dem Display ein 20-Sekunden-Countdown runterzuticken begann.

Hastig hangelten wir uns den Vorsprung entlang. Plötzlich rutschte mein Fuß weg und hätte Pan mich nicht am Arm gepackt, hätte ich wohl den finalen Abgang gemacht. Ich warf einen hektischen Blick über die Schulter: Der Countdown war schon einstellig! Hilfe, waren wir weit genug weg?

Die Explosion war fast ein bisschen enttäuschend: ein hohles »Wummp«, gefolgt von einem Wölkchen aus Rauch und Staub. Ein paar kleine Felsbrocken flogen nach unten, aber nicht laut genug, um die Wachen zu alarmieren.

Und dann wurde all das Aufregende – die Sprengaktion, die Nähe zu dem verschollenen Grab, die Verfolgung durch Mr Kampfanzug – plötzlich durch etwas ganz anderes in den Schatten gestellt: Pan und ich hielten einander fest! Wir hatten versucht, einander zu schützen! Verwirrt blinzelten wir uns den Explosionsstaub aus den Augen.

»Lass mich los«, blaffte Pan.

»Lass du mich los«, blaffte ich zurück.

»Kinder!«, rief Kit. »Das müsst ihr sehen!«

Er war schon wieder bei der Explosionsstelle und starrte auf den Steinquader. Nein – er starrte auf etwas dahinter.

»Kit? Kit? Was ist da?«, krächzte Samis Stimme in unseren Ohren.

# 18

»Was für eine Entdeckung! Was für ein großartiges Gefühl! Wie vielen Menschen auf der Welt ist es wohl vergönnt, sich einmal in ihrem Leben so fantastisch zu fühlen wie wir jetzt, und sei es nur für ein paar Sekunden?«, tönte Kit.

Er kniete vor der Öffnung, die wir in die Pyramidenflanke gesprengt hatten und die hoffentlich zu Osiris' Grab führte. Der Quader, der den Eingang verdeckt hatte, war keine dreißig Zentimeter dick. In dem dahinterliegenden, nicht sehr viel höheren Tunnel lagen Schuttbrocken, wahrscheinlich von der Explosion.

»Ich für meinen Teil hab schon Dutzende solcher Entdeckungen gemacht«, fuhr Kit fort. »Könnt ihr euch vorstellen, wie glücklich ich bin?«

Dabei wirkte er alles andere als glücklich. Sein Ober- und Unterkiefer sahen aus wie ein Fall für die Brechstange, so fest zusammengepresst waren sie. Mit schmerzverzerrtem Gesicht riss er die Bandage von seiner Hand und bewegte die geschwollenen Finger. Dann zog er seinen zweiten Handschuh hervor, streifte ihn über die verletzte Hand, stellte seinen Rucksack auf den Vorsprung und kramte ein Seil hervor.

»Bereit?«, grunzte er.

Pan tastete sich näher heran und spähte in das Loch. »Ganz schön dunkel.«

»Das haben Geheimgänge so an sich«, bemerkte Kit.

Er fädelte das Seilende durch einen Karabiner an seinem Gürtel, dann durch einen von meinen und knotete es schließlich an Pans Gürtel.

»Wozu das Seil?«, fragte ich.

»Reine Vorsichtsmaßnahme.«

»Wogegen?«

»Den Tod.«

»Leute«, meldete sich Sami. »Der Kampfanzug kommt näher. Er ist noch etwa dreißig Ebenen unter euch.«

»Okay, ich geh jetzt rein«, sagte Kit.

Das Problem war nur, dass man bäuchlings in den Schacht hineinrobben musste, was von einem fünfzig Zentimeter schmalen Vorsprung aus absolut unmöglich war. Deshalb kletterte Kit eine Ebene hinunter und zog sich von dort aus hoch in die Öffnung.

Ich war als Nächster dran.

Eigentlich hätte ich total enthusiastisch sein müssen, immerhin hatten wir gerade die Graböffnung gefunden, vermutlich die größte Entdeckung in der Geschichte der … äh … in der Geschichte der Geschichte. Aber ich fühlte mich null enthusiastisch. Ich hatte einfach nur Angst. Und ich vermisste meine Eltern. Klar, sie waren ultrastreng und meine Mum war die absolute Spaßbremse, aber jetzt und hier wäre selbst sie aufgeregt gewesen, da war ich mir sicher.

Während Kit tiefer in den Tunnel kroch, ruckte es immer wieder am Seil. Ich blickte Pan an und rang mir ein Lächeln ab.

»Wir sehen uns im Grab«, sagte sie.

Ich machte es wie Kit, kletterte erst eine Stufe hinunter und zog mich dann hinauf in das schwarze Loch. Auf die Ellbogen gestützt, robbte ich vorwärts. Die Smartbrille schaltete automatisch auf Nachtsicht um, sodass ich den Tunnel plötzlich wie durch einen grünen Filter sah. Als würde ich durch eine Flasche gucken. Die Wände waren glatt, aber der Boden war uneben und voller kleiner Steinchen, die sich in meinen Bauch drückten. Die Decke war durchzogen von zwei Zentimeter breiten Rissen, wahrscheinlich wegen des irren Gewichts, das von oben drückte. Zwei Millionen Steinquader …

Meine Atmung wurde hektischer. Ich hatte noch nie Probleme mit Klaustrophobie gehabt, aber ich war ja auch noch nie durch einen Maulwurfsgang in ein fünftausend Jahre altes Grab gekrochen. Dazu kam ein fieser Geruch in der abgestandenen Luft – nach verdorbenem, verwestem Fleisch. Je weiter ich vordrang, umso stärker wurde er.

Nach einer Weile stieß Pan mit ihrem Kopf gegen meine Füße. »Du trittst mich«, sagte sie.

»Du drängelst«, erwiderte ich.

Aber wir meinten es nicht böse. Es tat einfach gut zu reden. Ich fand es beruhigend zu wissen, dass ich nicht alleine war. Pans Stimme war anzuhören, dass sie ebenfalls Angst hatte. Dass sie diesen Tunnel genauso hasste wie ich. Mit jedem Zentimeter, den wir uns vorschoben, wuchs mein Drang aufzustehen, mich zu strecken und meine Arme auszuschütteln.

»Ihr seid jetzt ungefähr zehn Meter tief drinnen.« Samis Stimme klang Lichtjahre entfernt. »Und bewegt euch auf leicht abschüssigem Weg in Richtung Pyramidenmitte.«

Kit verharrte und ich stieß gegen seine Stiefelsohlen.

»Da ist etwas in die Wand geritzt«, knurrte er. »*Ipuwer*. Das ist seine Markierung. So weit ist er also gekommen.«

»Cleverer Bursche«, nuschelte Sami in unseren Ohren. »Vielleicht solltet ihr euch ein Beispiel an ihm nehmen und auch umdr...«

»Da vorne ist eine Öffnung«, sagte Kit.

Ich stemmte mich auf die Arme und spähte an Kit vorbei.

»Sieht aus, als würde es nahtlos weitergehen«, stellte Kit fest. »Keine offensichtlichen Fallen.«

Daraufhin brachen er und Sami in Gelächter aus, aber nicht schallend, sondern eher wie zwei Jungs hinten im Klassenzimmer, die sich über einen Insiderwitz amüsieren.

»Was ist daran so lustig?«, fragte Pan.

»Wenn einem keine Fallen ins Auge stechen«, erklärte Kit, »dann wimmelt es meist vor Fallen. Also, Augen auf.«

Er setzte sich wieder in Bewegung und das Seil an meinem Gürtel zog an. Ich kroch an der markierten Stelle vorbei, wo Ipuwer sich vor rund dreitausend Jahren entschlossen hatte umzukehren. Während ich noch darüber nachgrübelte, welche Informationen über Fallen *er* wohl gehabt haben könnte, ruckte das Seil stärker und ein schleifendes, knirschendes Geräusch setzte ein. Es hörte sich an wie das Reiben von Stein auf Stein. Gleichzeitig rieselte Sand von der Decke.

Und Kit war spurlos verschwunden.

»Kit!«, schrie ich.

»Alles okay«, rief er und stemmte sich aus einer Grube im

Tunnelboden. »Die Falle hat versagt.« Vor Erleichterung lachte er laut auf. »Eigentlich hätte der Boden unter meinem Gewicht wegbrechen sollen. Ist er aber nicht, weil sich dieser Steinblock hier verkeilt hat. Du musst durch die Grube klettern, einmal runter und wieder rauf, anders geht's nicht. Der Boden scheint fest zu sein.«

Ich rutschte ein Stück vor und blickte in das Loch, das durch den weggeglittenen Stein entstanden war. Hm, also, für bauliche Fehler waren die Pyramidenarchitekten ja eigentlich weniger bekannt. Was für ein Glück, dass sie sich hier offenbar doch mal verrechnet hatten. Hätte sich der Block nicht verkeilt, hätte uns Kit mit in die Tiefe gerissen.

»Los, weiter«, drängte Pan.

Ich wischte den Sand vor mir beiseite, glitt in die Grube und stemmte mich auf der anderen Seite wieder hoch. Dann kroch ich weiter, um den Weg für Pan freizugeben. Als sie aus der Grube auftauchte, waren ihre Haare völlig eingestaubt – und zwar von dem Sand, der aus den Rissen in der Decke rieselte. Nein, nicht rieselte, sondern *strömte.*

*Und wenn die Risse in der Decke nun gar keine Risse waren*?

»Kit?«, sagte ich. »Was, wenn der Stein gar keine Falle war?«

»Wie meinst du das?«

»Wenn er nur …« Ich blickte zur Decke. Immer mehr Sand strömte durch die Ritzen. »Wenn er nur eine Art Schalter war? Ein Auslöser?«

»Oh mein Gott!«, schrie Kit. »Kriecht! Kriecht! So schnell ihr könnt!«

Der Sand strömte und strömte. Er bedeckte jetzt schon den ganzen Tunnelboden, prasselte mir auf den Kopf, drang in meine Brille, kratzte mir in den Augen. Meine Ellenbogen versanken bereits.

»Noch dreißig Meter bis zur Öffnung!«, brüllte Sami. »Los, schneller!«

Die Sandschicht auf dem Tunnelboden war mittlerweile so dick, dass es eng für uns wurde. Mein Kopf schrappte bereits gegen die Decke.

»Beeilt euch!«, schrie Pan.

Vor lauter Panik fing ich wie wild an zu buddeln und zu strampeln, aber das machte es nur noch schlimmer, denn jedes Mal, wenn ich ein bisschen Sand weggeschaufelt hatte, strömte neuer nach. Er fand jeden noch so kleinen Freiraum, sickerte in jede Ritze. Wir krochen nicht mehr, wir gruben uns durch einen Spalt, der von Sekunde zu Sekunde schmaler wurde. Ich hatte Sand im Mund, in der Nase und haufenweise auf dem Rücken. Wir drohten in dem Zeug unterzugehen.

»Bin gleich bei der Öffnung!«, rief Kit. »Aber ich komme nicht durch … alles zugeschüttet.«

Sein Schrei wurde vom Sand gedämpft. Ich presste mein Gesicht gegen die Decke und schnappte ein letztes Mal nach Luft.

Und dann, nichts mehr.

Wir waren lebendig begraben.

# 19

*Nein … Nein, bitte nicht so. Nicht auch noch Pan …*

Von allen Seiten drückte der Sand, als würden mich hundert Hände zu Boden zu ringen. Ich wollte weitergraben, aber es ging nicht. Sobald ich versuchte, Luft zu holen, drang Sand in meinen Mund und meine Nase.

Verdammt, ich wollte hier nicht sterben, nicht so. Wenn ich doch irgendwie an das Equipment an meinem Gürtel rankommen könnte. An die Ultraschall-Sprengvorrichtung. Damit könnten wir uns vielleicht freisprengen. Aber ich konnte mich nicht bewegen. Nicht einen Millimeter.

Na ja, meinen einen Arm konnte ich irgendwie nach hinten zwängen. Zu Pan. Ich streifte die Finger ihres ausgestreckten Arms. Er regte sich nicht.

Im Sand begraben.

Meine Brust brannte wie Feuer, in meiner Lunge war so gut wie keine Luft mehr. Das Gelbbraun um mich herum wurde schwarz. Ich hörte Sami in meinem Ohr. Seine Stimme klang panisch und Lichtjahre entfernt.

»Oh mein Gott! Jake? Hört ihr mich? Ich muss euch etwas sagen. Über eure Eltern …«

Aber ich konnte nicht weiter zuhören, weil sich plötzlich etwas bewegte.

Irgendetwas zog an mir.

Es war das Seil.

Kit zerrte an dem Seil, immer stärker.

Ruckartig, Stück für Stück wurde ich durch den Gang gezogen, und irgendwie gab mir das etwas Energie zurück, weckte meine verbliebenen Lebensgeister.

*Nein, ich wollte hier nicht sterben! Und ich würde hier nicht sterben*!

Wieder ein Ruck am Seil, wieder ein paar Zentimeter gewonnen. Plötzlich konnte ich meinen einen Arm noch weiter nach hinten strecken und den Griff um Pans Handgelenk verstärken. Ich spürte, dass sie sich ebenfalls bewegte und wieder am Kämpfen war. Kit zerrte und wir rutschten vorwärts. Irgendwann glitt der Sand zu den Seiten weg und der Gang weitete sich. Und auf einmal befand sich mein Kopf außerhalb des Tunnels. Ich spuckte ein paar Tonnen Sand aus und schnappte gierig nach Luft, bevor ich mit allen mir zur Verfügung stehenden Kräften an Pans Hand zog.

Und dann fielen wir.

Um uns herum nichts als Finsternis und eine Dusche aus Sand. Und plötzlich ein jäher Ruck, das Seil straffte sich und wir hingen in der Luft. Pan baumelte unter mir. Das Ende des Seils verschwand in einer Art Fahrstuhlschacht.

Wir drehten beide ziemlich durch. Schlugen wie die Irren um uns, traten und strampelten, einerseits erleichtert, dass wir dem Sand entkommen waren, und gleichzeitig panisch angesichts der neuen Gefahr. Das Seil schaukelte wie verrückt und wir knallten gegen die Schachtwand. Von oben rieselte es auf uns herab.

»Reißt euch zusammen!«, bellte Kit. »Ihr seid in Sicherheit.«

Er hatte Haken in Felsritzen gerammt und das Seil daran befestigt.

»In Sicherheit?«, schrie Pan. »Wo sind wir überhaupt?«

»In einem Schacht«, antwortete Kit.

»Ach, was Sie nicht sagen. Geht es ein bisschen genauer?«

Kit zog die Leuchtpistole aus seinem Gürtel und feuerte nach unten. Ein grellroter Streifen schoss abwärts – und verlor sich in der Finsternis.

»In einem ziemlich tiefen Schacht«, präzisierte er.

Ich umklammerte das Seil fester, damit es endlich aufhörte zu schwingen.

»Wenn sich der Eingangstunnel komplett mit Sand gefüllt hat, kann uns Mr Kampfanzug nicht folgen«, stellte ich fest.

»Das zu glauben, wäre naiv«, antwortete Kit. »Es gibt immer einen Weg, wenn man schlau genug ist.«

*Schlau genug*? Wieder hatte ich das Gefühl, dass Kit mehr über Mr Kampfanzug wusste, als er uns gegenüber durchblicken ließ.

»So, und da wir jetzt alle drei sicher am Seil hängen, können wir uns an der Wand runterlassen.«

Wenigstens hatte ich hier keine Höhenangst – Kunststück, ich konnte den Grund ja auch nicht sehen. Dafür war das Abseilen eine einzige Tortur und dauerte ewig: Griff lockern, ein paar Meter abwärtsgleiten, dann wieder festklammern und mit den Füßen an der Wand stabilisieren.

Je tiefer wir kamen, desto wärmer wurde es und desto stickiger wurde die Luft.

Als ich hochblickte, zeigte mir meine Nachtsichtbrille den Steinquader, der den Schacht nach oben hin abschloss. Laut Digitalanzeige hatten wir uns schon achtzig Meter runtergehangelt. Inzwischen rieselte kein Sand mehr von oben. Irgendwo in der Ferne hörte ich das Schrappen von Fels auf Fels und fragte mich, ob Mr Kampfanzug es doch irgendwie in den Gang geschafft und einen weiteren Fallenmechanismus ausgelöst hatte.

»Ihr lebt!«, kreischte Samis Stimme plötzlich in unseren Ohren.

»Alle drei wohlauf und putzmunter«, tönte Kit. »Hast du uns noch auf deiner Wärmebildkamera?«

»Gerade eben so. Ihr seid jetzt genau in der Mitte der Pyramide.«

»Ich schätze, dieser Schacht führt unter die Erdoberfläche, Sam. Du weißt, was das heißt?«

»Duat«, antwortete Sami.

»Duat«, bestätigte Kit.

»Häh?«, machte ich.

Kit seilte sich ein paar Meter weiter ab. »Ich muss zugeben, ich war erstaunt, dass sich der Eingangstunnel so weit oben befindet. Da liegt die Vermutung nahe, dass der Weg abwärtsführt, unter die Erde.«

»Klingt logisch«, bemerkte Pan.

»Echt?«, fragte ich.

»Unsere Überlegung war doch, dass diese Pyramide nachträglich über der Grabanlage errichtet wurde«, erklärte Pan. »Du erinnerst dich, dass Osiris der Gott der Toten war? Er hat in der Unterwelt gelebt, der sogenannten ›Duat‹. Es ist also absolut logisch, sein Grab irgendwo unter der Erde zu vermuten.«

Über uns wurde das Schrappen zu einem sehr viel lauteren, mahlenden Geräusch.

»Eure Punkte auf der Wärmebildkamera werden immer schwächer«, warnte Sami. »Ihr seid jetzt auf Bodenhöhe und bewegt euch weiter abwärts.«

Plötzlich schwallte uns heiße Luft von unten entgegen. Das Seil begann zu schaukeln und ächzte.

Ich blickte nach oben. Diesmal zeigte meine Brille an, dass das obere Schachtende nur siebzig Meter entfernt war.

Neunundsechzig Meter.

Achtundsechzig.

Ich klopfte mit dem Handrücken gegen die Brillengläser, in der Hoffnung, dass sich die Angaben korrigierten. Das ergab doch keinen Sinn! Der obere Steinblock konnte doch nicht näher kommen. Es sei denn, er …

»Die Decke kommt runter!«, schrie ich.

»Los, runter mit euch! Schnell!«, brüllte Kit zurück.

In wahnwitzigem Tempo hangelten wir uns abwärts, unsere Füße liefen an der Wand mit.

»Was ist los?«, fragte Sami.

»Der ausströmende Sand hat eine zweite Falle ausgelöst«, schrie Kit. »Einen Quetschquader.«

»Sie haben einen Spitznamen dafür?«, kreischte Pan.

»Los, weiter!«

Wir rutschten mehr, als dass wir kletterten, und trotzdem kam der Stein immer näher.

Irgendwann stießen meine Füße gegen Pans Kopf.

»Das Seil ist zu Ende!«, rief sie.

»Ich hab noch eins in meinem Rucksack«, sagte Kit. »Ich lass es zu euch runter. Ihr müsst es mit dem Karabiner einhaken …«

»Keine Zeit«, brüllte ich. »Wir müssen loslassen. Springen.«

»Was?«, kreischte Pan.

Es klang verrückt, aber ich wusste genau, was zu tun war. Mein Instinkt hatte wieder das Kommando übernommen.

»Der Steinblock wird uns eh vom Seil fegen. Wenn wir jetzt springen, haben wir vielleicht Zeit auszuweichen, bevor er auf den Boden donnert.«

»Einfach loslassen? Aber wir wissen doch gar nicht, wie tief es ist.«

»Nun mach schon, Pan. Jetzt!«

»Jake, wir können doch nicht …«

Ihr Satz endete in einem gellenden Schrei, denn ich hatte mein Messer gezückt und das Seil durchtrennt. Pan war in der Dunkelheit verschwunden.

»Los, jetzt du, Jake«, drängte Kit.

Leichter gesagt als getan, das merkte ich jetzt. Anstatt loszulassen, klammerte ich mich noch fester an das Seil. In dem Moment sauste Kit schreiend an mir vorbei nach unten.

»Mach schon, Jake!«

Ich schloss die Augen und ließ los.

Keine Ahnung, wie tief ich wirklich fiel, aber es fühlte sich an wie tausend Meter. Dabei brüllte ich, ruderte mit den Armen und trat mit den Beinen in die Dunkelheit. Wäre ich auf Stein aufgekommen, wäre wohl nicht ein einziger Knochen heil geblieben.

Aber der Boden, in den ich reinkrachte, war nicht hart, er gab nach. Es war ein riesiger Haufen aus irgendwelchen trockenen, bröseligen Gebilden, die tausendfach dort herumlagen, manche rund und kurz, andere lang und irgendwie ineinander verhakt. Es fühlte sich an, wie in einem Berg aus Tafelkreide zu versinken.

Meine Schwester zerrte mich an die Oberfläche. »Ich seh nichts!«, keuchte sie. »Jake, meine Brille ist weg, alles ist schwarz!«

Auch meine Brille funktionierte nicht, sie hatte während des Falls einen Stoß abbekommen. Ich war genauso blind wie Pan. Aber ich konnte hören. Und ich hörte, wie der Quetschquader immer tiefer rutschte.

»Wo ist Kit?«, rief ich.

»Keine Ahnung, eben war er noch hier.«

»Also muss es einen Weg hier raus geben.«

»Aber wo sind wir? Und warum hat Kit nicht auf uns gewartet?«

»Egal jetzt, Pan. Taste nach irgendwelchen Ritzen in der Wand, was weiß ich, kleinen Rillen, Kerben, Löchern, irgendwelchen Hinweisen auf einen Ausgang. Du unterhalb von diesem Bröselzeug, ich oberhalb.«

»Aber die Decke kommt gleich runter!«

»Eben drum! Mach schon!«

Ich musste sie geradezu in den Haufen reindrücken, dann richtete ich mich auf und tastete die Schachtwände nach einem Tunnel ab. Der Quetschquader malmte sich unüberhörbar seinen Weg nach unten – und ließ dabei die Wände erzittern.

Mir war speiübel, Schweiß und Sand brannten mir in den

Augen. Die Dunkelheit war total verwirrend. Da fiel mir ein, dass Sami gesagt hatte, wir hätten Taschenlampen in unseren Brillen.

»Taschenlampe«, befahl ich.

Ein gleißend weißer Lichtstrahl schoss aus dem Brillenrahmen. Blinzelnd erkannte ich, woraus der staubige, raschelnde Haufen bestand.

»Scheiße, das sind ja … Schlangenskelette!«

Einige waren uralt und total brüchig. Aber bei anderen war das Fleisch erst halb verwest, und es gab auch welche, die noch warm waren. Das war zwar ultragruselig, aber gleichzeitig machte es mir auch ein bisschen Hoffnung. Wer oder was auch immer diese Schlangen getötet hatte, musste irgendwie hier rausgekommen sein. Genau wie Kit.

Da begann der Knochenhaufen zu vibrieren. Das knirschende Geräusch wurde lauter und lauter. Ich blickte hoch und diesmal traf der Lichtkegel auf den herabgleitenden Steinquader. Direkt über uns. Scheiße, vielleicht wäre die Sandfalle doch das kleinere Übel gewesen.

Da tauchte Pans Kopf zwischen den Schlangenskeletten auf. »Los, komm, ich hab was!«

Sie zog mich hinunter in den bröseligen Haufen und wühlte sich bis zum Boden. Und dann war sie auf einmal weg – wie durch Geisterhand in der Schachtwand verschwunden.

Ich spürte, wie sich die Schlangenknochen um mich herum knirschend verdichteten. Der Steinklotz malmte sich durch den Skelettberg, sein Gewicht drohte mich zu zerquetschen. Doch irgendwie bekam ich den Rand eines Loches in der Wand zu fassen und konnte mich mit letzter Kraft dorthinziehen. Und bevor ich wusste, wie mir geschah, drückte mich eine Lawine von Schlangenknochen durch die Öffnung. Sekunden später bebte alles. Der Klotz war auf dem Grubenboden aufgeprallt.

Pan stand über mir, angeleuchtet von meiner Brillen-Taschenlampe. In ihrem schweißnassen Gesicht klebten Sand, Knochenmehl und verweste Bröckchen Schlangenfleisch.

»Geschafft!«, keuchte sie.

Ja, nur wohin hatten wir es geschafft?

# 20

Ein Teil von mir wäre gern liegen geblieben, um sich von dem Horror zu erholen. Der andere Teil – der, der mir regelmäßig Probleme einbrachte – drängte mich, aufzustehen und weiterzugehen. Was, wenn Mr Kampfanzug es auch irgendwie hier reingeschafft hatte? Und schon auf dem Weg zur Mumie war?

Ich drückte meinen Ohrknopf tiefer ins Ohr. »Sami? Kannst du uns hören?«

Nichts. Nicht einmal ein Rauschen oder Knistern.

»Kit!«, brüllte ich.

Die einzige Antwort war das Echo meiner eigenen Stimme in der Dunkelheit.

»Wir hätten ihm niemals vertrauen sollen.« Pan half mir hoch. »Er hat uns in der Grube sitzen lassen, damit wir zerquetscht werden. Das war von Anfang an sein Plan. Uns aus dem Weg zu räumen, damit er sich den Grabschatz alleine unter den Nagel reißen kann.«

Sie klang absolut überzeugt, aber was sie sagte, ergab keinen Sinn. Wieso hatte Kit uns dann in der Sandfalle das Leben gerettet? Wieso hatte er uns dort herausgezogen, wenn er uns eigentlich verrecken lassen wollte?

Der Strahl meiner Brillenlampe wanderte über die rostfarbenen Wände einer engen Höhle mit gewölbter Decke. Eine weiße Flüssigkeit war durch Ritzen im Gestein gesickert und zu kristallartigen Mustern getrocknet. Als ich das Zeug befühlte, zerbröselte es unter meinem Handschuh. Es war auf jeden Fall irgendein natürlicher Stoff, irgendetwas aus dem Gestein tief unter dem Gizeh-Plateau.

Die Luft war feucht und warm. Der süßliche Geruch nach verrottetem Fleisch hing schwer in der Luft. Ich blickte über die Schulter und richtete den Lichtkegel auf den ekelhaften Skeletthaufen, der von der Grube herübergedrückt worden war. Waren die Schlangen irgendwie in die Pyramide eingedrungen und dann in die Grube gefallen? Oder hatte irgendetwas anderes sie getötet?

»Los, komm«, sagte ich schließlich, »wir müssen das Grab finden.«

Zögernd tappten wir durch die Finsternis, immer dem zuckenden Lichtkegel hinterher. Jeder Schatten ließ uns zusammenfahren, bei jedem Luftstrom, der uns traf, verkrampften wir. Der Boden sah aus wie ein ausgetrocknetes Flussbett, durchzogen von feinen Furchen. Ich ging in die Hocke und leuchtete sie mit meiner Lampe an. Der Lichtstrahl fiel durch sie hindurch – und erhellte tiefer gelegene Felsformationen.

»Unter uns ist noch etwas«, bemerkte ich.

»Eine geheime Unterwelt unterhalb der geheimen Unterwelt?«

Die Risse vor uns im Boden waren von etwas bedeckt, das wie Asche aussah. Wieder ging ich in die Hocke und fuhr mit der Hand durch das graue Puder. Ein bestialischer Gestank stieg auf, so beißend, dass ich mir würgend die Nase zuhielt.

»Guano«, stellte Pan fest.

»Häh?«

»Fledermausscheiße.«

»Woher weißt du das?«

»Guck doch mal nach oben.«

Tatsächlich, eine zuckende Schar aus Fledermäusen klebte an der Höhlendecke. Eins der Viecher streckte kurz seine Flügel aus, bevor es sie wieder um sich wickelte wie ein warmes Tuch.

Ich drehte mich einmal um mich selbst und ließ den Lichtkegel über den grauen Puderteppich auf dem Boden schweifen. Darin waren Fußspuren.

»Die sind frisch«, stellte ich fest. »Die müssen von Kit sein.«

Außerdem zog sich eine Spur, breit wie ein Traktorreifen, durch die Fledermausscheiße. Als hätte Kit irgendwas durch die Höhle geschleppt … oder wäre von etwas verfolgt worden.

Ich befahl meiner Brille zu zoomen und betrachtete die Spur im Detail. Was auch immer da hindurchgewalzt war, es hatte viele kleine geschwungene Linien in den Guano gepresst.

»Sieht aus wie Schuppen«, flüsterte ich. Ein Schauder lief mir über den Rücken. »Pan, du hast doch was über diesen Ort gelesen, oder? Brauchst es nicht abstreiten, darum geht's jetzt nicht.«

»Über *Duat*, ja. Die alten Ägypter glaubten, dass ihre Seelen nach dem Tod durch ein Labyrinth von Höhlen zu Osiris wandern mussten, der dann ihr Herz wog, um zu sehen, ob es rein war. Aber zuerst mussten sie eine Reihe von Tests bestehen.«

»Was für Tests?«

»Fallgruben überwinden und Monster töten.«

»Was für Monster, Pan?«

»Hauptsächlich Schlangen. Oh, das würde all die Knochen hier erklären. Früher muss die Grube mit Schlangen gefüllt gewesen sein.«

*Nicht nur früher*, dachte ich. Einige der Schlangen waren offensichtlich erst kürzlich getötet worden. Von wem oder was auch immer.

»Lass uns weitergehen«, sagte ich. »Bleib dicht hinter mir.«

Den letzten Satz hätte ich mir sparen können: Wir klebten eh schon aneinander. Zwei Nervenbündel, die mit weichen Knien Kits Spur durch die Guanoschicht folgten. Bei jedem Schritt wirbelten wir eine Gestankwolke auf. Schon nach wenigen Metern war uns speiübel. Die Geräusche, die wir beim Gehen machten, hallten in dem finsteren Gewölbe wider. Und dann verlor sich die Spur auf einmal.

»Keine Fledermausscheiße mehr«, sagte Pan. »Und keine Fußspuren.«

Meine Lampe flackerte. Ich setzte die Brille ab und klopfte sie gegen die Wand. Das Licht blitzte kurz auf, flackerte dann erneut ... und erlosch.

Ein zischendes Geräusch hallte durch die Höhle.

»Was war das?«, keuchte Pan.

Ich wirbelte herum, aber es war unmöglich zu sagen, aus

welcher Richtung das Geräusch kam. Es schien überall gleichzeitig zu sein.

»Jake? Pan?«, knackte eine Stimme in unseren Ohren.

»Sami?«, rief Pan. »Gott sei Dank, Sie sind wieder da!«

»Ich bin auf dem ganzen Plateau herumgekurvt, bis ich eure Wärmepunkte wieder auf dem Schirm hatte«, sagte Sami. »Ihr befindet euch jetzt in fünf Metern Tiefe, ungefähr unterhalb der Großen Sphinx. Wo ist Kit?«

»Wir dachten, das könnten Sie uns verraten«, erwiderte ich. »Er ist verschwunden.«

»Was? Aber das ergibt doch keinen Sinn!«

»Wieso nicht?«

»Weil ich drei Wärmepunkte auf dem Schirm habe. Euch zwei und … noch jemanden.«

*Noch jemanden.* Das Blut gefror mir in den Adern: »Wo genau befindet sich denn … der dritte Punkt auf Ihrem Schirm, Sami?«, fragte ich mit bebender Stimme.

»Das ist ja das Merkwürdige: direkt hinter euch.«

Da! Eine Bewegung! Irgendetwas huschte durch die Dunkelheit. Irgendetwas, das so schnell war wie eine Katze und so lang wie ein Bus. Wieder hallte ein Zischen durch das Gewölbe. Wir pressten uns gegen die Höhlenwand und berichteten Sami atemlos von den Knochen in der Grube.

»Ihr müsst da sofort raus«, drängte er.

»Warum? Was ist denn los?«

»Was wisst ihr über die Evolution? Das Überleben des Stärkeren?«

»Sie meinen, dass schwächere Tiere von stärkeren getötet werden?«, fragte Pan. »Und dass die Starken dann noch stärkere Nachfahren haben?«

»Genau. Ihr sagtet, die Grube sei voller Schlangen gewesen. Das war vor fünftausend Jahren. Ohne Nahrung von außen werden sich die Schlangen gegenseitig aufgefressen haben. Genauer: Die starken werden die schwächeren gefressen haben und danach Babyschlangen produziert haben, die noch stärker und größer waren.«

»Und das Ganze über fünftausend Jahre«, ergänzte Pan.

»Richtig. Am Ende kommt eine Art Superschlange heraus. Supergroß, superschnell, superclever.«

»Und super im Töten«, murmelte ich.

»Richtig, und deshalb raus mit euch! SOFORT!«

Nichts lieber als das, war mein erster Gedanke, aber wir hatten die Mumie noch nicht gefunden. Außerdem: Wie sollten wir hier rauskommen? Es sah doch ganz so aus, als würden wir hier unten in der Falle sitzen – auch wenn ich das nicht laut auszusprechen wagte.

»Wir gehen weiter«, entschied ich. »Wenn hier irgendwo eine Riesenschlange rumkriecht, soll sie erst mal Kit fressen.«

Das war als Witz gemeint, aber dann schoss mir durch den Kopf, dass sie Kit vielleicht schon gefressen *hatte*. Und dass wir der Nachtisch waren.

Schaudernd schob ich den Gedanken beiseite und wir tasteten uns weiter voran, weg von dem zischenden Geräusch, hinein in ein Labyrinth aus Höhlen, die teilweise so schmal waren, dass wir mit ausgestreckten Armen beide Wände berühren konnten. Alle naselang drehte ich mich um, weil ich meinte, ein Geräusch gehört zu haben.

»Jake, fühl mal.« Pan führte meine Hand zu einer der Wände.

Der Fels war absolut glatt, wie eine polierte Steinplatte.

Rillen und geschwungene Linien waren hineingeritzt. Nein, das fühlte sich nicht natürlich an, aber um das genau beurteilen zu können, war es zu dunkel.

»Oben ist der Stein abgerundet«, stellte Pan fest. »Könnte eine Stele sein.«

»Eine Stele?«

»Eine Art Pfeiler, die die alten Ägypter aufgestellt haben, um an besondere Tage zu erinnern.«

»Aha. Und warum sollte so was hier unten rumstehen? Man sieht doch nichts.«

»Moment, ich versuche mal, es heller zu bekommen«, schaltete sich Sami ein. »Blinzele dreimal, Jake, dann schickt mir deine Brille ein Foto.«

Ich blinzelte und meine Brille blitzte.

Was auch immer Sami mit dem Foto machte, er machte es innerhalb von Sekunden.

»Okay«, sagte er, »ich hab was. Sieht nach einem Relief und einigen Hieroglyphen aus. Ich schick dir eine Bearbeitung des Fotos in deine Brille.«

Das Bild erschien in meinem Sichtfeld und legte sich gleichzeitig über die Wand, aufgehellt und geschärft, als hätte irgendjemand kurz den Lichtschalter betätigt. Es war immer noch nicht ganz perfekt, aber ich war trotzdem beeindruckt, wie viel Sami rausgeholt hatte.

Ich kannte solche Reliefs aus den Büchern über ägyptische Gräber, die bei uns zu Hause herumlagen. Nur dass dieses hier viel scharfkantiger war, wahrscheinlich, weil nicht Hunderte von Archäologen- und Tausende von Touristenhänden darauf rumgetatscht hatten und weil es geschützt war vor Wüstenwind, Sand und Luftverschmutzung.

Pan setzte meine Brille auf und verschaffte sich selbst einen Eindruck. »Wunderschön«, staunte sie.

Das Relief stellte eine Gottheit dar, die eng in weiße Binden eingewickelt und von Säulen umgeben war, die mit Hieroglyphen beschrieben waren. Die grüngesichtige Gestalt mit dem Krummstab und dem Wedel in den gekreuzten Armen kam mir inzwischen schon fast wie ein alter Bekannter vor: Osiris.

»Jake«, sagte Pan. »Wir müssen ganz dicht dran sein.«

»Äh … Leute …« Sami klang plötzlich alarmiert. »Ich sehe da gerade noch etwas auf dem Relief. An der Stelle, wo der Blitz drauffällt. Sieht aus wie der Kopf einer Riesenschlange.«

Ich riss Pan die Brille aus der Hand. Sami hatte recht! Auf dem Foto erhob sich direkt neben Osiris ein ovaler Kopf. Schlangenaugen starrten aus der Wand, gebogene Fangzähne ragten aus dem offenen Maul.

Höchst merkwürdig.

Ich trat näher an die Wand und fuhr mit der Hand über die Stelle des Reliefs, wo der Schlangenkopf sein musste. Nur dass ich ihn nicht fühlte. Wie konnte das angehen? Wie konnte die Schlange auf dem Foto sein, aber nicht auf der Wand?

Und wenn es nun gar kein Relief war, sondern … eine Art Spiegelung?

Dann musste … die Schlange direkt hinter uns sein.

# 21

»WEG HIER!«

Pan warf sich zur einen Seite, ich zur anderen, und im selben Moment schoss der Schlangenkopf vor und knallte gegen die Höhlenwand. Kleine Steinchen rieselten auf mich herab. Hektisch krabbelte ich rückwärts.

Ein lautes Zischen hallte durch den Raum und gleichzeitig richtete sich ein monströses Wesen auf. Sein Körper hatte den Durchmesser eines Fasses, der Kopf die Größe eines Medizinballs und die Fangzähne waren so lang wie Dolche. Unter den Schuppen waren gewaltige Muskelmassen in Bewegung: Das Vieh machte sich sprungbereit.

»Jake?« Pan taumelte rückwärts. »Was jetzt?«

Ich rappelte mich hoch. Als ich mir den Staub aus den Augen blinzelte, löste ich versehentlich die Brillenkamera aus. Der Blitz war so grell, dass die Schlange ihren Kopf abwandte und gereizt zischte, deutlich lauter als zuvor. So ein Geräusch hatte ich noch nie gehört, es war, als würde aus tausend Autoreifen gleichzeitig die Luft entweichen.

Für eine Kreatur, die ausschließlich im Dunkeln lebte, muss der Blitz die Hölle gewesen sein. Wie ein Liter Säure, direkt in die Augen gekippt.

Ich wich zurück und brüllte: »Hey, du scheißhässlicher Wurm, hier bin ich.«

Wieder ging die Schlange in Angriffsstellung. Ich wartete ab – einen Herzschlag, zwei Herzschläge –, dann blinzelte ich noch mal.

Erneuter Blitz. Das Biest taumelte seitwärts und krachte gegen die Wand. Um es gar nicht erst zur Ruhe kommen zu lassen, blinzelte ich weiter wie verrückt. Es versuchte sich abzuwenden, aber ich setzte hinterher, jagte einen Stroboskopblitz nach dem anderen aus meiner Brille.

Zuckend warf sich die Schlange hin und her. Im Blitzlicht sah ich, wie sie das Maul aufriss und eine Art Schlauch ausfuhr.

»Vorsicht!«, schrie ich, und da schoss auch schon ein Giftstrahl aus dem Schlauch, nur Millimeter an mir vorbei.

Ich ließ mich zu Boden fallen und sah das Gift gegen die Wand spritzen. Sofort brutzelte der Fels an der Stelle weg. Gott, ich hätte mich aufgelöst wie eine Brausetablette!

Die Schlange schnellte herum und feuerte eine weitere Giftladung ab. Pan packte mich am Arm und zog mich hoch. Und dann rannten wir wie besessen los.

»Sie ist hinter euch her!«, schrillte Samis Stimme in meinem Ohr.

»Wissen wir«, brüllte Pan zurück. »Wie töten wir sie?«

»Mit 'ner Pistole!«, schrie ich.

»Wir haben keine Pistolen, Jake!«

»Doch. Signalpistolen. An unseren Gürteln.«

Verdammt, das Monster glitt erschreckend schnell hinter uns her. Wir waren fast am Ende der Höhle angekommen, vor uns ragte eine Felswand auf. Ich tastete nach meiner Signalpistole und hoffte inständig, dass die Leuchtpatrone die Schlange zumindest so lange außer Gefecht setzen würde, bis wir uns irgendwo in Sicherheit gebracht hätten. Allerdings blieben mir nur wenige Sekunden, um mich umzudrehen und den Schuss abzufeuern.

Und dann passierte etwas, das ich niemals vergessen werde.

Pan wirbelte herum, setzte ein Knie auf den Boden und schoss. Ein grellroter Feuerstreifen erleuchtete ihr blasses Gesicht. Ihre Augen waren zwei schmale Schlitze, die Zähne zusammengebissen.

Das Leuchtgeschoss zischte zwischen den Fangzähnen der Bestie hindurch direkt in ihren Schlund. Im nächsten Moment flammte der lange Körper rot auf, ein zuckender, sich windender Lichtstrom, der in alle Richtungen Gift versprühte. Wir schafften es irgendwie, den Giftstrahlen auszuweichen, durch Wegducken, Hechtrollen und Sprünge zur Seite, aber lange konnten wir das nicht mehr durchhalten, das war uns klar. Wir standen im wahrsten Sinne des Wortes mit dem Rücken zur Wand – gegen die das Monstrum immer wieder seinen Kopf donnerte. Mehrmals schnappten seine Fangzähne haarscharf an mir vorbei. Es war eine außer Kontrolle geratene Kampfmaschine, die uns immer noch mühelos töten konnte.

»Wir müssen an dem Viech vorbei!«, schrie Pan.

Was genau als Nächstes geschah, weiß ich nicht mehr. Ich erinnere mich nur noch, dass mein Instinkt wieder das Steuer übernahm – dass ich nicht mehr *dachte*, sondern nur noch *machte*. Dabei wäre Nachdenken wohl ganz gut gewesen, dann hätte ich mir die nachfolgende Schwachsinnsaktion vielleicht gespart. Aber ich musste dieses entsetzliche Herumbeißen und Giftspucken endlich beenden.

Also machte ich zwei schnelle Schritte, warf mich auf das Biest, klammerte mich rodeomäßig an ihm fest und zerrte es von meiner Schwester weg. Die Schlange bäumte sich auf und ich knallte gegen die Höhlendecke. Zwar fing mein BioSteel-Anzug einiges von dem Aufprall ab, aber es fühlte sich immer noch an, als sei ich … na ja, gegen die Höhlendecke geknallt. Meine Zähne schlugen aufeinander und ich sah kleine weiße Punkte vor den Augen. Um mich herum prasselten Felsstückchen zu Boden.

Die Risse im Boden fielen mir ein. Wenn ich dieses Mutantenvieh so zur Weißglut brachte, dass es sich mit voller Wucht auf den Boden warf, dann würde es vielleicht einbrechen.

Also provozierte ich es noch mehr, zog und zerrte wie ein Besessener an dem schuppigen Körper – und tatsächlich: Das Vieh begann zu toben. Rauch quoll ihm aus dem Maul und es gab ein fürchterliches Geräusch von sich, hoch und schrill wie der Schrei eines Kleinkindes. Die Leuchtpatrone verbrannte die Schlange von innen.

Sie peitschte hin und her und bäumte sich auf, sodass ich abwechselnd gegen die Decke, die Wände und auf den Boden knallte. Das ging eine ganze Weile so, bis der Boden unvermittelt nachgab und wir gemeinsam runterstürzten.

Keine Ahnung, wie tief ich fiel, vielleicht sechs, sieben Meter. Jedenfalls kam ich extrem unsanft auf dem Schlangenkörper auf. Sofort rollte ich mich seitlich runter, aber der zentnerschwere Kopf plumpste auf mich drauf und drückte mich zu Boden. Der Schwanz klemmte unter ein paar Felsbrocken in der Höhle oben, sodass das Vieh eine Art Rutsche bildete. Rauch waberte aus seinem Maul wie von einer ausgeblasenen Kerze.

Die Bestie war tot.

Ich nahm Samis Worte in meinem Ohr nur am Rande wahr.

»Der Wärmebildkamera zufolge liegst du entweder unter der Schlange oder in ihrem Bauch.«

»Argh«, grunzte ich.

»Gute Aktion, Jake. Ziemlich mutig.«

Aber ich fand mich alles andere als mutig. Mein Bein fühlte sich an, als hätte es jemand abgesägt, zerstampft und den Klumpen dann gegen meinen Kopf geknallt. Und mein Schädel fühlte sich ebenfalls nicht mehr fest mit meinem Körper verbunden an.

»Jake?«, rief Pan.

»Ich … bin nicht tot.«

Das waren die einzigen Worte, die mir zur Beschreibung meines Zustands einfielen. *Nicht tot.*

»Warte dort«, sagte Pan.

Sie glitt an der Schlangenrutsche hinab, packte meinen Arm, zog mich unter dem Monstrum hervor und half mir hoch. Meine Beine zitterten und wahrscheinlich sah ich genauso aus wie meine Schwester: übersät mit Schnittwunden und blauen Flecken, bedeckt mit Sand, Staub und Schutt. Trotzdem grinsten wir uns an.

»Du hast eine Riesenschlange erledigt«, sagte Pan.

»*Wir* haben sie erledigt«, präzisierte ich.

Ich löste die Signalpistole von meinem Gürtel und feuerte kraftlos einen Schuss ab. Ein paar Meter weiter knallte die Leuchtpatrone gegen den Fels und fiel zu Boden, wo sie zischelnd liegen blieb und ein flackerndes rotes Licht an die Höhlenwände warf.

Anders als die Wände in der oberen Höhle, die aus grob behauenem Fels bestanden, waren diese hier vollkommen glatt und mit Bildern von Gottheiten verziert. Osiris stach auf dem kalkgetünchten Hintergrund gleich mehrfach heraus, daneben waren aber auch zwei andere Gottheiten dargestellt, die ich aus Mums Reiseführer kannte: Anubis und Isis, Osiris' Frau. Die meisten Abbildungen waren perfekt erhalten, als wären sie gestern erst fertiggestellt worden.

Einige wirkten jedoch deutlich älter – zum Beispiel die riesigen Kreise, die leuchtend bunte Gottheiten einrahmten. Nein, verdammt, das waren keine Kreise, das waren smaragdgrüne Schlangen. Schlangen, die ihren eigenen Schwanz auffraßen! Genau wie auf dem Aktenkoffer der weißhaarigen Hoteldame! Teile der Schlangenkörper waren weggebröckelt und die Farbe war viel stärker verblichen als die der Götter.

Pan hob die Leuchtpatrone auf. Das Licht färbte das blasse Schlangengrün blutrot.

»Die Viecher sehen überhaupt nicht ägyptisch aus«, murmelte sie. »Und sie wirken älter als die anderen Motive. Als wären sie deutlich früher gemalt worden.«

Da fiel mir ein, dass ich Pan noch gar nicht von der Frau in der Hotellobby erzählt hatte. Na ja, dafür war jetzt keine Zeit. Und für Bildinterpretationen auch nicht. Wir mussten endlich diesen verfluchten Sarkophag finden.

Ich folgte Pan durch eine rechtwinklige Öffnung in die benachbarte Kammer. Dort blieben wir wie angewurzelt stehen und starrten auf die Wände. Auch sie waren mit kreisförmigen Schlangen dekoriert, was allerdings nicht ganz leicht zu erkennen war, da überall Sachen davorstanden.

Absolut prachtvolle Sachen.

Sachen, bei deren Anblick mir die Kinnlade runterklappte. Ich brachte kein Wort heraus. Das war ein Schatz. Ein echter Schatz. So etwas hatte ich noch nie gesehen.

Pan ging durch den Raum, beleuchtete die an den Wänden aufgestapelten Gegenstände mit der Signalpatrone. Wo wir auch hinguckten, glänzte uns Gold entgegen: goldene Throne, goldene Truhen, goldene Osiris-Statuen. Daneben Körbe aus Schilfrohr, bis obenhin gefüllt mit Edelsteinen in allen Regenbogenfarben: Smaragde und Rubine, groß wie Pflaumen.

Pan rannte von einer Ecke in die andere, kniete sich hin, sprang auf und stellte sich auf die Zehenspitzen, um die Pracht von Nahem zu betrachten. Ihr Lächeln schien die ganze Kammer zu erhellen. Die dauergelangweilte, ewig genervte Pan, die ich von zu Hause kannte, war verschwunden. Diese Pan hier war voller Energie und Begeisterung.

»Das sind Grabbeigaben«, erklärte sie aufgeregt und reichte mir die Leuchtpatrone, um noch näher rangehen zu können. »Die alten Ägypter haben die Gräber vollgestopft mit Zeug für das Leben im Jenseits. Je mächtiger man war, umso reichhaltiger die Beigaben. Wahnsinn, Jake, guck dir das an … das ist einfach unglaublich!«

Trotz unserer Angst und obwohl uns alles, wirklich alles wehtat, mussten wir schallend loslachen.

»Leute?«, meldete sich Sami. »Was seht ihr?«

»Einen Schatz!«

So wie in diesem Moment hatte ich mich in meinem ganzen Leben noch nicht gefühlt. Es war nicht nur die Euphorie über die Entdeckung des Grabes, die für diesen Adrenalinflash sorgte. Es war auch die Begeisterung darüber, dass Pan und ich das hier gemeinsam erlebten. Das fühlte sich so … so absolut richtig an.

Die Signalpatrone zischte und ihre Leuchtkraft ließ langsam nach. Ich kramte in den Grabbeigaben herum, suchte nach irgendetwas, das uns als Fackel dienen konnte. Schließlich entdeckte ich einen Tonkrug mit einem Deckel in Form eines Vogelkopfes.

»Mein Gott, Jake, das ist ein Kanopenkrug!«, keuchte Pan.

»Ein was?«

»Ein Kanopenkrug! Darin hat man die Organe der Mumie aufbewahrt. Dieser hier zeigt den Kopf des Gottes Kebechsenuef. Er war der Beschützer der Eingeweide.«

»Willst du damit sagen, dass da die Eingeweide von jemandem drin sind?«

Ich hob den Deckel ab und leuchtete mit der Signalpatrone hinein. Was auch immer der Krug enthalten haben mochte, es hatte sich in eine dunkle Schmiere verwandelt. Vielleicht war die ja brennbar? Ich schnipste gegen die Patrone, sodass ein Funke in den Krug fiel. Sofort schossen Flammen heraus.

Na also, unsere neue Taschenlampe.

»Jake! Das war ein unersetzliches antikes Artefakt!«

»Ups, stimmt. Tut mir leid.«

»Fass nichts an, okay? Die Kammer muss erst von Archäologen katalogisiert und fotografiert werden und …«

»Du meinst, *nachdem* wir die Mumie gefunden und gestohlen haben, deren Eingeweide gerade in diesem Krug verbrennen?«

Doch Pan antwortete nicht. Entweder hatte sie bewusst weggehört oder sie hatte mich nicht verstanden, weil sie so vertieft war in den Anblick der Grabschätze. Klar, natürlich hätte auch ich die Schätze gern bewahrt. Im Ernst, je länger ich in Ägypten war, desto mehr interessierte mich die Geschichte des Landes. Aber wir waren nun mal hier, um die Mumie zu klauen. Wir *mussten* es tun, für Mum und Dad. Und da wir nun schon mal dabei waren – was sprach dagegen, das eine oder andere Andenken mitgehen zu lassen? Um Erlaubnis zu fragen, brauchten wir jedenfalls nicht, nicht nach all dem Chaos, das wir hier angerichtet hatten. Nicht, nachdem wir eine superseltene Riesenschlange getötet hatten. Außerdem: Es wusste doch niemand, was die Grabkammer ursprünglich alles enthalten hatte.

So legte ich es mir jedenfalls zurecht. Aber um ehrlich zu sein: Es lag wohl eher daran, dass mein Drang nach Nervenkitzel schon wieder durchschlug. Und dass ich mein Versprechen, nie wieder zu klauen, komplett vergessen hatte.

Entschlossen griff ich mir eine Handvoll Edelsteine aus einem der Körbe.

»Finderlohn«, murmelte ich.

Doch als ich sie gerade in meine Tasche stecken wollte, erstarrte ich in der Bewegung. Im Tunnel über uns bewegte sich jemand. Ich hörte das Knirschen von Stiefelsohlen auf dem Schutt.

»Da oben ist jemand«, flüsterte ich.

Ein Luftzug ließ die improvisierte Fackel in meiner Hand flackern. Ich warf die Edelsteine zurück in den Korb. Es gab jetzt Wichtigeres zu klauen.

»Los, komm«, wisperte ich.

Pan folgte mir in die nächste Kammer. Die war ebenfalls mit Grabbeigaben vollgestopft, allerdings keinen goldenen. Dafür gab es jede Menge Körbe mit gefalteten weißen Gewändern und Leder-Flip-Flops. An der einen Wand stapelten sich Möbelstücke aus Holz: Throne mit Verzierungen aus Elfenbein und bunt bemalte Truhen. An einer anderen Wand lehnten Waffen. Speere, Schilde, Streitäxte und bronzene Dolche.

Na ja, einen goldenen Gegenstand gab es doch: einen badewannengroßen Kasten, der genau in der Mitte des Raumes auf einem Granitsockel stand. Die Seiten des Kastens waren mit Reliefs von Osiris und der geflügelten Isis-Figur verziert, die ich von Mums Amulett kannte. Ein goldener Deckel lag auf dem Kasten, aber schräg, sodass er nicht ganz schloss.

»Noch eine Schatztruhe?«, fragte ich.

»Nein … das ist … ein Sarkophag!« Pan war so aufgeregt, dass sie kaum sprechen konnte. »Das ist die äußere Kiste, in der sich der Sarg mit der Mumie befindet.«

Komischerweise hatten ihre Worte auf mich die Wirkung von Dolchstößen, denn noch bevor sie zu Ende gesprochen hatte, wusste ich, dass etwas nicht stimmte.

Der Deckel. Es ergab keinen Sinn, dass der schräg auf dem Sarkophag lag.

Ich trat näher und hoffte inständig, dass ich mit meinem

Verdacht falschlag. Aber als ich hineinschaute, spürte ich unser Scheitern eiskalt im Nacken. Was ich sah, bedeutete, dass unsere Eltern so gut wie tot waren.

Was ich sah, war … nichts.

Der Sarkophag war leer.

Die Mumie war verschwunden.

# 22

»Wo ist er?«, schrie Pan. »Wo ist der Sarg?«

Sie entriss mir die Fackel und beugte sich in den Sarkophag, als hoffte sie, den Innensarg vielleicht übersehen zu haben. Das flackernde Licht fiel auf eine dicke Staubschicht, die den Boden des goldenen Kastens komplett bedeckte.

Pan wirbelte herum und trat wütend gegen die sorgfältig aufgereihten Grabbeigaben, von denen sie eben noch behauptet hatte, sie seien unersetzlich. Ihr Fluchen hallte von den bemalten Wänden wider.

»Kit war vor uns hier«, zischte sie. »Oder Mr Kampfanzug. Einer von beiden hat sich den Sarg geschnappt. Wir müssen hinterher.«

Sie klang wild entschlossen, aber das, was sie sagte, ergab keinen Sinn. Kein Mensch konnte einen Sarg alleine wegschleppen. Okay, sie hatte recht, jemand war uns zuvorgekommen, aber sicher nicht Kit oder der Kampfanzug-Typ. Jedenfalls nicht alleine. Nein, irgendetwas anderes musste passiert sein.

Ich streckte meinen Arm aus und fuhr mit dem Finger über den Boden des goldenen Kastens. »Total zugestaubt.«

»Toll, Jake, wir haben Staub gefunden. Lass uns versuchen, Mum und Dad damit freizutauschen.« Sie hob den Fuß, um noch einmal mit voller Wucht gegen die Grabschätze zu treten, hielt aber mitten in der Bewegung inne. »Was ist mit dem Staub?«

»Verstehst du nicht? Was auch immer sich in dem Sarkophag befunden hat, es ist schon vor einer Ewigkeit rausgeholt worden. Und zwar nicht von Kit und auch nicht von Mr Kampfanzug, sondern von jemand anderem.«

Dafür, dass Pan so intelligent war, brauchte sie ganz schön lange, um zu kapieren, was ich meinte. Als der Groschen endlich fiel, packte sie mich am Arm. Ihre Wut schien verraucht, auf ihrem Gesicht machte sich ein Grinsen breit. »Also haben wir immer noch eine Chance, den Inhalt zu finden.«

Okay, es würde garantiert nicht einfach werden, schließlich waren wir weder Archäologen noch professionelle Grabräuber, aber immerhin hatten wir es hierhergeschafft. Wieso also nicht auch noch weiter?

Ich ging in die Hocke und betrachtete den kleinen Erdhaufen neben dem Sarkophag-Sockel. Er sah aus wie ein Maulwurfshügel. Ich zog einen Handschuh aus und zerrieb die Erde zwischen den Fingern. Sie fühlte sich warm an. Und sah aus wie frisch aufgehäuft. Irgendjemand musste vor Kurzem hier gegraben haben. Auf der anderen Seite des Sockels und an einer der Ecken entdeckte ich kleine Löcher. Merkwürdig. Die Kammer war vollgestopft mit Reichtümern. Warum sollte man zusätzlich noch nach Schätzen graben?

»Was ist das?«, fragte Pan.

Ich versuchte, in eines der Löcher hineinzuschauen. »Irgendwas steckt da drin«, murmelte ich und griff mit der Hand hinein. »Etwas Kleines, aus Metall …«

Ich weiß nicht, was ich erwartete – wahrscheinlich irgendeinen Schatz. Doch was ich zutage förderte, war weder alt noch schön.

»Eine Bombe?«

Es war eine von Kits Sprengvorrichtungen. Zumindest sah es so aus wie das Ultraschallteil, das Kit benutzt hatte, um den Eingang zur Pyramide freizusprengen. Ich blickte mich um und entdeckte mindestens ein Dutzend Erdhaufen in der Kammer. Steckte in jedem von ihnen eine Sprengladung?

»Was hat das Ding hier zu suchen?«, fragte Pan.

Als sie es mir aus der Hand nahm, leuchtete das kleine Display auf. Eine Tastatur erschien und darunter lief ein Countdown: 25 Minuten – 24 Minuten, 59 Sekunden – 24 Minuten, 58 Sekunden …

*Schlecht. Ganz schlecht.*

»Jake? Schaffen wir es in fünfundzwanzig Minuten hier raus?«

Tja, wir wussten ja nicht mal, wie wir *überhaupt* hier rauskommen sollten. Wie sollten wir es dann in so kurzer Zeit schaffen?

»Warte«, sagte Pan. »Ich kenne den Code. Ich hab gesehen, wie Kit ihn vorhin eingegeben hat. Vielleicht kann man den Countdown damit ja auch stoppen?«

»Aber das war doch eine ganz andere Bombe.«

Pan versuchte es trotzdem und tippte die vier Ziffern ein, an die sie sich erinnerte.

*Zugriff verweigert.*

Fluchend probierte sie es noch einmal.

*Zugriff verweigert.*

»Lass mich mal.« Ich nahm Pan das Ding aus der Hand und wollte gerade eine beliebige Zahlenfolge eintippen, als eine Stimme quer durch die Grabkammer brüllte.

»Fasst das nicht an!«

Im schwindenden Licht unserer improvisierten Lampe zeichnete sich die Silhouette von Mr Kampfanzug im Kammereingang ab. Seine Maske verzerrte seine Stimme, deshalb war er nicht ganz leicht zu verstehen. Doch der Ton war unmissverständlich. Er trug einen ähnlichen Ausrüstungsgürtel wie Kit. Digitalzahlen flimmerten über die Gläser seiner Smartglotzer, die dunkel getönt waren und eher nach einer Schwimmbrille aussahen.

Durch seine dick gepolsterte Kampfmontur wirkte der Typ extrem stämmig und fast ein bisschen tapsig. Allerdings hatte ich im Museum gesehen, wie schnell er sein konnte. Weglaufen war definitiv keine Option. Wohin auch?

Ich hielt den Sprengstoff hoch. »Verschwinden Sie oder ich werfe Ihnen das Ding hier vor die Füße.«

Der Typ trat einen Schritt zurück. »Nein!«, blaffte er und griff an seine Maske. »Hört mal …«

»Hände runter!«, warnte Pan. »Halten Sie uns für blöd? Ihr schickes Outfit ist gespickt mit Waffen. Glauben Sie, wir wissen nicht, dass Sie die Sprengsätze gelegt haben?«

»Das war ich nicht …«

»Glaubt ihm kein Wort«, ertönte eine zweite Stimme.

Kit war am anderen Ende der Kammer aufgetaucht. Er hatte seinen Rucksack und seine Handschuhe verloren, und trotzdem wirkten seine Hände merkwürdig sauber im Vergleich zu seinem eingestaubten Tarnanzug. Über sein Gesicht zogen sich mehrere blutende Schnittwunden. Wie auch immer er es hierhergeschafft hatte, es sah so aus, als sei sein Trip ähnlich abenteuerlich gewesen wie unserer.

»Hier sind überall Sprengsätze versteckt«, sagte ich.

»Natürlich«, antwortete Kit. »Er hat sie gelegt. Die Leute vom Osiris-Kult wollen das Grab zerstören, um sein Geheimnis für immer zu wahren.«

»Blödsinn, hört nicht auf ihn«, knurrte Mr Kampfanzug.

»Ich kenne diesen Sprengmechanismus«, fuhr Kit fort. Seine Stimme klang ernst, todernst. »Man muss einen Deaktivierungscode eingeben, um den Countdown zu stoppen.«

Ich blickte auf das Display.

*23 Minuten, 30 Sekunden.*

»Hört nicht auf ihn«, wiederholte der Typ im Kampfanzug. »Ihr habt den Code schon zweimal falsch eingegeben. Ein drittes Mal wird den Timer auf fünf Minuten vorstellen.«

»Das wissen Sie so genau, weil es Ihr Sprengsatz ist«, sagte Pan. »Kit hatte insgesamt nur drei Stück dabei – und zwei hängen noch an seinem Gürtel.«

»Die anderen muss er im Rucksack gehabt haben«, antwortete Mr Kampfanzug. »So, und jetzt sag ich's noch mal: Der Sprengsatz hat keinen Deaktivierungscode.«

»Er will euch hinhalten und Zeit schinden«, sagte Kit und trat näher.

»Aber … damit würde er sich selbst doch auch umbringen«, wandte ich ein.

»Er würde alles tun, Jake, wirklich alles, um zu verhindern, dass die Welt von diesem Grab erfährt. Sein Geheimnis zu wahren, ist der einzige Daseinszweck für die Anhänger des Osiris-Kults. So, und jetzt hör mir zu, Junge: Der Deaktivierungscode entschärft sämtliche Sprengsätze auf einen Schlag, nicht nur diesen einen.«

*22 Minuten, 12 Sekunden.*

Verdammt, wem sollten wir glauben? Kit, der versprochen hatte, uns bei der Befreiung unserer Eltern zu helfen, oder Mr Kampfanzug, der sie entführt und uns angegriffen hatte? Normalerweise hätte man da nicht lange überlegen müssen. Nur war mir gerade etwas ins Auge gestochen.

Ein Handschuh. Ein sandfarbener Handschuh, der auf einem Stapel Grabbeigaben lag und an dessen Fingern Erde klebte.

Meine Hand umklammerte die Sprengvorrichtung fester. »Kit, wo sind Ihre Handschuhe?«

»Häh? Ach, die sind eingerissen. Letztlich ging's ohne sie besser.«

»Eingerissen? Die sind doch aus BioSteel, dem reißfestesten Material überhaupt. Und Ihre Hände sind blitzsauber. Nein, Sie haben die Handschuhe eben erst ausgezogen.«

»Was wollten Sie damit vertuschen?«, fragte Pan. »Vielleicht dass die Handschuhe voller Erde sind? Vom Graben der Sprenglöcher?«

»Kinder«, sagte Kit, »jetzt macht keinen Unsinn. Dieser Mensch dort hat eure Eltern in seiner Gewalt und ich versuche, sie zu befreien – was durchaus noch möglich ist. Vorausgesetzt, ihr entscheidet euch endlich, das Richtige zu tun.«

Okay, also entschied ich mich.

Aber nicht für das, was Kit vorschwebte, sondern für etwas Blödes.

Etwas *Saublödes.*

Mal wieder.

Ich war plötzlich fest davon überzeugt, dass Kit die Sprengsätze gelegt hatte. Zwar traute ich Mr Kampfanzug genauso wenig über den Weg, aber zumindest in einem Punkt hatte er wohl recht: Die Bomben würden in jedem Fall hochgehen, egal, was wir taten. Das hieß: Pan und ich mussten raus aus diesen Höhlen, auch wenn wir keine Ahnung hatten, wie. Mr Kampfanzug dagegen kannte wahrscheinlich einen Weg nach draußen – aber er würde uns ganz sicher nicht mitnehmen, wenn er genügend Zeit hätte, das nicht zu tun. Also beschloss ich, die Zeit etwas zu verkürzen.

Willkürlich tippte ich vier Zahlen in das Display, zum dritten Mal.

Sofort änderte sich der Countdown.

*4 Minuten, 59 Sekunden …*

Dann warf ich Kit das Ding zu, packte Pan am Arm und rannte mit ihr zu Mr Kampfanzug.

»Warum hast du das gemacht?«, brüllte dieser.

»Raus hier!«, schrie ich. »Nur noch fünf Minuten! Sie kennen den Weg, oder?«

Im Eiltempo folgten wir dem Typen zurück zu der toten Schlange, wo er etwas aus seinem Ausrüstungsgürtel zog, das verdammt nach einer Spielzeugpistole aussah. Damit feuerte er in das Loch in der Decke, woraufhin ein Drahtseil mit einem Metallhaken aus dem Lauf geschossen kam, der sich tief in den Fels bohrte.

»Haltet euch an mir fest!«, bellte er und schnallte die Waffe wieder an seinem Gürtel fest.

Okay, jetzt war wohl nicht der richtige Moment, um zu diskutieren. Wer auch immer der Kerl war, er war unsere einzige Hoffnung, lebend hier rauszukommen. Also klammerten wir uns an seinen Schultern fest und das Drahtseil begann uns hochzuziehen.

»Aber warum?«, grübelte Pan. »Warum sollte Kit das Grab in die Luft jagen?«

»Ich kapier's auch noch nicht«, antwortete Mr Kampfanzug, während wir an Höhe gewannen. »Wir haben mit allen Mitteln versucht, ihn zu stoppen. Aber dann bist du aufgekreuzt, Jake, und hast ihm den Job abgenommen.«

Pan kletterte als Erste durch das Loch in der Decke, packte meinen Arm und zog mich hoch.

»Los, Beeilung!«, drängte sie.

Mr Kampfanzug löste das Drahtseil von seinem Gürtel und machte gleichzeitig eine Kickbox-Bewegung mit den Füßen, sodass es ihn geradezu durch das Deckenloch katapultierte. Eine mehr als olympiareife Turnleistung. Wer zum Teufel war dieser Typ?

»Na los, rennt«, schrie er.

Atemlos strauchelten wir den Tunnel entlang, an dem zerstörten Osiris-Relief vorbei.

»Hier geht's zurück zu dem zugeschütteten Schacht«, keuchte Pan. »Da kommen wir nicht durch.«

»Bitte sagen Sie uns, dass Sie einen Plan haben!«, brüllte ich Mr Kampfanzug an. »Das war nämlich mein Plan: auf Ihren Plan zu setzen.«

»Irgendein Plan findet sich immer, wenn man seine grauen Zellen ein bisschen anstrengt«, antwortete er.

Es lag nicht die Spur von Panik in seiner Stimme, soweit

man das durch die Maske hören konnte. »Erinnert ihr euch an den Luftzug?«, fragte er.

»Der Luftzug …«, wiederholte ich. »Ja, stimmt, da war etwas. Vielleicht gibt es einen Riss in der Wand?«

»Noch zwei Minuten!«, drängte Pan. »Wie zum Teufel sollen wir in zwei Minuten den Ausgang finden?«

»Brauchen wir nicht«, antwortete Mr Kampfanzug. »Taschenlampe!«

Aus seiner Brille trat seitlich ein Lichtstrahl, den er an die Decke richtete.

»Das erledigen *sie* für uns.«

»Die Fledermäuse?«

»Wenn sie hereinkommen«, erklärte der Typ, »dann kommen sie auch wieder raus.«

Bevor ich ihn daran hindern konnte, riss er Pan und mir die Ohrhörer vom Kopf und drückte sie gegeneinander. Die elektrische Rückkopplung ging mir durch Mark und Bein.

Und erst recht den Fledermäusen. Die drehten komplett durch, flatterten wie verrückt umher. Eine stürzte herab und schoss davon. Wie auf Kommando folgte der Rest und sofort waren wir von Dunkelheit und Gekreische umgeben. Die ganze Meute wirbelte und trudelte um uns herum. Lederne Flügel flappten gegen meinen Kopf, Krallen zerkratzten meinen Rücken, pelzige Körper klatschten mir ins Gesicht.

Sie waren auf der Flucht, ein schwarzer Strom, der sich in den Gang ergoss. Wir rannten mit der Wolke mit, verzweifelt bemüht, sie uns aus dem Gesicht zu wedeln.

»Bleibt dran!«, brüllte Mr Kampfanzug.

Pan kreischte auf, als sich Krallen in ihren Haaren verfingen. Ich konnte einfach nicht fassen, wie verdammt viele es waren, es gab wirklich nicht einen fledermausfreien Flecken. Und das Krasseste war das Geräusch, das sie machten: als würde Glas zersplittern.

Plötzlich wurde der schrille Sound von einem kanonenartigen Donner übertönt. Der Boden bebte und wir gerieten ins Straucheln. Ich fand mein Gleichgewicht zwar wieder, aber dann knallte mir etwas gegen den Rücken und ich fiel doch hin: Es war eine gewaltige Druckwelle, die sich durch die Gänge fortgepflanzt und mich regelrecht umgekegelt hatte. Felsklumpen lösten sich von der Decke und polterten um mich herum zu Boden.

»Was war das?«, schrie ich.

»Der verdammte Sprengsatz natürlich«, schrie Pan zurück.

Eine neue Explosion ließ die Wände erzittern, noch mehr Steine donnerten herunter.

»Hoch mit euch«, brüllte Mr Kampfanzug. »Und weiter.«

Pan half mir auf. Währenddessen dröhnten immer neue Explosionen durch die Gänge und jedes Mal bebte der Boden. Wir hatten Mühe, uns auf den Beinen zu halten.

»Los, los, weiter«, trieb uns der Typ an. »Und bloß nicht nach hinten schauen!«

Aber natürlich tat ich genau das – und sah, dass die Decke im Begriff war einzustürzen.

»Rennt!«, schrie ich.

Meine Beinmuskeln brannten vor Anstrengung und mein Puls war völlig außer Kontrolle, aber die Panik und das Adrenalin trieben mich voran. Ich riskierte einen weiteren Schulterblick. Finsternis breitete sich hinter uns aus, der Einsturz pflanzte sich mit rasender Geschwindigkeit fort, trieb uns vor sich her.

»Da! Da oben!«

Die gewaltige Fledermauswolke hatte sich zu einem dünnen Strom verjüngt, der durch einen Spalt hoch oben im Fels aus dem Gewölbe quoll – in die Freiheit. Mr Kampfanzug hob mich hoch, aber ich widersetzte mich.

»Nein, Pan zuerst!«

»Jetzt mach schon!«, rief meine Schwester.

Sie hatte recht. Wir hatten keine Zeit, über die Reihenfolge zu diskutieren. Ich war am dichtesten dran, und das Tempo, mit dem ich durch den Spalt kroch, würde darüber entscheiden, ob die zwei anderen überlebten oder nicht.

Also hangelte ich mich hoch und drängte mich zwischen die Fledermäuse. Erneutes Kratzen und Schlagen, überall, im Gesicht, auf der Brust, im Nacken. Doch irgendwie schaffte ich es, einen Arm durch den Spalt zu stecken, den Felsen auf der anderen Seite zu fassen zu bekommen und mich hindurchzuziehen.

Zusammen mit einem Schwall Fledermäusen und Schuttbrocken landete ich im Wüstensand. Um mich herum stockfinstere Nacht. Ich krabbelte umher, um mich zu orientieren, und stellte fest, dass sich das unterirdische Gewölbe an dieser Stelle wie ein Bergkamm aus dem Wüstenboden wölbte. Als Pans Hand erschien, zog ich daran, bis meine Schwester kopfüber aus der Öffnung rollte und in meinen Armen landete. Mr Kampfanzug folgte in einer Art Hechtrolle. Eine Sekunde später füllte sich der Spalt mit Sand und der Strom der Fledermäuse riss ab. Das unterirdische Höhlensystem war eingestürzt.

Wir lagen im Sand und genossen es einfach nur, nicht tot zu sein. Jede einzelne Faser meines Körpers brannte wie

Feuer. Mein Schädel fühlte sich an, als säße jemand darin und versuchte, sich freizuboxen.

Mr Kampfanzug lag auf dem Rücken und schnaufte in seine Maske.

Pan und ich setzten uns mühsam auf, atmeten ein paarmal tief durch und lehnten uns aneinander. Wir waren fünfzig Meter von der Großen Sphinx entfernt.

Als wir den Blick über das Gizeh-Plateau schweifen ließen, stellten wir fest, dass es wackelte.

Ungläubig beobachteten wir, wie sich sternförmig Risse um die Pyramiden auftaten und rasend schnell ausbreiteten. Nach einer Weile quoll Rauch daraus hervor und die Erschütterungen des Wüstenbodens nahmen dermaßen zu, dass die Pyramiden wie Schiffe bei starkem Seegang schwankten. Ein Flutlichtmast am Fuß der Großen Pyramide vollführte eine Art Breakdance und schleuderte seinen Lichtstrahl mal in die eine, mal in die andere Richtung. Kurz beleuchtete er einen Steinquader, der in wilden Sprüngen die Pyramidenwand herunterdonnerte, bevor er, gefolgt von anderen Quadern, dumpf im Sand aufschlug.

Die Sicherheitsleute flohen. Hektische Befehle und panische Schreie ertönten. Und dann hörte der Scheinwerfer plötzlich auf zu tanzen.

Von oben donnerten keine Steine mehr herunter und die Erde bebte nicht mehr.

Eine dichte Rauch- und Staubwolke erhob sich über dem Plateau, hüllte die Pyramiden ein und stieg schließlich empor in den Nachthimmel. Das geheime Grab unterhalb der Cheops-Pyramide war zerstört.

»Es … existiert nicht mehr«, keuchte Pan.

Ich dachte weniger an das Grab als an unsere Eltern. Und an Kit. Die ganze Zeit hatte er uns benutzt, um das Grab zu finden – nur um es dann zu zerstören. Warum?

Na, wenigstens gab es jemanden, der uns eine Antwort darauf geben konnte. Ich drehte mich zu Mr Kampfanzug um, doch meine Frage blieb mir im Hals stecken.

Der Typ weinte!

Er starrte durch seine gesplitterten Brillengläser auf die Rauchwolke … und seine Schultern bebten! Vor lauter Schluchzen konnte er kaum sprechen. Erst als er seine Maske abnahm, war er einigermaßen zu verstehen.

Ich hätte nie gedacht, dass der Irrsinn und das Chaos noch zu toppen sein würden. Aber im Vergleich zu dem, was als Nächstes passierte, wirkte alles Bisherige wie schnarchlangweilige Routine.

Nachdem Mr Kampfanzug seine Maske abgezogen hatte, blickte er mich an.

»*Mum*?«, fragte ich.

Ihr tränenverschleierter Blick schweifte über das Plateau. »Wir hätten nach Cornwall fahren sollen, ich hab's ja gleich gesagt.«

# 23

Den Tag, an dem man feststellt, dass die eigene Mutter nicht ansatzweise so langweilig ist, wie man immer geglaubt hat, sondern eine hochprofessionelle Ninja-Grabräuberin, den vergisst man nicht so schnell.

Eigentlich hätte ich erst mal etwas Zeit gebraucht, um meine ganzen Fragen loszuwerden, mich dann über die Antworten aufzuregen und schließlich zu entscheiden, ob ich dauerhaft wütend bleiben wollte oder nicht. Aber die Ereignisse überstürzten sich schon wieder.

Wir strauchelten und stolperten durch den Sand, immer tiefer in die Wüste hinein. Als ich einen Blick über die Schulter warf, sah ich, wie die Rauch- und Staubwolke über der eingestürzten Grabanlage immer dichter wurde.

»Kommt ihr jetzt endlich?«, brüllte uns Mum vom Fuß einer Sanddüne entgegen. Nur dass es keine Sanddüne war. Mum packte den Zipfel eines sandfarbenen Tarnüberwurfs und zog daran. Zum Vorschein kam das coolste Gefährt, das ich je gesehen hatte. Es bestand aus einem Metallrahmen, diversen Stangen und Verstrebungen, ultrafetten Reifen, klobigen Bedienelementen, vier Sitzschalen, einem Steuerrad – und sonst nichts.

»Das ist ein Strandbuggy«, sagte sie. »Setzt euch hinten rein.«

»Aber Mum«, wandte ich ein. »Du fährst doch eigentlich Volvo.«

»Steigst du jetzt endlich ein?!«

Eine Sekunde später drückte sie das Gaspedal durch, dass der Sand nur so aufspritzte.

Vor uns ging langsam die Sonne auf, tauchte die Wüste in flammendes Licht und ließ den Horizont vor Hitze flimmern. Ein Wüstenfuchs schoss aus seinem Bau. Wir gerieten ins Schlingern und ich musste mich am Fahrgestell festhalten.

»Mum?«, brüllte Pan.

»Anschnallen!«, brüllte Mum zurück.

»*Mum*!«

Mum trat auf die Bremse und wir kamen rutschend zum Stehen. Sie drehte sich zu uns um. Auf ihrem Gesicht hatten Sand, Erde, Schweiß und Blut eine dicke Kruste gebildet.

»Ja, Pandora?«

Doch jetzt, wo sie endlich hätte sprechen können, blieben meiner Schwester die Worte im Hals stecken. Und mir ging es genauso. Es waren einfach zu viele Fragen auf einmal. Mum war also gar nicht gekidnappt worden? Sie war Mr Kampfanzug? Der Osiris-Kult? Am Ende konnte ich nur eine Sache sagen … und es war keine Frage.

»Mum … wir haben versucht, euch zu retten.«

Sie starrte uns lange an, wobei sie mehrmals tief Luft

holte. Dann beugte sie sich unvermittelt nach hinten und umarmte mich so fest, dass ich aufjaulte. Anschließend herzte sie Pan – noch fester, so wie es sich anhörte.

Es war das erste Mal seit über einem Jahr, dass sich die beiden in den Armen lagen, jedenfalls soweit ich das mitbekommen hatte. Pan zog ein Gesicht und murmelte irgendetwas Abfälliges, aber sie befreite sich nicht aus der Umarmung.

»Du bist also nicht einfach nur Historikerin, Mum?«, fragte ich.

In dem Moment zerriss Sirenengeheul die Morgenruhe und vom Gizeh-Plateau her raste ein Dutzend Polizeiwagen auf uns zu. Mum fluchte. Aber so richtig! Es war ein wahres Fluchkunstwerk. Ich war schwer beeindruckt.

»Sorry«, entschuldigte sie sich. »Es war ein langer Tag. Mir ist klar, dass euch ein paar Fragen unter den Nägeln brennen. Aber das Einzige, was ihr jetzt wissen müsst, ist, dass ich eure Mutter bin und dass ich euch liebe. So, und nun haltet euch fest.«

Während sich die Einsatzwagen bedrohlich schnell näherten, trat Mum aufs Gaspedal – und weg waren wir. Der Buggy flog nur so über eine Düne und schlug auf der anderen Seite im Sand auf.

»Anschnallen!«, wiederholte Mum.

Wir gehorchten.

»Ich verspreche euch, dass ich alles erkläre«, fügte sie hinzu. »Aber jetzt müsst ihr einfach tun, was ich sage, dann haben wir vielleicht eine Chance, euren Vater zu retten.«

»Wo ist er?«, fragte ich.

»Gekidnappt worden.«

»Aber …«

»Haltet euch fest!«

Schleudernd fuhren wir vom Sand auf eine Schotterpiste. Wir waren jetzt wieder in der Totenstadt mit den vielen Elendshütten zwischen den Gräbern. Mum fuhr einen Weg entlang, der so schmal war, dass ich die Grabsteine und Wellblechhütten zu beiden Seiten berühren konnte. Die Leute, die dort lebten, schrien uns etwas zu und Mum schrie zurück.

»Du sprichst Arabisch?«, fragte Pan.

Ich wunderte mich inzwischen über gar nichts mehr.

Wir bogen in eine andere Gasse ab und von dort in eine weitere, verfolgt vom Geheul der Sirenen. Aber Mum sah total entspannt aus, so als wäre sie auf dem Weg zu ihrer Lieblingspicknickstelle. Im Vorbeifahren scannte sie die Inschriften auf den Grabsteinen.

»Was suchst du?«, rief ich.

»Etwas … aus vergangenen Zeiten«, antwortete sie und schleuderte den Buggy im Neunzig-Grad-Winkel in die nächste Gasse. Ein Schulterblick zeigte mir, dass die Polizisten versuchten, das Manöver zu imitieren, doch schon das erste Fahrzeug scheiterte so grandios, dass es die komplette Kreuzung blockierte.

Dafür stellte sich vor uns, am Ende der Gasse, ein Polizeiwagen quer. Zwei Beamte hechteten heraus und stürmten auf uns zu. Mum stieg auf die Bremse und sprang aus dem Buggy. Einer der Polizisten versuchte sie zu packen, aber sie war zu schnell. Ihre Hand wirbelte herum und dann hörte man ein merkwürdiges Knirschen. Der Schrei des Beamten wurde abgewürgt, als Mum ihn gegen einen Grabstein schleuderte. Gleichzeitig schoss ihr anderer Arm zurück und wehrte einen Schlag des zweiten Polizisten ab. Dabei drehte sie sich blitzschnell um, löste die Handschellen von seinem Gürtel und fesselte ihn damit ans Handgelenk seines Kollegen.

Dann wandte sie sich uns zu. »Egal, was ihr gerade gesehen habt – ihr behandelt Vertreter des Gesetzes bitte immer mit dem gebührenden Respekt, verstanden?«

»Hast du dem Mann etwa das Handgelenk gebrochen?«, fragte Pan.

In diesem Moment hörten wir ein metallisches Prasseln: Patronenhülsen, die von der Seite des Buggys abprallten.

»Runter mit euch!«, schrie Mum.

Ich packte Pan am Arm und wir gingen hinter einem der Reifen in Deckung. Ich wollte Mum gerade zu Hilfe eilen, aber ein kurzer Blick reichte, um zu wissen, dass sie keine Hilfe brauchte. Ihre Augen waren zu kleinen dunklen Schlitzen geworden. Sie sah genauso aus wie Pan, als sie der Riesenschlange die Leuchtpatrone in den Rachen gefeuert hatte. Sie lag quer über dem Fahrgestell des Buggys und zielte auf die Polizisten. Weitere Schüsse waren zu hören, dann Schreie und ein dumpfer Aufprall nach dem anderen.

»Hoch mit euch«, rief Mum. »Los, alle beide, hopp, hopp!«

Wir rappelten uns auf, das Dröhnen der Schüsse noch in den Ohren. Sämtliche Polizisten lagen bewusstlos am Boden.

»Mum«, krächzte ich. »Bist du eine Ninja?«

»Eine Ninja? Was ist das denn für eine dämliche Frage! Ich beherrsche einfach nur die Grundtechniken in Kung-Fu,

Aikido und Ju-Jutsu. Der Rest ist ein bisschen Gymnastik und Glück.«

»Aber … wie? Und wann …?«, stammelte Pan verwirrt.

Ohne zu antworten, kletterte Mum auf das Dach eines Grabhauses und ließ ihren Blick über die Totenstadt schweifen. Aus allen Richtungen näherten sich Polizeiwagen.

Sie sprang wieder herunter. »Okay, könnte etwas komplizierter werden. Aber ich hab Schlimmeres erlebt.«

»Du hast Schlimmeres erlebt, als von einem ganzen Polizistenheer gejagt zu werden?«

Mum rieb sich den Dreck von der Wange. »Hin und wieder.«

In dem Moment stürzte eine keifende Frau aus einer der Wellblechhütten und fuchtelte mit einem Besen. Aber ihr Ärger verpuffte, als Mum sie auf Arabisch ansprach und ihr die Schlüssel des Strandbuggys hinhielt. Daraufhin führte sie uns zu einem der Gräber und eilte zurück, um sich ihre Belohnung unter den Nagel zu reißen.

Das Grab unterschied sich in nichts von den anderen Gräbern: ein Betonklotz mit einem kleinen Fenster und einer Holztür. Aber die Tür sah nur aus wie eine Holztür. In Wirklichkeit war sie aus Stahl. Und verschlossen.

Mum ließ ihre Hände über die eingravierten Inschriften auf der Grabmauer gleiten.

»Was steht da?«, fragte Pan.

»*Al-turneru*«, antwortete Mum. »›Turner‹ auf Arabisch.«

Sie tippte auf einen der Buchstaben, woraufhin eine Steintafel beiseite glitt und ein Touchscreen zum Vorschein kam. Mum drückte die Hand darauf. Quietschend öffnete sich die Stahltür und schloss sich sofort wieder hinter uns.

Von innen war das Grab genauso karg und schmucklos wie von außen. Zwei Särge standen auf einem steinernen Gesims, das war's. Nur dass es keine normalen Särge waren. Mum zog den Messinggriff des einen ab und tippte einen Code in die dahinterliegende Tastatur. Mit einem Zischen öffnete sich der Sargdeckel.

Zum Vorschein kam eine Miniaturausgabe von Kits Hauptquartier im Kairoer Basar: eine Art Schaltpult mit Monitoren, Knöpfen und Hebeln und jeder Menge technischer Gerätschaften, die an der Innenseite des Sargdeckels befestigt waren.

»Jake, du behältst das Fenster im Blick«, befahl Mum. »Die Scheibe ist kugelsicher. Pandora, du öffnest bitte den anderen Sarg.«

»Wie lautet der Code?«, fragte Pan.

»Euer Geburtsdatum. Jake, was siehst du?«

Ich sah Polizisten. Nicht zwei oder drei, sondern eine ganze Armee. Sie waren jetzt zu Fuß unterwegs, stürmten die Hütten der Totenstadt und rissen die Türen der Grabhäuser auf. Die Einheimischen beschimpften sie, aber die Beamten brüllten unbeeindruckt zurück und stießen sie ruppig beiseite.

»Es wimmelt nur so von Polizisten, Mum.«

Mum lud ein Satellitenbild auf einem der Monitore hoch und zoomte die Totenstadt mit ihrem Labyrinth aus Hütten und Gräbern heran. Dann scrollte sie hin und her, auf der Suche nach unserem Standort.

»Die wichtigste Regel für Schatzjäger: Versteck dich niemals an einem Ort, der nicht mindestens zwei Ausgänge hat«, sagte sie.

Also, ich hatte ja in den letzten Stunden schon von diversen Schatzjägerregeln gehört, aber diese hier schien mir mit Abstand die schlaueste.

Pan hatte inzwischen den zweiten Sarg geöffnet. In seinem Inneren befand sich eine Tasche, die vollgestopft war mit Banknoten in verschiedenen Währungen, außerdem mit zahlreichen Reisepässen und anderen wichtigen Ausweisdokumenten.

»Unsere Notausrüstung«, erklärte Mum. »Euer Vater und ich haben solche Taschen an ungefähr einem Dutzend Orten entlang des Nils deponiert.«

»Wie bitte?«, fragte Pan. »Wann habt ihr das denn gemacht?«

»Die Polizei steht direkt vor unserem Grab!«, zischte ich.

»Das ist eine Panzertür«, sagte Mum. »Die kann man nur mit einer Ramme öffnen – aber so was haben die wahrscheinlich bei sich.«

Es bollerte gegen den Stahl. Erst waren es trommelnde Fäuste, dann Stiefel, und schließlich warfen sich die Polizisten mit den Schultern dagegen, versuchten, die Tür aus den Angeln zu brechen.

Doch Mum schien den Lärm gar nicht wahrzunehmen. Sie war ganz damit beschäftigt, irgendeinen Code in ein Display einzutippen. »Wir haben noch zwei Minuten, bis wir hier rauskommen. Reichlich Zeit zum Nachdenken.«

Inzwischen rumpelte es dermaßen heftig an der Tür, dass das ganze Grabhaus wackelte. Offenbar war die Ramme zum Einsatz gekommen.

»MUM!«, brüllte ich.

»Jake, bitte. Ich konzentriere mich. Ich überlege mir einen Plan, wie wir euren Vater befreien können.«

»Wo ist Dad?«, fragte Pan.

»Keine Ahnung, Pandora. Man hat uns in einen Lieferwagen gezerrt und aus Kairo herausgefahren. Dank eures Vaters konnte ich fliehen. Wohin sie ihn gebracht haben, weiß ich nicht.«

»Wer ist ›sie‹?«

»Auch das weiß ich nicht, Jake. Aber diese Leute waren top ausgebildet. Und sie hatten Geld. Ihr Waffenarsenal war vom Feinsten.«

»Hat Kit sie angeheuert?«, fragte ich.

»Nein.« Mum schüttelte entschieden den Kopf. »Kit Thorn war sicher informiert, das schon. Aber er hatte garantiert niemals vor, euren Vater zu entführen. Er liebt ihn wie einen Bruder.«

»Kit liebt Dad?«

»Ich schätze, Kit ist von derselben Gruppe angeheuert worden, die euren Vater in ihrer Gewalt hat«, sagte Mum. »Wer auch immer dahintersteckt.«

»Der Osiris-Kult?«, fragte Pan.

»Es gibt keinen Osiris-Kult«, sagte Mum. »Den hat Kit nur erfunden, um euer Vertrauen zu gewinnen. Aber klar: Irgendjemand muss ihn angeheuert haben.«

»Ich hab gesehen, wie er sich mit jemandem unterhalten hat«, bemerkte ich.

»Mit wem?«

»Mit einer weißhaarigen Frau. Sie hatte einen Aktenkoffer bei sich, mit einem Smaragd in Schlangenform drauf.«

Mum knallte den Sargdeckel zu und musterte mich mit zusammengekniffenen Augen. »Was für eine Smaragdschlange war das?«

»Genau die gleiche wie an den Wänden der Grabkammern«, erklärte ich. »Hast du sie nicht gesehen?«

Vielleicht war sie ja zu sehr damit beschäftigt gewesen, mich vom Zünden des Sprengsatzes abzuhalten, um auf die Wanddeko zu achten. Sie wirkte auf einmal besorgt.

»Sagt dir das Symbol etwas?«, fragte Pan.

»Möglicherweise. Aber das ist jetzt nicht so wichtig. Wichtig ist, dass diese Leute, wer auch immer sie sind, euren Vater brauchen, um das Osiris-Grab zu finden.«

»Das Osiris-Grab?«, fragte ich verblüfft. »Aber das haben wir doch in die Luft gejagt.«

»*Du* hast es in die Luft gejagt«, präzisierte Pan.

»Hört auf zu streiten«, blaffte Mum. »Ihr habt ein Grab gefunden, ja, irgendeins. Ein Grab ohne Sarg und ohne Mumie.«

»Klar, der Sarg und die Mumie sind ja auch weggeschafft worden«, sagte ich.

»Klingt logisch«, pflichtete mir Pan bei. »Das Alte Reich, also die Zeit, in der die Pyramiden gebaut wurden, endete in einem Bürgerkrieg. Die Pyramiden wurden geplündert, und da ist es doch anzunehmen, dass die Priester etwas so Heiliges wie Osiris' Mumie an einen anderen Ort gebracht haben, um es zu schützen. Das heißt: Es muss irgendwo ein zweites Osiris-Grab geben.«

Verblüfft schaute Mum Pan an, als hätte sie zum ersten Mal gemerkt, wie schlau ihre Tochter ist. »Das ist … das ist vollkommen richtig, Pandora.«

»Okay, also müssen wir nur dieses zweite Grab finden, dann können wir die Mumie gegen Dad eintauschen – wie geplant«, stellte ich fest.

»Das war euer Plan?«

»Ja.«

Mum wirkte jetzt noch verblüffter. »Das war auch mein Plan. Die Mumie als Pfand – das ist die einzige Rettung für euren Vater.«

Ein gewaltiger Schlag gegen die Tür beulte den Stahl ein. Ich drückte meine Schulter dagegen, als könnte ich etwas gegen eine Ramme ausrichten.

»Scheiße, wir brauchen Waffen, wir kriegen gleich Besuch«, drängte ich. »Pan, kannst du ein paar Bretter aus dem Sargdeckel brechen? Als Knüppel?«

»Jake, jetzt komm mal wieder runter!«, herrschte mich Mum an. »Natürlich steht die Polizei gleich hier drinnen. Aber dann sind wir längst weg.«

Ein Schwall heißer Luft füllte das Grabhaus, dann flammte ein Licht auf, so grell, dass ich die Augen zukneifen musste. Als ich sie wieder öffnete, war das Dach des Häuschens zur Seite geglitten. Stattdessen schwebte ein merkwürdiges Metallding darüber, von dessen Unterseite das gleißende Licht strahlte. Drei Drahtseile mit Karabinern an den Enden hingen von dem Teil herunter. Ich kam mir vor wie bei einer Entführung durch Aliens.

»Gott, was ist das denn?«, rief Pan.

»Eine URD.« Mum hatte sich bereits die Tasche mit dem Geld und den Dokumenten über die Schulter geworfen. »Unbemannte Rettungsdrohne. Und jetzt hakt euch mit euren Gürteln an die Karabiner.«

Mein erster Gedanke war: *Wie cool ist das denn?* Mein zweiter: *Das Ding fliegt bestimmt scheißhoch.*

»Äh … Mum? Ich weiß nicht so recht …«

Mum fasste mich an der Schulter. Sie kannte meine Höhenangst. Ich wartete darauf, dass sie etwas Liebevolles, Tröstendes sagte.

»Jake, jetzt stell dich nicht an wie ein Baby und schnall dich endlich fest! Du auch, Pandora.«

»Nein«, widersprach meine Schwester. »Ich gehe nirgendwohin, bis du uns nicht sagst, was hier los ist.«

»Pandora«, sagte Mum streng. »Schnall dich fest.«

»Du hast uns belogen.«

»Nein, ich hab euch nur nicht die Wahrheit gesagt. Das ist noch lange keine Lüge.«

»Aber du bist nicht die, die du vorgegeben hast zu sein.«

»Ich bin eure Mutter, das ist alles, was im Moment zählt.«

»Du bist nicht meine Mum. Meine Mum ist eine langweilige Professorin für Alte Geschichte. Und du bist … ach, keine Ahnung, was du bist.«

»Pandora, schnallst du dich jetzt bitte augenblicklich fest!«

»Nicht, bevor du …«

»Oder du kriegst Hausarrest!«

»*Hausarrest*? Nicht dein Ernst?«

»Mädels!«, brüllte ich. »Die Polizei!«

Fluchend befestigte Pan das Seil an ihrem Gürtel. Die Drohne schien das irgendwie zu registrieren, denn sie begann augenblicklich aufzusteigen und uns aus dem Grabhaus zu ziehen.

Fast im selben Moment gab die Stahltür nach und die Polizisten stolperten herein. Sofort sprangen sie hoch, um wenigstens noch unsere Füße zu erwischen, aber wir waren schon außer Reichweite. Und weil der Scheinwerfer sie dermaßen blendete, konnten sie nicht mal auf uns schießen.

*Ihr Lutscher!*, hätte ich ihnen gerne zugerufen, aber ich brachte nur ein paar gestammelte Flüche heraus. Verdammt, waren wir hoch! Mir wurde schwindelig.

»Jake!«, schimpfte Mum, während uns die Drohne immer höher hinaufschraubte. »Du weißt, du sollst nicht fluchen! Und glaub bloß nicht, ich hätte die Sache mit dem Tablet vergessen.«

»Das Tablet?«, mischte sich Pan ein. »Mum, Jake hat gerade ein jahrtausendealtes Grab in die Luft gejagt.«

»Ja, darüber reden wir auch noch.«

»Und wohin fliegen wir jetzt?«, fragte Pan.

»An einen Ort, an dem es sicher ist und wo ich in Ruhe überlegen kann, wie wir weiter vorgehen.«

Wie wir *Dad retten*. Das war für mich eindeutig unsere nächste Mission. Ich hielt mich krampfhaft am Seil fest und mied den Blick nach unten. Die Drohne flog höher und höher, entfernte sich in rasantem Tempo von den Polizisten, dem Qualm und dem Staub, den wir aufgewirbelt hatten, und nahm Kurs auf den Sonnenaufgang.

# 24

Wir schwebten am Rand der Wüste entlang. Meine Arme zitterten, weniger vom verkrampften Festhalten – letztlich sicherte mich ja mein Gürtel – als von der Höhenangst. Klar war ich erleichtert, das Gizeh-Plateau zu verlassen, wo es vor schwer bewaffneten Polizisten auf Terroristenjagd nur so wimmelte – aber warum konnten wir nicht etwas bodennäher fliehen?

Über uns brummte die Drohne, eine Art riesige Metallspinne, an deren Beinen sich Propeller drehten und deren Rumpf mit blinkenden Lichtern besetzt war. Mum musste irgendeine Route einprogrammiert haben, denn das Teil schien genau zu wissen, wohin es flog. Völlig klar, da war absolute Hightech am Werk – und trotzdem fragte ich mich, wie zum Teufel das Ding unser Gewicht tragen konnte.

»Ganz ruhig, Jake, wir sind hier gut aufgehoben«, beruhigte mich Mum, der mein Klammergriff nicht entgangen war. »Die Drohne ist auf unser Gewicht ausgerichtet.«

»Außerdem hast du's gerade mit einer Riesenschlange

aufgenommen«, sagte Pan. »Da wird dir das bisschen Höhe doch wohl nichts ausmachen.«

Aber es war ja nicht die Höhe, die mich schreckte, sondern die Vorstellung, runterzufallen und einen dicken roten Matschfleck auf dem Wüstenboden zu hinterlassen.

Während wir gen Sonnenaufgang flogen, wurden wir von Touristen fotografiert, die in einem Heißluftballon an uns vorbeitrieben. Sie waren unterwegs zu den Pyramiden, die sie natürlich besser vor unserer Aktion hätten besichtigen sollen. Hinter uns auf dem Gizeh-Plateau glitzerte die Staubwolke im rosigen Morgenlicht, als hätte jemand den Inhalt einer Schatztruhe in die Luft geworfen. Wir überflogen eine Straße, auf der ein Riesenkonvoi aus Polizei-, Rettungs- und TV-Übertragungswagen in Richtung des Chaos unterwegs war.

»Wir werden in allen Nachrichtensendungen und auf den Titelseiten sämtlicher Zeitungen zu sehen sein. Weltweit. Mit Namen und Fotos«, murmelte Mum. »Die Polizei wird uns mit einem Großaufgebot jagen.«

»Aber warum?«

»Weil du ein uraltes Grab gesprengt hast, Jake. Wer auch immer Kits Auftraggeber ist, er wird dafür sorgen, dass wir als die Schuldigen dastehen. Wir müssen das Land verlassen, so schnell wie möglich.«

»Raus aus Ägypten?«, fragte ich. »Und was ist mit Dad?«

»Das würde auch Dad wollen. Um euch zu schützen.«

»Aber wir sind doch gar nicht in Gefahr«, entgegnete Pan. »Kit würde uns doch nichts tun.«

»Kit ist auch nicht das Problem. Wenn es stimmt, was du über diese Frau mit dem Schlangenkoffer erzählst, dann ist Dad in größerer Gefahr, als ich dachte.«

»Wer ist die Frau?«, fragte Pan.

»Erklär ich euch später. Jedenfalls scheint selbst Kit gerade etwas überfordert zu sein, und er ist einer der besten Jäger der Welt.«

»Du meinst, einer der besten *Schatz*jäger?« Für ein paar Sekunden hatte ich tatsächlich unsere Flughöhe vergessen. »Denn das bist du doch auch, oder? Eine Schatzjägerin?«

»Na ja, ich hab's lange nicht mehr gemacht. Aber das erkläre ich euch auch später, wenn wir sicher außer Landes sind. Versprochen.«

Ihre Stimme klang hart, doch ihr Blick war etwas weicher geworden. Sie griff mit einer Hand in den Halsausschnitt ihres Kampfanzuges, zog das Isis-Amulett hervor und drückte es, als wollte sie Kraft für die Umsetzung ihres Plans daraus ziehen. Doch dieser Plan war komplett unrealistisch, das wussten wir alle drei. Wir hatten schlicht keine Zeit, das Land zu verlassen. Nicht, wenn wir Dad lebend wiedersehen wollten.

»Falls es wirklich ein zweites Osiris-Grab gibt«, sagte ich, »dann müssen wir es vor Kit und der Schlangenfrau finden. Dann müssen wir uns die Mumie als Pfand für Dads Freilassung schnappen.«

Wir schwebten jetzt über einer Ansammlung weißer Villen mit Swimmingpools und hohen schmiedeeisernen Zäunen. Kurze Zeit später streiften unsere Wüstenstiefel die oberen Spitzen einer Gartenpalme. Der Sinkflug hatte begonnen.

»Wir *müssen* das Grab suchen, Mum!«, beharrte Pan.

Den Blick auf den Horizont gerichtet, drückte Mum das Amulett noch einmal, dann stopfte sie es wieder unter ihren Kampfanzug.

»Ihr habt recht«, sagte sie schließlich. »Die Sache duldet keinen Aufschub. Trotzdem werde ich euch zwei erst in Sicherheit bringen, bevor ich mich auf die Suche begebe.«

»Aber Mum …«

»Kein Aber!«

Das Surren der Drohne wurde lauter, als sie sich langsam über einer asphaltierten Straße absenkte, direkt vor den Villen. Ein schwarzer Lieferwagen parkte am Straßenrand.

»Sobald ihr festen Boden unter den Füßen habt, löst ihr das Seil von euren Gürteln und rennt zu dem Lieferwagen«, befahl Mum.

Bei ihr und Pan funktionierte es natürlich reibungslos. Aber als ich versuchte, den Karabiner auszuklinken, verhakte sich irgendetwas und die Drohne schleifte mich ein endloses Stück die Straße entlang. Mum musste hinter mir herrennen und mich befreien. Noch während wir zu dem Auto zurückrasten, glitt die Seitentür auf und ein runzeliges Gesicht, umrahmt von einer raschelnden regenbogenfarbenen Djellaba, grinste uns entgegen.

»Was macht Sami denn hier?«, fragte Pan entgeistert.

»Alles okay«, beruhigte sie Mum. »Sami ist auf unserer Seite. Ich hatte ihn beauftragt, euch im Auge zu behalten, während ihr mit Kit unterwegs wart.«

Das reichte mir als Info. Ich war heilfroh, dass Sami einer von uns war. Ich erwiderte sein Grinsen und er nahm meine Hand und zog mich ins Auto.

Natürlich handelte es sich nicht um einen normalen Lieferwagen. Es gab zum Beispiel keine Sitze und auch kein Steuerrad. Die eine Hälfte war zum Arbeitsbereich umgebaut, mit einem dreh- und schwenkbaren Tisch, Tablet-PCs in speziellen Halterungen und einem von Samis Holografie-Displays. Dort, wo sich normalerweise der Beifahrersitz befand, waren diverse Waffen und technische Gerätschaften auf ein Gestell montiert, und die gesamte Rückwand des Wagens bestand aus einem riesigen Flachbildschirm, auf dem Nachrichten aus aller Welt liefen.

»Wie schön, dass ihr heil zurück seid!«, begrüßte uns Sami und schloss die Tür hinter uns.

»Du bist also eine Mogelpackung, genau wie unsere Mutter?«, fragte Pan.

»Eine Mogelpackung?«

»Du tust nur so, als seist du Kits Freund.«

»Ich bin wirklich mit Kit befreundet«, antwortete Sami. »Aber noch besser bin ich mit euren Eltern befreundet.«

Sami hatte wahrscheinlich eine ausführliche Geschichte über sein doppeltes Spiel mit Kit auf Lager, aber danach stand uns gerade nicht der Sinn. Wir waren einfach nur froh, uns auf den Boden des Lieferwagens plumpsen zu lassen und durchzuschnaufen. Mein Blick fiel auf die rückwärtige Bildschirmwand. Die meisten Sender zeigten Bilder von der Rauchwolke über dem Gizeh-Plateau. Hin und wieder wurden Fotos von Mum und Dad eingeblendet und einige Reporter hatten sogar Bilder von Pan und mir aufgetrieben. »Verschollenes Grab in Gizeh zerstört« oder »Größte Fahndung aller Zeiten«, lauteten die Schlagzeilen.

»Und was machen wir jetzt, Mum?«, fragte Pan.

»*Ihr* macht gar nichts mehr«, wiederholte Mum und zog ihre Handschuhe und ihre Tarnjacke aus. »Und *ich* mache mich auf die Suche nach eurem Vater. Das Einzige, wobei ihr mir noch helfen könnt: Überlegt bitte genau, was ihr alles in der unterirdischen Grabkammer gesehen habt, aus der der Sarg verschwunden ist.«

»Wessen Sarg war das eigentlich?«, fragte Pan. »Es kann ja schlecht der von Osiris gewesen sein. Osiris war doch ein Gott.«

»Ich weiß es nicht, Pandora. Noch nicht. Aber viel wichtiger ist, dass die alten Ägypter *damals* glaubten, es sei Osiris' Sarg gewesen. Und deswegen werden sie die Mumie umgebettet haben. Irgendwo muss es eine Inschrift geben, die den Weg zu der neuen Grabstätte weist. Die alten Ägypter waren überzeugt, dass Hieroglyphen magische Kräfte innewohnten. Sobald etwas in Stein gemeißelt war, war es heilig. Bedeutsame Ereignisse wurden deshalb immer irgendwo eingemeißelt. Wenn sie den Sarg also entfernt haben, dann wird es eine Inschrift dazu geben.«

»Du meinst eine Stele?«, fragte Pan.

»Genau. Woher weißt du das?«

Ich hätte Mum gern gesteckt, dass Pan um einiges schlauer war, als sie dachte, aber auch dafür war jetzt keine Zeit.

»Wir haben eine Stele in der Grabstätte gesehen«, erklärte ich. »Ein Bild von Osiris war eingraviert. Und Hieroglyphen.«

»Das wird sie sein!«, sagte Mum. »Erinnert ihr euch noch an die Inschrift?«

»Wie denn? Wir können doch keine Hieroglyphen lesen.«

»Warte, wir haben ein Foto gemacht«, sagte ich. »Mit meiner Brille.«

»Sam?«, fragte Mum.

»Einen Moment …«

Auf Samis Holo-Display leuchteten Projektionen auf. Er

wirbelte mit den Händen in der Bilderflut herum, wischte ein Foto beiseite, drehte ein anderes um hundertachtzig Grad, hielt ein weiteres mit zwei Fingern fest, bevor er auch das wegwischte.

»Ich hab's gleich«, sagte er, und im nächsten Moment erschien das Foto, das ich von der Stele gemacht hatte, auf dem großen rückwärtigen Monitor.

Mum trat näher, ihr Blick glitt über die Hieroglyphen und das farbige Osiris-Relief.

»Was steht da?«, fragte ich.

Sie fuhr die alte Schrift mit dem Finger nach.

»*Großer Gott Osiris*«, übersetzte sie. »*Höchstrangiger Westler, der du weilst in Duat. Blicket auf sein Grab in Rostau …*«

»Was ist Rostau?«, fragte ich.

»Der alte Name für das Gizeh-Plateau«, erklärte Pan.

Mum fuhr mit der Übersetzung fort: »*… wo der Große Gott einst ruhte. Blicket auf das neue Grab des Gottes Osiris, in seiner Heimstatt auf dem …*« Sie unterdrückte einen Fluch. »Ich kann das Wort nicht lesen, Sam. Es ist total unscharf.«

»Und der Rest?«, fragte ich.

Mum las weiter: » *… heiligen Fels, wo Gott Osiris bis in alle Ewigkeit leben soll.*«

»Der heilige Fels?«, fragte ich. »Die halbe Wüste liegt voller Felsen.«

Doch Mum beachtete mich gar nicht. »Sam, du musst dieses undeutliche Wort scharf bekommen. Es steht direkt vor dem ›heiligen Fels‹, muss also wichtig sein.«

»Okay, ich lass das Foto durch einen Orthorektifizierungsfilter laufen«, sagte Sami.

»Wie lange dauert das?«, wollte Mum wissen.

»Eine Weile.«

»Wir haben aber keine Weile!« Seufzend rieb sie sich die Augen. »Und der ›heilige Fels‹ als einziger Hinweis auf die zweite Grabstätte reicht nicht, um sie zu finden.«

»Doch, es reicht, wenn man es richtig liest«, murmelte Pan.

»Wie bitte?«, fragte Mum.

Pan stand auf und trat näher. Sie war immer noch sauer auf Mum, das war nicht zu übersehen, aber sie konnte der Herausforderung nicht widerstehen. »Du hast es wortwörtlich übersetzt«, erklärte sie. »Aber die alten Ägypter haben mit ein und demselben Wort oft unterschiedliche Dinge bezeichnet. Vielleicht meint das Wort ›Fels‹ auf der Stele ja etwas ganz anderes als ›Fels‹.«

»Zum Beispiel ›Stein‹«, schlug ich vor.

»Zum Beispiel ›Insel‹«, sagte Pan.

Mum starrte sie an, während sie geistesabwesend an ihrem Amulett herumnestelte. Sie schien völlig geplättet von Pans Schlauheit. Und obwohl man ja hätte meinen sollen, dass sich eine Mutter über die Intelligenz ihrer Tochter freuen würde – ich jedenfalls zog die clevere Pan eindeutig der schlecht gelaunten Pan vor –, schien Mum aus irgendeinem Grund schwer genervt.

Schließlich wandte sie sich um und sagte: »Sam, es bedeutet ›Heilige Insel‹.«

Sami wirbelte zurück zu seinem Holografie-Display und seine Hände begannen wieder zu rotieren. Die Hieroglyphen auf dem Bildschirm wurden durch eine Ägypten-Landkarte ersetzt – eine große gelbe Fläche mit dem dünnen grünen Band des Niltals.

»Die Heilige Insel?«, fragte ich. »Was ist das?«

»Hier haben wir Kairo mit dem Nil.« Mum tippte auf einen Punkt. »Weiter unten im Süden fließt der Nil an Luxor und Assuan vorbei zum ersten Staudamm.«

»Es gibt zwei Nil-Staudämme«, ergänzte Pan, die ihre Aufregung jetzt nicht mehr verbergen konnte. »Den neuen hohen und den alten niedrigen Damm. Zwischen ihnen liegt ein See mit zahlreichen kleinen Inseln. Einige von ihnen sind halb oder ganz überflutet.«

Mum scrollte nach unten und zoomte einen Kartenausschnitt größer: einen See, in dem sich unterschiedlich große braune Punkte befanden.

»Die Inseln dieses Sees waren heilige Orte für die alten Ägypter. Sie glaubten, die Götter würden auf ihnen wohnen.« Sie tippte auf eine größere Insel in der Mitte des Sees. »Das ist Bigeh, ein vollkommen wilder Fleck Erde. Unbewohnt. Schon immer. Ein legendenhafter Ort.«

»Welche Legende?«, fragte ich.

»Es heißt, Bigeh sei der Geburtsort von Osiris«, erklärte Pan.

»Stimmt«, pflichtete Mum bei. »Deshalb hat die Insel auch noch einen anderen Namen.«

»Lasst mich raten: Heilige Insel«, sagte ich.

Heilige Insel. Der sagenhafte Geburtsort von Osiris und Stätte seines endgültigen Grabes. Dass ich richtig geraten hatte, erkannte ich daran, dass Mum in Windeseile verschiedene technische Gerätschaften aus den Lieferwagenregalen zerrte und in eine Reisetasche stopfte.

»Wir brauchen Zugtickets«, sagte sie.

»Die kriegen wir nie«, antwortete ich. »Wir werden doch

überall gesucht. Die Polizei wird jeden einzelnen Bahnhof im Land überwachen. Und im Auto kommen wir auch nicht dorthin. Garantiert gibt's überall Straßensperren, auch Richtung Süden.«

»Hab ich dich um deine Meinung gebeten, Jake?«

»Aber er hat recht, Jane«, wandte Sami ein.

»Das ist nicht der Punkt, Sam.«

»Natürlich, das ist genau der Punkt«, sprang mir Pan bei. »Wir waren schneller beim ersten Grab als du – dank Jake. Deshalb mache ich, was er sagt.«

Mir war's ehrlich gesagt ziemlich egal, wer von uns bestimmte, ich wusste nur, dass ich recht hatte. Nie im Leben würden wir es unerkannt mit dem Zug oder dem Auto so weit nach Süden schaffen.

»Also, wie sollen wir dorthin kommen?«, wandte sich Pan an mich.

Ich tippte auf den Bildschirm und zog die Karte größer, bis ich ganz Ägypten sehen konnte. Im Grunde bestand das Land nur aus Wüste – und dem Fluss, der es in zwei Teile teilte und genau dorthin führte, wo wir hinmussten: zur Heiligen Insel, der Grabstätte von Osiris.

»Auf dem Fluss«, entschied ich. »Wir reisen auf dem Nil.«

# 25

Bevor Sami loszog, um ein Boot zu chartern, besorgte er uns eine Zeitung – mit uns riesengroß auf der Titelseite. Allerdings waren die Fotos total grobkörnig und unscharf, weil sie einfach unsere Passfotos vergrößert hatten, die obendrein schon ein paar Jahre alt waren. Ich war damals noch viel pausbäckiger und mein Haar längst nicht so blond wie jetzt. Pan sah auch total anders aus. Von ihrem Goth-Make-up war in der ägyptischen Hitze nicht viel übrig geblieben. Nur ihre Haare waren noch genauso pechschwarz wie auf dem Foto – und wie die von Mum neuerdings.

Mum bedachte die Zeitung mit wüsten arabischen Flüchen und schmiss sie auf den Boden.

»Was schreiben sie?«, fragte ich.

»Dass ich euren Vater umgebracht habe.«

»Wie bitte? Wieso schreiben die so was?«

»Wahrscheinlich, weil es ihnen jemand erzählt hat.«

»Kit?«

»Vielleicht.« Mum klang nicht sehr überzeugt.

Dutzende von Booten drängelten sich um die Mole, an der wir warteten. Segel wurden ausgerollt und flappten im Wind wie die Flügel der Möwen. Es gab ein paar *Dahabiyas*, lange Nilschiffe mit zahlreichen Segeln, schicken, holzverkleideten Kajüten und Cocktail schlürfenden Touristen in Safarianzügen an Deck. Aber die meisten Schiffe waren *Feluken*, einfache Holzboote mit nur einem Segel. Verschwitzte Rucksacktouristen lagen dicht gedrängt auf den mit Teppichen ausgelegten Böden, während die Kapitäne um ein freies Plätzchen im Wasser kämpften.

Fast alle Boote wollten nach Süden, zu den Tempeln von Luxor und den Gräbern im Tal der Könige. Sie hätten uns also mitnehmen können, jedenfalls die erste Etappe, denn unser Ziel lag ein ganzes Stück dahinter. Doch wahrscheinlich hatte jeder der Kapitäne Zeitung gelesen und hätte uns erkannt. Wir brauchten jemanden, der, nun ja, nicht ganz auf der Höhe der Zeit war.

Schließlich wurde Sami fündig. Wir wussten in dem Moment, als wir an Bord der Feluke sprangen, die Gesichter mit Kopftüchern verhüllt, dass wir von dem Bootsführer nichts zu befürchten hatten. Der hockte mit glasigem Blick am Ruder. Seine Djellaba war voller Schnapsflecken – und sogar der Turban hatte etwas abgekommen, wie auch immer der Typ das geschafft hatte.

»Wll…kommn!«, lallte er und grinste uns mit braunen Zähnen an. »Ich heiß … David Beck…ham.«

»Der ist ja sturzbesoffen«, protestierte Mum.

»Stimmt.« Sami lächelte stolz. »Der kann nicht mehr bis drei zählen. Der kriegt gar nichts mit. Aber das Segeln, das hat er im Blut. Der bringt uns sicher zum Staudamm.«

»Kinder«, blaffte Mum. »Zieht eure Rettungswesten an!«

Der Nil rund um Kairo war alles andere als schön. Schlammige Sandbänke gingen in Uferbefestigungen aus Beton über. Direkt dahinter erhoben sich hässliche Wohntürme. Frauen hockten am Ufer, wuschen Wäsche in der braunen Brühe und schlugen sie an Felsen trocken. Dieselschwaden zogen durch die Luft.

Sami hatte uns nicht nur Kopftücher, sondern auch Sonnenbrillen besorgt. Trotzdem kamen wir uns vor wie zur Schau gestellt, denn es gab keine Kajüte, in die wir uns hätten zurückziehen können. Okay, falls uns jemand erkannte, konnten wir über Bord springen, aber der Fluss war extrem breit und auch ziemlich reißend. Wir würden es kaum bis ans Ufer schaffen, ohne dass uns einer der Kapitäne sein Ruder über den Kopf zog und auf sein Boot hievte, um die Belohnung für uns einzusacken. Nein, es war ziemlich klar: Wenn uns jemand erkannte, waren wir geliefert. Und Dad war tot.

»Guckt nach unten«, sagte Mum. »Oder versucht zu schlafen.«

*Schlaf*. Den konnte ich wirklich gebrauchen. Jedes Mal, wenn ich mich bewegte, spürte ich irgendwo in meinem Körper einen neuen Schmerz. Aber es war zu laut und die Situation war zu unsicher, als dass ich mich ruhig hätte hinlegen können. Bei jeder Schiffshupe und jedem Ruf, der übers Wasser hallte, zuckte ich zusammen. Nur eine Sache tröstete mich: dass Mum bei uns war.

Ich beobachtete, wie sie hin und her wuselte, das Segel ausrollte und uns von der Mole abstieß. Segeln war offenbar eine weitere heimliche Fähigkeit von ihr. Was sie wohl sonst noch alles draufhatte?

Pan hatte sich in ihren alten Schmollwinkel zurückgezogen. Mit dem Kopftuch vorm Gesicht hockte sie allein vorn im Boot.

»Erzählst du's uns jetzt endlich?«, nuschelte sie hinter ihrem Tuch.

Mum kniete sich auf die eine Deckseite und beobachtete das Ufer durch ein Zielfernrohr.

»Was meinst du, Schatz?«

»Na, was hier abgeht?«

Kurz verkrampften sich Mums Finger um das Fernrohr, dann steckte sie es langsam zurück in ihren Ausrüstungsgürtel. Sie merkte wohl selbst, dass sie uns nicht länger hinhalten konnte.

»Okay, du hast recht«, sagte sie. »Ihr verdient eine Erklärung. Komm her, Pandora, setz dich zu Jake.«

Pan machte ein missmutiges Geräusch, aber dann stand sie doch überraschend schnell auf und gesellte sich zu uns. Offenbar wollte sie kein Wort von Mums Geschichte verpassen.

# 26

»Euer Vater und ich haben uns an der Uni kennengelernt. Er war mit Abstand der schlaueste Kopf in unserem Jahrgang.«

»Er sagt immer, du seist die Schlaueste gewesen.«

»Er ist ein höflicher Mensch, Jake. Nein, keine Frage, er war der Schlaueste, aber es gab einen, der fast genauso schlau war.«

»Kit Thorn?«

»Genau. Wir drei haben uns ziemlich schnell angefreundet. Während unsere Kommilitonen in Pubs rumhingen, haben wir in der Bibliothek gehockt, die Nasen in Archäologiebüchern vergraben. Natürlich standen wir auch in Konkurrenz zueinander. Jeder von uns wollte der Beste sein. Alte Geschichte war unsere Leidenschaft. Unser Leben.

Als wir mit der Uni fertig waren, hat uns die Gesellschaft zur Erforschung des alten Ägypten als Archäologen angestellt. Das war eine gute Zeit. Wir haben nicht viel verdient, aber wir waren hier vor Ort und konnten mithelfen, die Rätsel der Geschichte zu entschlüsseln. Aber es war auch frustrierend. Es war jedes Mal ein Kampf, bis wir eine Grabungserlaubnis oder ein paar Fördergelder erhielten. Ein endloser bürokratischer Akt, bis geklärt war, wem die Ausgrabungsstätten überhaupt gehörten und wer alles Besitzanspruch auf die Funde anmelden konnte. Manchmal hatten wir das Gefühl, nichts anderes zu machen, als Formulare und Anträge auszufüllen. So ging es etwa ein Jahr, bis wir plötzlich zu einer Ausgrabung nach Siwa geschickt wurden, einer Oasensiedlung im Nordwesten Ägyptens, in der Libyschen Wüste.«

»Was für eine Ausgrabung war das?«

»Es ging um die Überreste eines kultischen Tempels. Absolut faszinierend. Der Tempel war Teil einer prädynastischen rituellen Anlage, die …«

»Mum? Kurzversion, okay? Uns interessiert hauptsächlich das Schatzjägerkapitel.«

»Also gut. Während wir in Siwa waren, hörten wir von einem Beduinen, dass man in einem der Nachbardörfer ein Versteck mit Mumien entdeckt hatte.«

»Mit Mumien? Aber so weit entfernt vom Niltal gibt es doch gar keine Mumien!«

»Richtig, Pandora. Deshalb war es ja so eine Sensation. Allerdings hatten die Dorfbewohner offenbar schon begonnen, die Mumien auseinanderzupflücken, auf der Suche nach Amuletten in den Bandagen. Das hätten wir eigentlich sofort melden müssen. Dazu wendet man sich normalerweise an das Ministerium für Altertümer in Kairo. Die bearbeiten das dann, senden einen Sachverständigen und … na ja, das ist ein ziemlich langwieriger Prozess. Bis der Apparat angelaufen wäre, wären die Mumien längst zerstört gewesen. Und mit ihnen sämtliche Geheimnisse, die sie vielleicht bargen. Dabei waren wir so dicht dran. Also beschlossen wir, selbst etwas zu unternehmen.«

»Ihr seid hingefahren und habt so richtig auf den Putz gehauen?«

»Blödsinn, Jake, natürlich nicht. Wir waren schüchterne, ängstliche, blassgesichtige Historiker. Keiner von uns hatte sich je in seinem Leben geprügelt. Nein, dein Vater, Kit und ich sind in das Dorf gefahren und haben die Fundstelle von einem Versteck aus beobachtet. Ein paar Dorfbewohner haben neben dem Brunnen gegraben, oder besser gesagt: Sie haben wie besessen in der Erde gewühlt und alles kaputt gemacht. Je länger wir zuschauten, desto entschlossener wurden wir, sie zu stoppen. Klar, wir wussten, dass sie ihren Fund mit allen Mitteln verteidigen würden. Sie waren arm, die Schätze, die sie zu finden hofften, hätten ihre Familien jahrelang ernährt. Also ersannen wir einen Plan und warteten bis zum Einbruch der Dunkelheit.«

»Und dann? Was habt ihr gemacht?«

»Ach, komplizierte Geschichte – eine zerstörte Stromleitung und panisch fliehende Kamele sind nur ein kleiner Teil davon. Es gab jedenfalls ein ziemliches Handgemenge. Und dann waren wir endlich in der Grube und haben wie die Irren drauflosgebuddelt. Drei Mumien haben wir rausgezogen und in unser Auto verfrachtet. Jake, bitte hör auf, in der Nase zu popeln.«

»Sorry. Und was habt ihr mit den Mumien gemacht?«

»Wir haben sie hinter dem Ägyptischen Museum in Kairo abgeladen, zusammen mit Zeichnungen und Notizen über den Fundort. Sie zählten zu den wertvollsten Exponaten des Museums – bis du sie gestern zerstört hast, Jake.«

»Oh. Äh, ja, sorry.«

»Das war also deine erste Schatzjagd, Mum?«

»Ja, Pandora, und es war ein unglaubliches Gefühl! Es war, als hätten wir auf einen Schlag mit dieser ganzen lähmenden Bürokratie aufgeräumt. Als hätten wir tatsächlich etwas bewirkt. Du kannst dir den Nervenkitzel und unseren Enthusiasmus gar nicht vorstellen. Ich glaube, wir sind süchtig danach geworden. Jedenfalls haben wir sofort weitere Ausgrabungsstätten recherchiert, an denen Einheimische kurz davor waren, Funde zu zerstören oder sie auf dem Schwarzmarkt zu verkaufen, sodass die interessierte Öffentlichkeit sie nie zu Gesicht bekommen hätte.

Wir sind immer direkt zu den Fundstellen gefahren, haben gerettet, was wir retten konnten, und es bei den Museen abgeladen. Wir haben Beduinenlager aufgesucht und den Leuten Geld zugesteckt, damit sie uns über illegale Grabungen informieren. Wir haben Informanten in Dörfern postiert. Wir haben ein paar andere Archäologen ins Vertrauen gezogen, die ebenfalls Augen und Ohren offen hielten. Mit der Zeit haben wir ein ganzes Netzwerk von Informanten aufgebaut, zunächst nur im Mittleren Osten, schließlich weltweit. Wenn irgendjemand auf der Welt illegale Grabungen unternahm – wir bekamen es heraus.«

»Also warst du noch an anderen Missionen beteiligt?«

»An unzähligen. Und jede von ihnen war gefährlich. Wir mussten lernen, uns zu verteidigen. Wir haben Sam rekrutiert, damit er uns im Umgang mit modernster Technologie schult.«

»Und du bist wirklich gut geworden, Jane, sehr gut sogar.«

»Ja, das sind wir, Sam. Wir haben unsere Fähigkeiten ständig verbessert und an der Technik gefeilt. Wir waren auf der ganzen Welt unterwegs: in China, Indien, Mexiko, Peru … überall. Klar, manchmal sind wir auch falschen Hinweisen gefolgt oder die Fundstücke waren bereits verschwunden, als wir kamen. Und dann wiederum haben wir Altertümer von unschätzbarem Wert vor der Zerstörung oder dem Verschwinden in dunklen Kanälen bewahrt.«

»Und niemand wusste, was ihr drei da treibt?«

»Zunächst nicht, Pandora. Bis wir vor etwa zwanzig Jahren herausfanden, dass ein paar Dorfbewohner in der Nähe von Abydos begonnen hatten, die kleine, aber noch völlig unversehrte *Mastaba* einer königlichen Prinzessin zu plündern.«

»Eine *Mastaba*?«

»Eine Art Grab«, erklärte Pandora.

»Richtig. Aber diesmal lief es anders. Diesmal kam der Hinweis von einem Museum. Sie hatten von uns erfahren und waren die Bürokratie genauso leid wie wir. Sie brauchten Leute, die handelten, statt zu reden und Formulare auszufüllen. Bald darauf wurden weitere Institutionen auf uns aufmerksam: das British Museum, der Vatikan, das Nationalmuseum von Damaskus … Und sie alle boten uns viel Geld. Das war der Moment, wo es anfing, aus dem Ruder zu laufen.«

»Wegen des Geldes?«

»Nein, wir haben uns unser Equipment und Training bezahlen lassen und ansonsten nur so viel Geld verlangt, wie wir als Archäologen verdient hätten – und das Gehalt von Archäologen ist eher bescheiden. Wir sind also nicht reich geworden. Zumindest euer Vater und ich nicht.«

»Aber Kit dachte anders darüber?«

»Ja. Irgendwann begann er, sich zu verändern. Die Arbeit war für ihn nicht mehr einfach nur Arbeit. Es ging ihm um den Lebensstil, den Kick. Er begann, den Museen gegenüber Forderungen zu stellen. Als wir mit ihm darüber diskutierten, zog er es vor, auf eigene Faust und auf eigene Rechnung weiterzumachen.«

»Ihr habt euch also getrennt?«

»Ja, und plötzlich konkurrierten wir um dieselben Projekte. Am Anfang war es eigentlich egal, wer von uns sie übernahm, das Ergebnis war dasselbe: Die antiken Objekte wurden gerettet und kamen ins Museum.«

»Aber das hat sich dann irgendwann auch geändert?«

»Ja, als Kit begann, Aufträge von Privatpersonen anzunehmen. Zum Beispiel von einem russischen Milliardär, der scharf auf eine ägyptische Mumie war. Oder einem chinesischen Millionär mit einer Schwäche für alte Ming-Vasen. Es gibt Hunderte private Sammler auf der Welt, stinkreiche Leute, die das kulturelle Erbe der Menschheit in ihren Privatgemächern horten. Was natürlich krass dem Ideal widerspricht, mit dem wir damals angetreten sind. Das war einfach nicht vereinbar mit unserem Selbstverständnis als Archäologen.«

»Kit hat also auf die dunkle Seite gewechselt.«

»Euer Vater und ich haben versucht weiterzumachen, die Aufträge der Museen an Land zu ziehen und Kit an den Fundorten zuvorzukommen. Aber Kit hatte Geld, er wurde ja von Milliardären bezahlt. Er heuerte reihenweise Militärs und Meisterdiebe an.«

»Er war inzwischen selbst kriminell.«

»Na ja, das waren wir letztlich auch. Guck dir das Amulett

um meinen Hals an: Das gehörte einer der Mumien, die wir aus Siwa gerettet haben. Ich hab es als Andenken mitgenommen – obwohl es eigentlich in ein Museum gehört. Nur hab ich mir damals gedacht: Wir tun so viel Gutes, da kann ich dieses eine Amulett doch wohl behalten. Ihr seht, es ist ein schmaler Grat zwischen Richtig und Falsch. Euer Dad und ich haben uns sehr schwer getan mit diesem Balanceakt, wir sind immer sehr vorsichtig gewesen, haben jeden Schritt abgewogen. Aber Kit hat die Grenze einfach überschritten.«

»Wann war das, Mum?«

»Vor dreizehn Jahren, kurz bevor euer Dad und ich uns endgültig aus dem Tätigkeitsfeld zurückgezogen haben. Aber natürlich haben wir auch weiterhin verfolgt, was Kit und seine Leute so trieben – auch wenn es kaum zu ertragen war, von all den Schätzen zu wissen, die sie entdeckt, an Privatleute verkauft und so der Öffentlichkeit entzogen haben.«

»Aber warum habt ihr aufgegeben?«

»Das mussten wir, Pandora.«

»Warum?«

»Weil ich schwanger war. Was wir taten, war riskant, manchmal sogar lebensgefährlich. Einmal ist euer Vater zum Beispiel von einem Löwen gebissen worden.«

»Daher stammt also die Narbe an seinem Arm?«

»Nein, die stammt von einem Speer in Belize. Der Löwe hat ihn in den Oberschenkel gebissen.«

»Er hat immer gesagt, das käme von einem Rasenmäher.«

»Egal, lange Zeit haben wir das Risiko in Kauf genommen, weil wir an das geglaubt haben, was wir taten. Aber mit Kindern … Das änderte plötzlich alles. Wir *konnten* einfach nicht mehr weitermachen. Und wir wollten nicht. Also haben wir angefangen, als Dozenten zu arbeiten.«

»Und zu lügen.«

»Wieso zu lügen, Pandora?«

»Na ja, ihr habt verschleiert, wer ihr wirklich seid, du und Dad. Habt euch als Leute ausgegeben, die ihr gar nicht wart.«

»Das stimmt nicht. Wir haben uns tatsächlich komplett geändert. Wir haben ein neues Leben begonnen.«

»Ein *langweiliges* Leben, meinst du?«

»Ein sicheres Leben, Pandora, für uns als Familie.«

»Na ja, sonderlich sicher leben wir gerade nicht, oder? Wir sind Schwerverbrecher, nach denen landesweit gefahndet wird.«

»Für den Moment hast du recht, Jake, aber ich werde das regeln. Und danach ist alles wieder wie vorher.«

»Wie vorher? Wollt ihr das wirklich? Warum seid ihr dann hierhergereist?«

»Wir wollten eigentlich gar nicht nach Ägypten, wir haben sogar alles daran gesetzt, um nicht kommen zu müssen. Aber dann hat uns Sam von Kit und der weißhaarigen Frau erzählt.«

»Der Schlangenfrau?«

»Wir wollten einfach nur kurz sehen, was die Dame im Schilde führt. Wir hatten absolut nicht vor, uns auf die Suche nach Osiris' Grab zu begeben, nicht mit euch beiden im Gepäck. Aber die Frau wusste von unserem Kommen. Ihre Leute haben uns bereits erwartet.«

»Wer ist sie, Mum? Und was bedeutet das Schlangensymbol?«

Statt einer Antwort stand Mum auf, ließ sich vorne am Bug nieder und beobachtete das Ufer durch ihr Zielfernrohr. Wahrscheinlich fand sie, sie hätte uns genug erzählt.

Pan ging zurück zum Heck, wo sie sich wieder hinter ihrem Kopftuch verschanzte und schließlich neben David Beckham, unserem besoffenen Kapitän, zusammenrollte.

Ich hockte alleine da und ließ meinen Blick über das Ufer schweifen. Verrückt, wir hatten die Stadt kaum hinter uns gelassen und befanden uns doch schon in einer komplett anderen Welt! Verschlafene Dörfer säumten den Fluss, Felder mit langen, im Wind schwingenden Gräsern und Zuckerrohr, auf denen mehrstöckige Taubenschläge standen. Bauern zogen mit flaschenzugartigen Vorrichtungen aus Holzstangen – sogenannten Schaduffs, wie mir Sami später erklärte – Eimer voller Wasser aus dem Nil. Frauen mit Gesichtsschleier balancierten Krüge auf dem Kopf. In langen Reihen lagen Lehmziegel zum Härten in der Sonne.

Wäre ich vor mehreren Tausend Jahren hier entlanggeschippert, hätte sich mir wahrscheinlich ein ähnlicher Anblick geboten. Ob Mum, Dad und Kit bei früheren Expeditionen wohl auch hier vorbeigekommen waren?

Ich grübelte über Mums Geschichte nach, versuchte, sie mir bildlich vorzustellen.

*Mum und Dad waren Diebe! Echte Diebe!*

Okay, letztlich hatten sie Gutes getan, aber Diebstahl war es trotzdem. Komplett illegal. Und ich hatte mich immer so für den Ärger geschämt, den ich verursachte. Dabei waren meine Eltern kein Stück besser!

Seit Mum und Dad aus dem Hotel entführt worden waren, hatte ich gehofft, dass ihre Befreiung uns als Familie zusammenschweißen würde. Und wer weiß, vielleicht klappte das ja noch? Vielleicht konnten wir, wenn wir Dad erst gerettet hatten, alle zusammen auf Schatzjagd gehen?

Ich musste daran denken, wie unfassbar gut ich mich in dem Grab unter der Cheops-Pyramide gefühlt hatte. Ich hatte das Gefühl gehabt, in jeder Sekunde das absolut Richtige zu tun. Und eigentlich war das schon immer so gewesen: In Gefahrensituationen reagierte ich einfach extrem schnell. Keine Ahnung, meine Reflexe schalteten sich automatisch ein, wenn es brenzlig wurde, so wie Pans phänomenales Gehirn ansprang, sobald sie neuem Wissen begegnete.

Ein Zug rumpelte am Ufer entlang, so überfüllt, dass sogar auf dem Dach noch Leute hockten. Zwei Jungs sprangen von einem Waggon zum nächsten und schienen dafür einen ziemlichen Anschiss von ihren Eltern zu kassieren. Der Zug schlich nur so dahin, in absolutem Schneckentempo, sodass wir eine gefühlte Ewigkeit auf gleicher Höhe fuhren. Während ich die zwei Jungs beobachtete, musste ich wieder an Mum denken. Es kam mir fast so vor, als hätte ich sie eben erst kennengelernt. Die Professorin, die ich kannte, war sie jedenfalls nicht. Im Grunde ihres Herzens war sie Schatzjägerin. Wie konnte sie sich bloß vorstellen, nach diesem Abenteuer hier seelenruhig in ihren Alltagstrott zurückzukehren und strunzlangweilige Vorlesungen zu halten? Leider schien sie ja davon auszugehen, dass wir, Dad, Pan und ich, dasselbe tun würden: in unser altes Leben zurückschlüpfen. Was zwar sicher und behütet war, aber auch voller Streit. Gemeinsam und doch getrennt. Allerdings gab es einen winzigen Hoffnungsschimmer, dass es vielleicht doch nicht so werden würde: Mums Amulett.

Dreizehn Jahre lang hatte Mum sich hinter der Mauer verschanzt, die sie zwischen sich und ihrer Vergangenheit hochgezogen hatte. Jede Art von Vergnügen oder Aufregung, jede Erinnerung an die Person, die sie einmal gewesen war, hatte sie aus ihrem Leben verbannt. Und diesen Bann hatte sie auch auf Pan und mich übertragen. Deshalb brachten Pans Wahnsinnsintelligenz und meine Neigung zu Action und Ärger sie auch jedes Mal so auf die Palme. Weil wir Mum damit nämlich an ihr altes Ich erinnerten – das noch immer existierte, sosehr sie es auch zu unterdrücken versuchte. Deshalb hatte sie auch das Amulett behalten: Sie konnte sich einfach nicht ganz von ihrer Vergangenheit trennen. Und deshalb waren sie und Dad auch nach Ägypten gekommen. Sie meinten, eingreifen zu müssen bei dem, was hier vor sich ging – was auch immer das war. Sie hatten es in ihrem Rückzugswinkel einfach nicht mehr ausgehalten.

Tja, und ich war wild entschlossen, dafür zu sorgen, dass sie auch nie mehr dorthin zurückkehren würden.

Der Zug rumpelte immer noch neben uns her. Die zwei Jungs hatten sich neben ihre Eltern aufs Dach gelegt und beobachteten mich, wie ich sie beobachtete. Nach einer Weile drehte ich mich um und versuchte, ein bisschen zu dösen.

# 27

Irgendwann wachte ich auf.

Nicht dass ich groß geschlafen hätte. Es war viel zu heiß und unbequem. Ich musste pinkeln, hatte aber keine Lust aufzustehen. Mücken sirrten neben meinem Ohr, und die kratzigen alten Decken, die Käpt'n Beckham uns gegeben hatte, wimmelten wahrscheinlich nur so vor Flöhen.

Wir waren den ganzen Tag über gesegelt, so lange, bis Beckham es irgendwann zu dunkel fand. Er hatte das Boot an einer Palme festgemacht, uns die siffigen Decken zugeworfen und sich zum Schlafen zusammengerollt.

Dabei war das Letzte, was man in Ägypten brauchte, eine Decke. Unfassbar, wie heiß es hier sogar nachts noch war! Ich kam mir vor wie in ein warmes, feuchtes Handtuch gehüllt. Trotzdem hatte ich die Decke irgendwann bis zum Kinn hochgezogen, denn sonst hätten mich die Mücken bei lebendigem Leib aufgefressen. Obendrein schwirrte mir immer noch der Kopf von Mums Enthüllungen. Deshalb war ich, wenn überhaupt, immer nur für ein paar Minuten weggedöst, wobei ich jedes Mal in wilden Träumen von Sandfallen und Riesenschlangen versunken war.

Okay, aber jetzt musste ich wirklich pinkeln. Kein Aufschub mehr möglich. Müde blinzelte ich übers Deck. Sami schnarchte wie ein Akkuschrauber in seiner Ecke. Mum und Pan schliefen ebenfalls, zusammengerollt unter ihren Decken.

David Beckham war verschwunden.

Seine Decke lag noch da und daneben zwei leere Flaschen von dem Fusel, den er sich schon den ganzen Tag über reingekippt hatte.

Sofort kroch Angst in mir hoch, verscheuchte die Müdigkeit. Mit einem Ruck schüttelte ich meine Decke ab. Klar, theoretisch konnte David Beckham ebenfalls pinkeln gegangen sein. Doch sehr wahrscheinlich war das nicht – so oft, wie er sich dafür tagsüber einfach an die Bordkante gestellt hatte. Wieso sollte er ausgerechnet jetzt, im Stockdunkeln, verschämt das Ufer aufsuchen?

Ob er losgezogen war, um Schnapsnachschub zu besorgen? Aber die Gegend sah nicht so aus, als würde man an der nächsten Ecke gleich in einen Supermarkt stolpern. Es sah nicht mal so aus, als würde es eine nächste Ecke geben, nur Palmen, einen klapprigen Holzschuppen und einen *Schaduff*. Vielleicht hatte er inzwischen doch geschnallt, wer wir waren, und lieferte uns gerade ans Messer, um die Belohnung einzusacken?

Mein erster Impuls war, Pan zu wecken, nicht Mum. Falls uns Gefahr drohte, wollte ich *sie* an meiner Seite haben. Doch ich unterdrückte den Impuls. Pan hatte kaum geschlafen, seit wir in Ägypten waren. Sie brauchte Ruhe. So viel, wie sie kriegen konnte.

Nein, ich würde selbst nachschauen. Wahrscheinlich lag der Typ hackedicht irgendwo am Ufer. Dort könnte ich dann gleich auch pinkeln – was jetzt wirklich *dringend* war.

Leise, um niemanden zu wecken, huschte ich übers Deck. An Land zu krabbeln, war nicht ganz leicht. Ich musste meine Arme um einen Palmenstamm schlingen und mich daran eine matschige Böschung hochziehen.

Der Mond war voll und hing tief. Dürre Bäume schwangen in der Brise und warfen spitze Schatten über das grasbewachsene Ufer. Als ich mich dem Holzschuppen näherte, hörte ich im Inneren Tiere unruhig schnauben. Durch Ritzen zwischen den Brettern sah ich Hörner und feuchte Nasen. Die Köpfe junger Bullen.

Und dann entdeckte ich ihn. David Beckham. Er lehnte an der Schuppenwand und schlief wie ein Stein. Eine Schnapsflasche hing schräg in seiner Hand, der Inhalt war in den Dreck gelaufen. Ich zischte etwas wenig Nettes in seine Richtung, aber eigentlich war ich heilfroh. Keine Gefahr in Verzug.

Ich machte einen großen Schritt über einen Haufen alter Seile und irgendwelche abgeschnittenen Pflanzen neben dem Schuppen. Und dann sah ich sie: mindestens ein Dutzend schwarzer Gestalten.

Ich erstarrte in meiner Bewegung, mir fielen fast die Augen aus dem Kopf. Jeder der Männer trug eine Nachtsichtbrille und eine Waffe, die aussah wie die Schere eines Riesenkrebses, mit einem Gewehrlauf in der Mitte. Ich musste daran denken, was Mum gesagt hatte: dass Dad von Söldnern mit absolut irren Waffen entführt worden war. Und irgendwie war mir sofort klar, dass es sich um genau diese Typen handeln musste. Sie tauchten zu beiden Seiten des Schuppens auf, absolut lautlos, als würden sie schweben. Einer von ihnen machte irgendein militärisches Handzeichen. Daraufhin schwärmten die anderen aus und verteilten sich am Ufer.

Ich war direkt hinter ihnen und beobachtete, wie sie sich unserem Boot näherten. Keiner von ihnen hatte mich gesehen.

Ich wagte kaum zu atmen. Wahrscheinlich war mein Herz vor Schreck stehen geblieben. Da stachen mir plötzlich zwei Schlauchboote ins Auge, die sich vom Fluss her näherten. Sie hatten den Motor abgestellt und ließen sich von der Strömung zu unserer Feluke treiben. Jeweils sechs schwarz gekleidete Gestalten waren an Bord, bewaffnet mit denselben scherenartigen Geräten.

Ich wollte gerade einen Warnschrei ausstoßen, als ein drittes Schlauchboot auftauchte, in dem nur zwei Gestalten saßen. Sie betrachteten Wärmebilder, die als holografische Projektion vor ihnen in der Luft schwebten.

Kit und die Schlangenfrau!

Kits Kiefer war angespannt. Als hätte er einen nervösen Tick, ballte er in einem fort die Fäuste und öffnete sie wieder, während er auf die vielen Wärmekleckse starrte, die offenbar die Typen in Schwarz darstellten. Sein Augenlid zuckte.

Die Schlangenfrau schien seine Nervosität zu bemerken, denn ihre rubinroten Lippen kräuselten sich zu einem Lächeln. Mit dem fahlen Mondlicht auf ihrem Gesicht, den hervorstehenden Wangenknochen und dem schlohweißen Haar ähnelte sie eher einem Skelett als einer Frau aus Fleisch und Blut. Auf ihrem Schoß lag der Aluminiumkoffer mit der Smaragdschlange, die sich in den eigenen Schwanz biss.

Jede Wette, dass die Weißhaarige wusste, wo Dad war! Ob ich mich heranschleichen sollte, um zu hören, worüber sie sich unterhielten? Aber ohne irgendeine Art von Waffe ging das nicht. Kurz entschlossen schnappte ich mir eines der Seile, zog das eine Ende durch einen Eisenring an der Schuppentür und schlich mit dem anderen Ende in der Hand zum Ufer.

Hinter dem Schaduff ging ich in die Hocke und lauschte.

»Und in den Waffen ist wirklich keine scharfe Munition?«, fragte Kit. »Nur Betäubungspfeile? Geben Sie mir Ihr Wort?«

Die Schlangenfrau lachte. Ich hatte ein gruseliges Hexenlachen erwartet, aber tatsächlich war es ein perlendes, honigsüßes Glucksen.

»Mein lieber Dr. Thorn, ich habe es Ihnen nun schon dreimal versichert. Wir sind doch keine Mörder! Ich tue nur, was notwendig ist.«

»Jake und Pan sind doch bloß Kinder.«

»›Bloß‹ Kinder!«, kicherte sie. »Ts, ts, ts, Dr. Thorn. Die beiden sind alles andere als ›bloß‹ Kinder. Und was Jane Turner anbelangt – wir wissen doch alle, wozu die fähig ist. Sie mag ein bisschen eingerostet sein – aber ich habe trotzdem meine Zweifel, dass vierundzwanzig Söldner für diese Operation ausreichen.«

Trotz der ungemütlichen Situation musste ich grinsen. Wenn Mum eingerostet war, dann hätte ich sie gerne in ihren besten Zeiten erlebt. Doch Kits nächste Worte ließen mein Grinsen gefrieren.

»Was ist mit John?«, fragte er.

Ich rutschte näher.

»Bislang hat der werte Herr noch nicht kooperiert«, antwortete die Schlangenfrau.

»Haben Sie ihm Geld geboten?«

»Oh, Dr. Thorn, mit Geld kommen Sie bei Menschen wie John und Jane Turner nicht weiter. Die beiden haben höhere Werte.«

Höhere Werte als Kit. Dessen Gesicht wurde von der Holografie beleuchtet, und es sah aus, als würden die Wellen des Nils darübergleiten. Sein Blick war traurig.

»Sie brauchen die beiden nicht«, sagte er. »Ich werde die Gräber selber finden. Lassen Sie John gehen und ...«

»John Turner gehen zu lassen, ist keine Option, Dr. Thorn. Er ist ein gerissener Kerl. Und was Ihre Zuversicht anbelangt, das Grab auf eigene Faust zu finden ... nun ja, bislang sind Sie ziemlich grandios gescheitert, meinen Sie nicht?«

»Aber wir kommen der Sache immer näher.«

Die Schlangenfrau hob ihren Aktenkoffer hoch und die Smaragdschlange blitzte im Mondlicht auf, als sei sie zum Leben erwacht. Mir lief es eiskalt über den Rücken.

»Wissen Sie, was sich in diesem Koffer befindet, Dr. Thorn?«

»Ich habe eine Ahnung.«

»Ach wirklich? Sie haben eine Ahnung, Dr. Thorn? Na, dann wollen wir doch mal schauen, ob Ihre Ahnung richtig ist.«

Mit ihren schlanken Fingern öffnete sie die Verschlüsse des Aktenkoffers und klappte den Deckel auf.

Der Koffer war leer.

Sie hielt ihn Kit so dicht vor die Nase, dass dieser zurückwich.

»Möchten Sie vielleicht noch einen zweiten Blick reinwerfen, Dr. Thorn? Na, kommen Sie, gucken Sie noch mal ganz genau.«

»Danke, ich hab's gesehen«, antwortete Kit. »Da ist nichts drin.«

»Nichts, ganz genau. *Nichts*, Dr. Thorn. Und was sollte darin sein?«

»Die Steintafel.«

»Richtig. Die Steintafel aus dem Grab. Wie lange suchen Sie jetzt schon danach? Sechs Monate? Sechs Monate, in denen Sie ziemlich gut bezahlt wurden, oder etwa nicht, mein Lieber? Und Sie haben die Tafel noch nicht einmal lokalisiert. Die Tafel, die in irgendeinem altägyptischen Grab von einer Mumie in Händen gehalten wird. Was wiederum bedeutet, dass andere Leute sie möglicherweise vor uns entdecken, stimmt's, Dr. Thorn?«

Eine Steintafel? Das war es, wonach sie suchten? Gar nicht die Mumie, sondern eine mit ihr begrabene Steintafel?

»Wir sind ziemlich nah dran«, versicherte Kit. »Und die restlichen Tafeln … Honduras, Indien, das chinesische Trio … die finde ich alleine. Dazu brauchen Sie die Turner-Familie nicht.«

Die Schlangenfrau ließ die Kofferschlösser zuschnappen und brachte Kit mit einer Handbewegung zum Schweigen.

»Mein lieber Dr. Thorn, ich fürchte, Sie haben die Bedeutung der Aufgabe, die ich Ihnen anvertraut habe, nicht annähernd erfasst. Aber vielleicht ist das auch zu viel verlangt für jemanden, der bloß Schatzjäger ist …«

»Ich bin Archäologe«, beharrte Kit.

Wieder grinste die Schlangenfrau, diesmal noch breiter. »Sagen Sie mir ganz ehrlich, Dr. Thorn: Sind Sie heute glücklicher als früher?«

»Ich denke nicht mehr an die alten Zeiten zurück.«

Die Schlangenfrau schob ihre Unterlippe vor wie ein schmollendes Kind. »Na, na, Dr. Thorn, jetzt nicht schwindeln. Natürlich tun Sie das. Hätten Sie sonst zwei Zwölfjährige mitgenommen, um ein Museum auszurauben? Was für eine absurde Aktion!«

»Sie sind zwölfeinhalb.«

»Sie sind die Sprösslinge der einzigen zwei Freunde, die Sie jemals hatten. Ganz klar: Jake und Pandora Turner erinnern Sie an deren Mami und Papi. Und in Ihrer überschwänglichen Verklärung der guten alten Zeit haben Sie die beiden förmlich mitgerissen.« Mit ihrem langen, dürren Zeigefinger strich sie über die Narbe auf Kits Wange. »Wir alle haben unsere Wunden, Dr. Thorn. Doch einigen gelingt es, nicht daran zu kratzen. Sie hätten die Turner-Kinder wegsperren sollen, solange das noch möglich war. Die beiden sind genauso gerissen wie ihre Eltern.«

Kit rückte von ihr ab und rieb sich das Gesicht. »Gerissen? Aber man kann doch Kinder nicht einfach weg…«

»Kann man nicht? *Ich* kann. Wer sagt, dass ich das nicht kann? Ein von dreiundsechzig Ländern unterzeichnetes Abkommen besagt, dass ich das sehr wohl kann. Ich fürchte, Mr Thorn, Sie verwechseln meine Professionalität mit Gefühllosigkeit. Aber ich habe auch ein Herz. Ich habe ein Zuhause und einen kleinen Hund. Mit dem drehe ich Gassirunden im Park. Männer hingegen gibt es nicht in meinem Leben. Und auch keine Kinder. Wissen Sie, warum?«

*Weil du eine eiskalte Schlampe bist*, hätte ich am liebsten gebrüllt. Aber ich biss mir auf die Lippe und rutschte noch ein bisschen näher.

»Wegen der Arbeit«, fuhr sie fort. »Archäologe sind Sie, sagten Sie? Archäologen graben Löcher und finden alte Tonpötte, Dr. Thorn. Meine Arbeit sieht anders aus. Haben Sie auch nur die geringste Vorstellung, was passiert, wenn wir die Steintafel nicht finden? Eine globale Katastrophe. Vielleicht das Ende der Zivilisation. Mag sein, dass meine Arbeitsmethoden manchmal etwas extrem sind. Aber es handelt sich auch um eine extreme Situation, Dr. Thorn. Eine äußerst extreme.«

Wieder ballte Kit die Fäuste. Er sah aus, als würde er der Dame gleich an die Gurgel gehen. Aber dann beherrschte er sich und starrte einfach nur in den Fluss. Im Wasser spiegelte sich der traurige Ausdruck seiner Augen.

»John und Jane Turner sind anders«, sagte er schließlich. »Sie werden sich niemals in Ihr Projekt hineinziehen lassen. Sie sind Idealisten.«

Die Schlangenfrau lachte erneut ihr seltsames Lachen, warm und gleichzeitig eiskalt. »Sie sind *Eltern*. Glauben Sie etwa, diese Operation dient dazu, Jane Turner zu entführen? Sie armer alter Narr. Jane Turner wird von selbst zu uns kommen, sie wird uns die Bude einrennen – wenn wir erst mal ihre Kinder in unserer Gewalt haben.«

Damit wandte sie sich dem Ufer zu und blickte mir direkt in die Augen.

»Stimmt doch, Jake, oder?«

# 28

»Jake, Schätzchen.« Die Schlangenfrau streckte ihre Arme aus, als würde ich gleich die Böschung runterflitzen und ihr einen Kuss auf die Wange drücken. »Was für eine Freude, dass wir uns endlich mal treffen!«

Es war wie ein Schlag in die Magengrube. So dermaßen überraschend, dass ich für einen Moment keine Luft bekam. Dann wirbelte ich herum und wollte lossprinten, doch die Söldner der Schlangenfrau hatten mich umstellt. Die Kerle hatten die ganze Zeit gewusst, wo ich war, und ich war ihnen geradewegs ins Netz gegangen.

»Jake«, warnte Kit. »Tu bitte, was sie sagen, mein Junge …«

»Halten Sie den Mund!«, schnauzte ich. »Sie haben uns betrogen.«

Ich sammelte Speichel im Mund und spuckte in seine Richtung. Leider traf ich nicht, aber Kit drehte seinen Kopf trotzdem weg, als wäre die Spucke auf seiner Wange gelandet.

»Wo ist mein Dad?«, fragte ich.

Die Lippen der Schlangenfrau öffneten sich zu einem Lächeln. Sie hatte perfekte weiße Zähne, funkelnd und gleichmäßig wie Perlen auf einer Kette. »Vorsicht, Jake-Schätzchen. Die kleinen fiesen Männer hinter dir sind ziemlich durchtrainiert und schwer bewaffnet.«

»Ja, mit Betäubungsgewehren.«

»Mit Betäubungsgewehren, die ziemlich effektiv betäuben.«

Ich war nicht scharf darauf, die Effektivität auf die Probe zu stellen. Ich trat ein paar Schritte zurück, in Richtung der Söldner, ließ die Schlangenfrau aber nicht aus den Augen. Sie musterte mich ebenfalls und fuhr sich dabei mit einer bleichen, von bläulichen Adern durchzogenen Hand durchs Haar.

»Und Sie glauben wirklich, dass meine Eltern für Sie arbeiten, wenn Sie mich kidnappen?«, fragte ich. »Wenn Sie sich da mal nicht täuschen. Übrigens weiß ich, wo sich das zweite Grab befindet. Wenn Sie meinen Dad gehen lassen, sag ich's Ihnen.«

»Seit wann sorgst du dich denn um deinen Dad? So eng seid ihr doch gar nicht miteinander.«

»Was wissen Sie schon von meiner Familie!«

»Oh, eine ganze Menge, Schätzchen. Es gehört zu meinem Job, über deine Familie Bescheid zu wissen. Euer Haus ist seit zwölf Jahren verwanzt. Ich weiß von jedem Streit, den ihr, Pan und du, mit Mummy und Daddy hattet. Ich weiß von sämtlichen Katastrophen, in die du deine Familie reingeritten hast. Ich weiß, dass du und Pandora nichts anderes tut, als euren Eltern das Leben zur Hölle zu machen.

Und jetzt stehst du hier und erzählst mir, dass du dich um deine Eltern *sorgst*? Sorry, aber das ist nicht der Jake Turner, den ich kenne.«

»Wir werden als Schatzjäger arbeiten«, platzte ich heraus. »Im Team. Die ganze Familie.«

Das war mein Plan, aber es kam total weinerlich heraus. Ich wünschte, ich hätte nichts gesagt.

»Och, Jake, mein kleines Bengelchen, du bist ein Schatz, aber doch kein Schatz*jäger*. Nein, wirklich, den Plan schlag dir mal ganz schnell aus dem Kopf.«

»Jetzt hören Sie mir mal zu, Sie alte Hexe. Wir werden diese bekloppten Steintafeln finden, angefangen mit der aus Osiris' Grab. Die können Sie dann gerne haben – sobald Sie unseren Dad freilassen.«

Die Lippen der Schlangenfrau blieben zu einem Lächeln gekräuselt, doch ihre Augen waren hart und kalt wie schwarze Murmeln.

»Schätzchen, ich wusste ja gar nicht, dass du so gut über meine Operation informiert bist.« Sie legte sich die Hand vor den Mund und flüsterte, als würde sie mir ein Geheimnis verraten: »Ich dachte immer, du wärst das Dummerchen der Familie.«

»Komm bitte mit uns, Jake«, schaltete sich Kit ein. »Mit dieser Dame legt man sich besser nicht an.«

Die Söldner traten näher, die Waffen im Anschlag. Wenn ich etwas unternehmen wollte, dann musste es *jetzt* sein, in dieser Sekunde. Erinnert ihr euch noch an das Seil, dessen Ende ich an der Tür des Schuppens befestigt hatte? Und dessen anderes Ende ich in Händen hielt?

Dieses Seil umklammerte ich jetzt fester. »Mit mir legt

man sich besser auch nicht an, Kit«, konterte ich und zog mit voller Wucht an der Strippe.

Die Schuppentür sprang auf und die Bullen trotteten heraus. Okay, ich geb zu, dass der Plan nicht funktioniert hätte, wenn die Söldner ruhig geblieben wären – aber das blieben sie nicht. Zum Glück. Einer von ihnen flippte völlig aus und feuerte drauflos. Ein Betäubungspfeil traf eines der Tiere, woraufhin die ganze Herde durchdrehte. Es war ein einziges Schnauben und Trampeln. Einige der Söldner eröffneten das Feuer, andere rannten wild durcheinander oder sackten zu Boden. Sowohl Bullen als auch ihre eigenen Leute trampelten über sie drüber.

Gut, so weit waren meine Überlegungen also aufgegangen, aber damit war ich auch schon am Ende des Plans angelangt. Jetzt hieß es improvisieren. Ich sprang von der Uferböschung und schlang im Sprung das Seil um den Schaduff. Durch den Schwung, den ich draufhatte, drehte sich die Stange und schwang mich ein Stück über den Fluss. Ich hatte gehofft, Kit oder die Schlangenfrau mit dem Fuß ins Wasser kicken zu können, aber meine Hände rutschten von der Stange ab und ich plumpste auf den Rand ihres Bootes. Das Ding kenterte sofort und wir kippten alle drei in den Nil.

Als ich prustend wieder auftauchte, bekam ich zum Glück den Bootsrand zu fassen und schaffte es nach einigem Strampeln, mich an Bord zu hieven. Da sah ich, wie sich eine käsige Hand an der anderen Seite festklammerte. Blitzschnell trat ich auf die Finger, volle Kante, mit der Hacke.

Die Schlangenfrau jaulte laut auf. Im Boot war sie die Ruhe selbst gewesen – und eiskalt. Jetzt war sie total panisch, fuchtelte wild mit den Armen, ging unter, ploppte hoch, ging wieder unter …

»Dr. Thorn! Ich kann nicht schwimmen!«

Kit stand hüfttief im Wasser und betrachtete seine Partnerin abschätzend, so als würde er ernsthaft überlegen, sie absaufen zu lassen. Ich wollte gerade über Bord hechten, um sie zu retten, als er sich endlich in Bewegung setzte.

Er packte sie an den Schultern, sah aber mich dabei an. »Cleverer Schachzug, mein Junge. Achtung, hinter dir!«

Die Söldner auf den anderen Booten hatten das Geschrei gehört und schalteten von Geheimaktion auf Sturmangriff um: Sie drehten ihre Außenborder auf, schwenkten gleißende Suchscheinwerfer und brüllten unverständliche Befehle in fremden Sprachen. Aber ihre Botschaft kam trotzdem rüber: *Keine Bewegung oder wir schießen dich in Schockstarre.*

Widerstrebend hob ich die Arme und blickte blinzelnd auf die verschwommenen Silhouetten mit den gezückten Waffen. Doch bevor sie schießen konnten, überfiel sie ein dunkler Schatten von hinten.

Mum!

Gott sei Dank.

Und dann sah ich nur noch wirbelnde Fäuste und tretende Füße, das reinste Ninja-Szenario. Zwei Söldner kippten seitlich über Bord. Ein dritter schnellte herum und wurde von Mum mit einem eleganten Haken hinterhergeschickt.

»Pass auf!«, brüllte ich.

Das andere Boot schoss auf sie zu, während sie noch damit beschäftigt war, die drei verbleibenden Männer auf dem ersten Boot außer Gefecht zu setzen.

Ohne groß nachzudenken, krabbelte ich zum Heck meines Schlauchbootes, packte die Motorpinne und drehte den Gashebel auf. Das Boot schoss dermaßen rasant los, dass ich umkippte und mir den Kopf am Außenborder aufschlug. Trotzdem ließ ich den Gashebel nicht los, ich drehte ihn sogar noch weiter auf.

Sekunden später rammte ich mit dem Bug das andere Schlauchboot und enterte es noch im selben Moment. Vier der Söldner kippten durch das Geschaukel sofort über Bord. Die anderen zwei fanden ihren Balance wieder und zielten mit ihren Waffen auf meinen Kopf.

Da fielen zwei schnelle Schüsse.

Beide Männer stürzten in den Nil, beide mit einem Betäubungspfeil im Nacken.

Noch zwei Schüsse.

Zwei der drei Söldner, die Mum am Wickel hatte, brachen ebenfalls zusammen. Blieb nur noch ein Gegner – und der entschied sich für einen Abgang: drehte sich abrupt um und tauchte im Fluss unter.

Pan stand am Ufer, sie hatte sich eine der Betäubungswaffen geschnappt und auf einen Schlag vier Söldner ausgeschaltet – im Dunkeln und aus zwanzig Metern Entfernung.

»Wow, jeder Schuss ein Treffer. Trainierst du heimlich, oder was?«, rief ich anerkennend.

Auf unserer Feluke wühlte sich endlich auch Sami unter seiner Decke hervor. »Hab ich was verpasst?«, fragte er verschlafen.

Mum steuerte ihr Schlauchboot neben die Feluke. »Schnell!«, brüllte sie. »Alle rein hier!«

Pan sprang zu Sami aufs Boot und half ihm, seine Ausrüstungstaschen auf das Schlauchboot zu werfen. Dann kletterten beide zu Mum rüber, und Mum wendete das Boot, damit ich ebenfalls reinspringen konnte.

»Runter mit den Köpfen!«, schrie sie.

In Ufernähe gingen Sprengladungen hoch, ließen das Wasser aufspritzen. Schüsse peitschten über den Fluss. Die Söldner am Ufer hatten auf scharfe Munition umgestellt!

»Die schießen auf uns!«, schrie ich.

»Jake«, schnauzte Mum. »Wenn Leute auf uns schießen, brauchst du mich nicht extra darauf hinzuweisen.«

Ich rollte mich neben Pan auf den Boden, und wir hielten schützend die Hände über unsere Köpfe, als würde das irgendwas nützen. Eine weitere Salve peitschte übers Wasser, doch wir hielten unbeirrt auf die Flussmitte zu.

Sami stand jetzt am Steuer. Er fuhr so schnell, dass massenhaft Wasser ins Boot spritzte.

Mum riss mich hoch und packte mich so hart am Arm, dass ich aufschrie. »Was zum Teufel hast du dir dabei gedacht?« Ihre Lippe war geschwollen, Blut quoll aus einer Wunde auf ihrer Wange. Die Söldner hatten offenbar doch ein paar Treffer landen können, bevor Mum sie baden geschickt hatte. »Die hätten dich umbringen können!«, brüllte sie.

»Sei etwas nachsichtiger mit ihm, Jane«, schaltete sich Sami ein.

»Nein, Sam, er muss endlich lernen, sich in den Griff zu bekommen! Du rennst immer einfach drauflos, Jake, mitten hinein ins Geschehen. Ohne auch nur eine Sekunde nachzudenken.«

»Bullsh…«, murmelte ich.

»Hey, junger Mann, achte auf deine Sprache.«

»Nein, ich meine *wirklich* Bullen …«

Ach, verdammt, ich gab's auf. Der Plan mit den Bullen war ohnehin ziemlich bescheuert gewesen.

»Mum«, sagte Pan, »Jake war der Einzige, der ...«

»Setz dich hin, Pandora! Und zieh deine Rettungsweste an!«

»Ich hab keine Rettungsweste.«

»Sam, warum zum Teufel haben wir keine Rettungswesten?«

»Weil das hier nicht unser Boot ist, Jane.«

»Die Situation ist völlig außer Kontrolle!« Mum war kurz vorm Durchdrehen. Tränen glitzerten in ihren Augen und ihre Stimme hatte diese schrille Tonlage erreicht, die normalerweise ihrem großen Schweigen vorausgeht.

Sami stellte den Motor ab und sah uns an.

»So können wir nicht weitermachen!«, sagte Mum, jetzt kurz vor der Schnappatmung. »Wir müssen umdrehen und uns ein Versteck suchen. Wir dürfen hier nicht weiter euer Leben riskieren – nicht einmal für das eures Vaters.«

»Jane«, sagte Sami. »Wir wurden gerade von vierundzwanzig Söldnern angegriffen – größtenteils Topleute. Drei von ihnen hast du kaltgestellt. Pan hat vier erledigt – mit den besten Schüssen, die ich in den letzten Jahren gesehen habe. Und Jake hat gleich sechzehn Mann klargemacht. Ich wollte genauso wenig wie du, dass die beiden in diese Geschichte mit hineingezogen werden. Aber das sind sie nun mal und sie schlagen sich wacker, nach dem, was ich gesehen hab. Stell dir vor, was ihr erreichen könntet, wenn ihr zusammenarbeiten würdet.«

Mum funkelte ihn böse an. »Ich hab dir gesagt, du sollst dich da raushalten, Sam. Das ist eine Familienangelegenheit.«

»Ist es eben nicht, Jane, oder? Das lässt du ja nicht zu.« Sami zuckte mit den Schultern. »Komm, gib Jake und Pan eine Chance, sie haben's verdient.«

Mum stieß einen tiefen Seufzer aus, doch ihr Blick wurde schon etwas milder, und ich spürte, dass sie etwas sagen wollte. Aber dann zog sie ihre Mauer wieder hoch und wandte sich ab.

»Bring uns einfach zum Staudamm.«

# 29

Die restliche Nacht sprachen wir kaum, und als die Sonne die Felsen hinter den Äckern in flammendes Licht tauchte, schwiegen wir immer noch. Irgendwann hielten wir in einem Dorf und Sami kaufte Benzin für den Außenborder und Fladenbrot und Ziegenkäse fürs Frühstück. Der Käse schmeckte widerlich, aber ich war so ausgehungert, dass ich trotzdem ein Riesenstück verschlang. Danach kehrten wir so schnell wie möglich in die nebelverhangene Flussmitte zurück, wo kaum Touristenboote verkehrten, und schipperten weiter Richtung Süden.

Ab und zu ähnelten die beiden Uferstreifen eher einer Dschungellandschaft als der Wüste. Sie waren fast neongrün, wie bei einem Fernseher mit zu grell eingestellten Farben. Überall Schilf und lange, schwingende Gräser, Palmen und Dattelbäume mit knubbeligen Stämmen und ausladenden Wedeln, die wie explodierende Silvesterraketen aussahen. An den Stellen jedoch, wo der Nil Biegungen machte, säumten Sanddünen und karger Fels das Ufer. Der

Grünstreifen war dort viel schmaler und wirkte wie ein letztes Bollwerk gegen den Ansturm der Wüste.

Je südlicher wir kamen, umso stärker wandelte sich die Landschaft. Die fruchtbaren Äcker wurden von Sandbänken abgelöst und die Sandbänke von Felsbrocken. Entfernte Hügel wurden zu nicht mehr ganz so entfernten Hügeln und schließlich zu Bergen, die aussahen wie direkt ans Ufer geklatscht. Diese wichen irgendwann rötlichen Klippen, die mich ein bisschen an die Canyons auf dem Mars erinnerten. Mit dem Unterschied, dass hier Kakteen wuchsen.

Mum kniete am Bug des Bootes und scannte das Ufer durch ihre Smartbrille. Alle paar Sekunden ließ sie sich etwas heranzoomen oder irgendwelche Karten einblenden. Sie wirkte angespannt, so, als würde sie schon bei Sichtung eines Eidechsenkopfes in irgendeiner staubigen Felsspalte den Befehl zur Umkehr geben, um uns in Sicherheit zu bringen.

Ich beschloss, ihr nichts von dem Gespräch zwischen Kit und der Schlangenfrau zu erzählen, das ich belauscht hatte. Da hatte es sich nämlich so angehört, als würde Dad für mehr als nur das Aufspüren des Grabes gebraucht. Die Weißhaarige schien irgendeinen weitreichenderen Plan zu haben, mit dessen Hilfe sie nicht nur die Steintafel aus dem Osiris-Grab in ihren Besitz bringen wollte, sondern Steintafeln rund um den Erdball. Gut möglich, dass Mum längst davon wusste, aber ich traute mich nicht, sie zu fragen.

Pan hatte sich Kopfhörer aus Samis Tasche gekramt und aufgesetzt. Ich war mir sicher, dass sie keine Musik hörte, sondern sich einfach nur rausziehen wollte, genau wie zu Hause. Trotzdem warf sie Mum immer wieder prüfende Blicke zu, und jedes Mal, wenn wir an irgendwelchen Ruinen vorbeisegelten, setzte sie sich kerzengerade auf und schaute.

Irgendwann schien Sami zu merken, dass ich das Bedürfnis hatte zu reden. Als er mit seinem Morgengebet fertig war, rief er mich zu sich und zeigte mir, wie man die Ruderpinne hielt, um das Boot zu steuern. Mum schimpfte zwar, aber letztlich fand sie wohl, dass ich dabei nicht viel Schaden anrichten konnte.

»Eure Mum liebt euch«, sagte Sami.

Ich rückte näher zu ihm, weil das Knattern des Außenborders so laut war.

»Echt? Komische Art, seine Liebe zu zeigen.«

»Im Ernst, sie hat die letzten zwölf Jahre nichts anderes gemacht, als euch ihre Liebe zu zeigen.«

»Wie meinst du das?«

»Schau mal dort rüber«, sagte Sami.

Am Steilufer klebten Dörfer in den Felsen. Die Häuser waren kleine Kästen aus Lehm, die man für Ruinen hätte halten können, wären sie nicht gespickt gewesen mit Satellitenschüsseln. Langbeinige weiße Vögel schossen von den Klippen herab, stakten über die Sandbänke und stießen blitzschnell ihren Schnabel ins Wasser, um einen Fisch herauszuziehen.

»Die ganze Gegend hier ist seit fünftausend Jahren mehr oder weniger unverändert«, fuhr Sami fort. »Schau dir die Hügel an, dort hat man Gräber für Könige aus dem Fels gehauen. Oder diese Häuser aus gebrannten Lehmziegeln. Was wir gerade machen, ist eine Zeitreise. Für jemanden, der sich für alte Geschichte begeistert, ist das hier das Paradies.«

Ich zog die Ruderpinne zu mir, um ein paar Fischern in einem Holzboot auszuweichen, die Netze in den Fluss warfen.

»Nachdem ich deine Mum kennengelernt hatte, sind wir bestimmt hundert Mal hier langgefahren, immer wieder, rauf und runter. Sie saß immer vorne im Bug, den Blick aufs Ufer gerichtet, und hat Fotos geschossen oder deinen Dad und Kit auf irgendetwas hingewiesen. Ich kenne wirklich niemanden, der so leidenschaftlich für ein Thema brennt wie deine Mum. Das Schatzsuchen in dieser Gegend, mit all den unfassbar wertvollen Altertümern … das hat ihr wirklich alles bedeutet. Aber für ihre Kinder hat sie es aufgegeben. Also, wenn du mich fragst, sieht das wirklich sehr nach einer Liebeserklärung an euch aus. Zwölf Jahre lang, jeden einzelnen Tag.«

Ein Teil von mir konnte nachvollziehen, warum sie dieses Opfer gebracht hatte. Der andere Teil konnte sich partout nicht vorstellen, wie man etwas, das man so sehr liebte und das einem so wichtig war, einfach aufgeben konnte. Entsprechend fühlte es sich auch komplett falsch an, dass Mum nach diesem Abenteuer hier sang- und klanglos in ihren Alltagstrott zurückkehren wollte. Wir sollten die Schatzjagd als Familienunternehmen weiterführen!

»War Mum gut in ihrem Job?«, fragte ich.

Sami lachte. »Gut? Deine Eltern waren die Besten! Ich kann dir gar nicht sagen, wie sehr sie vermisst werden. Mittlerweile gibt es ein Dutzend Topschatzjäger. Aber alle sind sie wie Kit. Arbeiten für irgendwelche Milliardäre. Eure Eltern waren die letzten Guten in diesem Gewerbe. Als sie den Job an den Nagel hängten, begann eine düstere Zeit für die Altertümer dieser Welt. Du glaubst gar nicht, was diese skrupellosen Leute seitdem alles ausgegraben und verhökert haben.«

Pan, die die ganze Zeit so getan hatte, als würde sie Musik hören, setzte ihre Kopfhörer ab und rückte näher. »Was denn zum Beispiel?«

»Ihr habt sicher schon von Dschingis Khan gehört?«

»*Dem* Dschingis Khan? Dem mongolischen Kriegsherrn?«

»Ja, genau dem. Sein Grab wurde letztes Jahr von holländischen Schatzjägern entdeckt und der gesamte Inhalt auf dem Schwarzmarkt verkauft. Die Weltöffentlichkeit wird wohl nie erfahren, was sich darin befand. Auch die Fachwelt nicht.«

Pans Augen verengten sich zu schmalen Schlitzen. Das Ganze machte sie unfassbar wütend, das sah ich. Mich übrigens auch. Nicht dass ich so geschichtsversessen war wie Pan, mich regte nur einfach auf, dass diese Verbrecher mit ihrem Betrug durchkamen.

»Was ist mit dir, Sami?«, fragte ich. »Arbeitest du auch für diese Leute?«

»Nein. Nur Kit. Er … er hat mir übrigens einmal das Leben gerettet. Er ist nicht nur schlecht, er hat auch eine gute Seite. Seine alten Ideale stecken noch irgendwo in ihm, auch wenn er sie sorgsam verbirgt. Aber ich? Nein, ich arbeite nicht für die Neuen, ich bin zu alt für so was. Heutzutage heuern sie scharenweise Söldner an, bezahlte Einsatzkräfte. Wie die, die ihr außer Gefecht gesetzt habt. Meistens ehemalige Militärs, Russen, Slowaken. Leute, die einen Pharao nicht von einem Falafelbällchen unterscheiden können.«

»Und wie finden diese Leute die Gräber?«, fragte Pan.

»Normalerweise mit Granaten oder Dynamit. Ich hab in der Türkei mal einen Grabräuber erlebt, der ein Raketengeschoss in eine Felswand gedonnert hat, weil er ein Hethiter-Grab dahinter vermutet hat.«

»Und? War dort eins?«

»Das hat er nie erfahren: Die Felswand ist eingestürzt.«

Am Ufer sah man Touristen zwischen aufgereihten Sphinxen hindurchschlendern. Es war ein uralter Weg, der zu einem Tempel führte, den ein gigantischer sitzender Pharao bewachte. Ein Teil des Geländes war wegen einer Ausgrabung abgesperrt. Die Touristen spazierten durch ein Stück Weltgeschichte, ein Areal historischer Bauten, die von Leuten geschützt wurden, denen sie am Herzen lagen.

»Fest steht, dass es alles besser lief, als eure Eltern noch mitmischten«, sagte Sami. »Für alle Geschichtsbegeisterten ist ihr Ausscheiden ein Riesenverlust. Die Museen vermissen sie. Und ich persönlich vermisse sie auch.«

»Und was ist mit der Schlangenfrau?«, fragte Pan. »Gehört sie auch zu den Fiesen?«

Samis faltiges Gesicht knautschte sich noch mehr zusammen. Seine Stimme klang plötzlich tiefer und ernster.

»Genau weiß ich es nicht. Ich habe sie nie getroffen. Aber wer auch immer sie ist, sie jagt Kit Angst ein. Und es gibt nicht vieles, wovor Kit sich fürchtet. Ich schätze, dass die Frau und ihre Hintermänner, wer auch immer sie sind, gar nicht hinter einem Schatz her sind, sondern hinter etwas anderem, sehr viel Größerem.«

»Glaubst du, dass sie Dad etwas antun werden?«

Sami nahm mir die Ruderpinne aus der Hand und steuerte wieder selbst.

»Ihr zwei solltet versuchen, etwas zu schlafen, solange das noch möglich ist.«

»Warum sollen wir uns ausruhen?«, maulte Pan. »Mum nimmt uns doch eh nicht mit auf die Suche nach dem Grab.«

»Nein, wahrscheinlich nicht.« Sami steuerte das Boot wieder zur Flussmitte, außer Sichtweite der Touristen am Ufer. »Könnte allerdings sein, dass sie in der Angelegenheit gar nicht viel zu entscheiden hat.«

# 30

Als wir den ersten der beiden Staudämme erreichten, stand die Sonne senkrecht am Himmel und brannte wie ein Glutofen.

Wir waren zwischen Felseninseln und unter der Assuan-Brücke hindurchgefahren, einer riesigen, hochmodernen Hängebrücke. Am Ostufer hatten wir die Stadt Assuan hinter uns gelassen, eine Ansammlung von Tempelruinen, Wohntürmen, schillernden Hotels, noblen Restaurants mit Terrassen, die auf den Nil hinausgingen, und gigantischen Werbetafeln für Sportwagen, Handys und so Zeug.

Auf dem Nil rund um Assuan wimmelte es nur so von Booten – kleinen Holzschaluppen wie unserer, aber auch riesigen Kreuzfahrtschiffen mit Swimmingpools und Sonnendecks. Dazwischen patrouillierten Polizeiboote. Als Mum sie erspähte, beschloss sie, dass unsere Bootsfahrt zu Ende sei.

In einer kleinen Bucht ein Stück hinter der Stadt gingen wir an Land und liefen die letzten paar Kilometer, wobei wir

Mühe hatten, Mums militärische Handzeichen zu kapieren. Wir blieben in der Nähe des Ufers, hielten uns fern von der einzigen Straße, die überhaupt so weit in den Süden reichte. Wir kamen an Wohnhäusern vorbei und an Moscheen mit Minaretten. Und dann war der Fluss plötzlich zu Ende. Oder zumindest wurde er von einem riesigen Hindernis blockiert.

»Verdammter Damm!«, rief ich.

Aber niemand lachte! Im Ernst, ich hatte mir den Witz die ganze Fahrt über aufgespart und jetzt erntete ich nicht mal ein müdes Lächeln.

Mum löste das Zielfernrohr von ihrem Gürtel und ließ den Blick langsam über den Staudamm wandern. Die Betonmauer war ungefähr dreißig Meter hoch. Durch ein Dutzend Schleusentore schoss Wasser aus dem dahinterliegenden See in den Nil. Oben auf der Mauerkrone standen Strommasten mit stark durchhängenden Leitungen, welche auf dem Dach eines kleinen Kontrollhäuschens, ebenfalls aus Beton, endeten.

»Das ist der niedrigere der beiden Assuan-Dämme«, erklärte Mum. »Vor über hundert Jahren erbaut, lässt er eine stets gleichbleibende Wassermenge in den Nil ab. Den eigentlichen Job erledigt der hohe Damm auf der anderen Seite des Sees.«

»Und wo ist die Insel, die wir suchen?«, fragte ich.

»Hinter diesem Damm«, antwortete Pan. »In dem See zwischen den beiden Staumauern.«

»So, und jetzt duckt euch und folgt mir«, befahl Mum.

Wir kletterten einen felsigen Steilhang hinauf, überquerten eine Straße und standen auf dem Damm. Mum erreichte die Kontrollstation als Erste und spähte durchs Fenster.

Dann löste sie den Dietrich von ihrem Gürtel, öffnete die Tür und gab uns ein Zeichen, ihr zu folgen.

Die Station war absolut spartanisch ausgestattet. An der Rückwand befanden sich Rohre und große eiserne Drehräder, mit denen sich wahrscheinlich die abfließende Wassermenge regulieren ließ. Dann gab es noch ein Pult mit Hebeln und Schaltern und einem Schwarz-Weiß-Monitor – wie aus einer uralten Star-Trek-Folge. Hinter dem Pult ging ein Fenster, groß wie eine Kinoleinwand, auf den See hinaus.

»Der ist wunderschön«, staunte Pan.

Der See war glatt wie ein Waldteich und so klar, dass man die Steine auf dem Grund sehen konnte. Es gab tatsächlich zahlreiche Inseln, nicht nur Bigeh, die Heilige Insel. Mum hatte sie als »wilde Flecken Erde« bezeichnet, und jetzt verstand ich, warum: Es waren einfach nur graubraune Felshaufen, die aus dem glasklaren Wasser ragten.

Weder lebten Menschen darauf, noch kamen welche zum Besichtigen. Eine Reihe Motorboote mit Verdeck lag an einem Steg auf der einen Seeseite, aber kein Boot war unterwegs. Der See lag seltsam still und ruhig da. Fast unheimlich.

»Merkwürdig«, murmelte Sami. »Normalerweise fahren hier Dutzende von Touristenbooten rum.«

»Die Polizei wird sie gestoppt haben«, sagte Mum. »Die suchen nach uns.«

Ich versuchte, den Gedanken an die Fahndung zu verdrängen und mich ganz auf den Stausee zu konzentrieren. Nur eine der Inseln sah so aus, als würde sich ein Besuch auf ihr lohnen. Sie war ungefähr einen Kilometer von der Staumauer entfernt und kleiner und grüner als die anderen. Die ockerfarbene Ruine eines Tempels mit zahlreichen steinernen Torbögen und Säulen ragte zwischen den Felsen auf. Selbst auf die Entfernung erkannte man, dass die Säulen mit Hieroglyphen und Bildern übersät waren.

Sami installierte seinen Laptop auf dem Steuerpult und verwandelte das Panoramafenster binnen Sekunden in einen holografischen Bildschirm. Digitale Informationen legten sich über das Seepanorama, die Namen der einzelnen Inseln wurden eingeblendet, die Koordinaten sowie Angaben zu ihrer Fläche und Höhe und verschiedene Temperaturwerte. Es war, als würden wir durch eine gigantische Smartbrille schauen.

Ich streckte meine Hand nach der Scheibe aus und berührte die Insel mit der Tempelruine. Sofort verfärbte sich die Holosphäre an dieser Stelle blassrosa.

»Isis-Tempel«, las ich die eingeblendete Information. »Isis ist Osiris' Frau, stimmt's?«

»Ja«, sagte Mum. »Allerdings befand sich der Tempel nicht immer an der Stelle, wo du ihn jetzt siehst. Er wurde nach dem Bau der großen Staumauer dorthin versetzt, als die Insel, auf der er ursprünglich stand, überflutet wurde. Aber siehst du die Insel dahinter?«

Sie tippte auf die Holosphäre und markierte einen hässlichen Felsbrocken hinter der Tempelinsel.

»Das ist Bigeh«, erklärte Pan. »Die Heilige Insel.«

Das war also der Ort, den die Inschrift auf der Stele als Osiris' zweite Grabstätte bezeichnete.

»Moment, stopp«, sagte ich und kniff die Augen zusammen. »Zoom Bigeh mal dichter ran.«

Die Holosphäre katapultierte uns geradezu an den Strand

der Heiligen Insel – wo zahlreiche Motorboote in winzigen Felsbuchten vertäut waren! Ein Dutzend schwarz gekleideter Männer lud Kisten aus, wahrscheinlich mit Ausrüstung.

»Das sind keine Touristen«, stellte Sami fest.

»Die sind schon hier!«, rief Pan. »Die Schlägertypen der Schlangenfrau!«

Auch Kit war bereits vor Ort und scheuchte die schwarzen Typen umher. Die Schlangenfrau stand etwas erhöht auf einem Felsvorsprung. Sie hielt ihr Aluköfferchen mit beiden Händen an den Bauch gepresst wie ein kleines Schulmädchen seinen Ranzen.

»Das muss nicht heißen, dass sie wissen, wo sich das Grab befindet«, sagte ich. »Die Insel ist doch ziemlich groß, oder?«

»Ja«, murmelte Mum. »Groß und übersichtlich.«

»Übersichtlich?«

Doch Mum beobachtete schon wieder die Söldner. Nervös knetete sie an ihrem Amulett herum. Irgendetwas bereitete ihr Sorgen.

»Bigeh war schon im alten Ägypten bekannt als Stätte, die Osiris geweiht war«, sagte sie schließlich. »Es gab dort einen Tempel, den man ihm zu Ehren errichtet hatte. Doch nach dem, was wir jetzt wissen, wollten die Priester, dass sein Grab geheim bleibt. Eine Bedingung, die Bigeh nicht erfüllen konnte. Bigeh war nicht geheim genug.« Sie drehte sich um. »Sami, hast du den verschwommenen Teil der Inschrift noch vor Augen? Das Wort, das direkt vor ›Heilige Insel‹ stand? Das haben wir noch nicht entschlüsselt.«

Sami checkte seinen Laptop. »Nicht ganz leicht, das scharf zu kriegen. Ich hab diverse Filterprogramme drüberlaufen lassen. Könnte noch eine halbe Stunde dauern, bis man etwas erkennen kann.«

»Das sollten wir abwarten«, meinte Mum.

»Aber wir haben keine Zeit!«, widersprach Pan.

Mum starrte schweigend auf die Holosphäre, streckte dann einen Arm aus und tippte auf den Isis-Tempel. Sofort färbte er sich rosa. Als sie endlich etwas sagte, schien ihre Stimme wie aus weiter Ferne zu kommen. »Es ist wunderschön hier, oder?«

»Mum?«, fragte ich.

»Diese Tempel. Die Gräber. Wirklich unglaublich faszinierende Bauwerke.«

Sie klang traurig, und sogar ein bisschen verwirrt. »Euer Vater und ich sind überall hier gewesen und haben versucht, historische Schätze zu retten. Wir haben uns als eine Art edle Kreuzritter verstanden. Immer für die gute Sache unterwegs. Aber wir haben es natürlich auch gemacht, weil es uns erfüllt hat. Es war absolut unser Ding. Genauso wie für Kit.«

»Nee, Kit war scharf auf Ruhm und Reichtum«, widersprach Pan. »Und das beides war euch doch völlig egal, hast du gesagt.«

»Das stimmt, aber süchtig waren wir genauso.«

»Süchtig nach was?«

»Nach dem Thrill. Dem Nervenkitzel. Dem Abenteuer. Es war wie …« Mit einer schnellen Handbewegung wischte sie über die holografische Projektion und brachte die Bilder zum Knistern. » … es war absolut elektrisierend.«

»Als ihr das alles hingeschmissen habt, hast du dich wahrscheinlich wie tot gefühlt, oder?«, fuhr Pan fort. »Deshalb solltest du endlich wieder einsteigen, Mum. Die Schlangenfrau scheint …«

»Nein«, unterbrach Mum sie. »Die ist ein ganz anderes Kaliber. Unendlich viel gefährlicher.«

»Wer ist sie?«, fragte ich. »Und was will sie?«

Ich befürchtete schon, Mum verärgert zu haben, aber sie seufzte nur.

»Ich weiß es nicht genau. Es ist der Aktenkoffer, der mich hat hellhörig werden lassen. Euer Vater und ich haben von Leuten gehört, für die dieses Symbol wichtig ist: die Schlange, die sich in den eigenen Schwanz beißt. Und diese Leute waren weder Schatzjäger noch Historiker. Sie waren … ein anderer Schlag.«

»Was meinst du damit?«

»Sie standen in Verbindung mit einem Geheimnis. Einer Vertuschungsaktion. Und sie besaßen Macht. Die Macht, Ausgrabungsstätten zu schließen, Projekte abzublasen, Fundstücke an andere Orte zu bringen. Die Macht, Dinge verschwinden zu lassen, als hätten sie nie existiert. Diese Leute, ich nenne sie jetzt mal die ›Schlangenleute‹, waren tausendmal mächtiger als wir kleinen Schatzjäger. Das ist alles, was ich über sie weiß. Es war ungefähr zu der Zeit, als wir aufhörten. Seitdem habe ich nie wieder von ihnen gehört.«

»Mum«, sagte ich, »bei dem Angriff auf dem Fluss habe ich gehört, wie die Schlangenfrau etwas von einer Steintafel erzählt hat. Die Tafel ist es, was sie an dem Sarg interessiert. Und es klang so, als gäbe es in anderen Gräbern noch mehr solcher Tafeln und als wollten sie die auch noch finden.«

Falls diese Information neu für Mum war, so ließ sie sich

ihre Überraschung nicht anmerken. Sie lächelte sogar ein bisschen und starrte weiter über den See.

»Wir werden schon herausfinden, was sie vorhaben«, sagte ich. »Aber erst befreien wir Dad.«

»Nein.« Mums Stimme klang gepresst. »Wir befreien Dad und danach fliegen wir nach Hause.«

»Nach Hause?«, fragte Pan. »Wohin nach Hause? Wir sind international gesuchte Verbrecher. Und überhaupt: Wir können unmöglich in unser altes Leben zurück. Nicht nach allem, was passiert ist.«

»Im Ernst, wir *müssen* nicht nach Hause«, pflichtete ich ihr bei. »Ich hab drüber nachgedacht, Mum: Wir könnten um die Welt reisen und du und Dad, ihr könntet uns das Schatzjäger-Know-how beibringen. Wir könnten gemeinsam in dem Bereich arbeiten, als Familie.«

Mums Unterkiefer entspannte sich ein bisschen, als sie versuchte, ein Lächeln zu unterdrücken.

»Das ist eine vollkommen absurde Idee, Jake. Und was ist mit Schule?«

»Was soll mit der Schule sein?«, fragte Pan. »Ihr bringt uns den Unterrichtsstoff einfach unterwegs bei. Und noch tausendmal spannendere Sachen. Wir haben doch alles, was wir brauchen: gefälschte Pässe und kofferweise Bargeld. Wie viele von diesen Notfallverstecken habt ihr eingerichtet?«

»Hunderte, rund um den Globus«, sagte Mum. »Euer Vater hat immer Vorkehrungen getroffen.«

»Die Idee ist gar nicht so abwegig, Jane«, schaltete sich Sami ein.

»Mum«, drängte ich, »wir könnten euch helfen. Ich weiß, dass du mich für verrückt hältst, aber glaub mir: Sachen dieser Art sind das Einzige, was ich gut kann. Zu Hause bin ich ein totaler Versager. Da klaue ich und reite mich und euch permanent in die Scheiße. Hier könnte ich endlich mal zeigen, was in mir steckt. Ich hab das Zeug zum Schatzjäger, das weiß ich. Und Pan könnte ihre Intelligenz auch endlich sinnvoll unter Beweis stellen und müsste sie nicht immer verstecken.«

Eigentlich hatte ich Mum das – oder so etwas Ähnliches – schon in Kairo sagen wollen, aber ich hatte Angst vor ihrer Reaktion gehabt. Erstaunlicherweise schien sie jetzt überhaupt nicht verärgert. Sie sah eher neugierig aus. Ihr Blick huschte von mir zu Pan und dann zu Sami, der ihr zunickte.

»Sie sind gut, Jane. Wirklich. Sie verdienen eine Chance.«

»Eine Schatzjägerfamilie!« Pans Augen leuchteten vor Aufregung. »Das ist die beste Tarnung überhaupt. Wir geben uns als gelangweilte Touristen aus und streiten und zicken ein bisschen rum, wie eine normale Familie halt – dann kommen wir überall rein. In jedes Grab, jeden Tempel, jede Ausgrabungsstätte. Das ist perfekt!«

»Ich will nicht zurück nach Hause.«

»Abgesehen davon, dass wir gar nicht zurück *können*«, pflichtete Pan bei. »Mum, uns bleibt gar nichts anderes übrig, als auf Schatzjäger umzusatteln!«

Mum wandte sich wieder der Holosphäre zu. Ihre Augen funkelten im Licht der digitalen Projektionen. »Du bist im Grunde deines Herzens kein Dieb, Jake. Und auch keine Nervensäge, die ständig Stress macht. Du brauchst einfach ein gewisses Maß an Action und Aufregung, genau wie dein Vater. Das wussten wir schon immer, aber es hat uns Angst gemacht. Du bist uns zu ähnlich. Du übrigens auch, Pandora.

Du bist schlauer und spitzfindiger als wir, deine alten Eltern, es jemals waren. Sam hat vollkommen recht: Ihr habt euch, seit wir hier sind, großartig geschlagen! Euer Vater wird stolz auf euch sein. Und ich bin jetzt schon stolz auf euch. Ihr könnt euch gar nicht vorstellen, wie lieb ich euch habe!«

Und dann nahm mich Mum in die Arme und drückte mich an sich. Ich glaube, ich war noch nie in meinem Leben so glücklich. Bis sie mich in der nächsten Sekunde an den Schultern packte und von sich wegschob. Und noch bevor ich wusste, wie mir geschah, hatte sie ein Paar Handschellen aus Samis Tasche gezerrt und mich an die Speiche eines der eisernen Drehräder gefesselt.

»Mum!«, schrie Pan.

Sie versuchte wegzurennen, doch Mum bog ihr den Arm auf den Rücken und drückte sie an die Wand.

»Mum! Du tust mir weh!«

»Sam!«, bellte Mum. »Das zweite Paar Handschellen!«

»Jane, ich …«

»Sam, gib sie mir!«

»Jane, tu das nicht«, bat Sami. »Jake hat recht, ihr könntet sie trainieren, sie ausbilden …«

»Sam, das sind *meine* Kinder! Und jetzt gib mir endlich die Handschellen!«

Sami seufzte – und reichte Mum die Handschellen. Mum fesselte Pan an das Drehrad neben meinem.

Ich zerrte an den Fesseln, aber außer dass sie sich in mein Handgelenk gruben, passierte nichts. Neben mir rüttelte Pan an den Speichen des Drehrades, doch das Teil war aus Gusseisen und total massiv.

»Tut mir leid, ihr beiden.« Mum trat ein paar Schritte

zurück. »Ich wünschte, wir könnten es so machen, wie ihr vorschlagt, aber so einfach ist es leider nicht. Der Job ist definitiv zu gefährlich. Genauso wie das, was jetzt gleich kommt. Wenn ich nicht wüsste, dass ihr mir folgen würdet, würde ich euch hier nicht festbinden. Aber ich würde mir nie verzeihen, wenn euch etwas passiert.«

»Mum, bitte …!«

Aber sie hörte schon nicht mehr zu. Sie begann, ihre Sachen zusammenzupacken und sich diverse Gerätschaften aus Samis Tasche an ihren Ausrüstungsgürtel zu klippen.

»Ich werde die Mumie und die Steintafel in Bigeh finden und euren Vater retten«, sagte sie entschlossen. »Und danach werde ich alles daransetzen, damit ihr in euer altes Leben zurückkehren könnt.«

Sie zog sich Pans Tarnjacke über und warf Sami die Schlüssel zu unseren Handschellen zu.

»Sam, du befreist sie nur im alleräußersten Notfall, hörst du?«

»Mum?«, rief ich.

Sie blieb auf der Schwelle stehen und drehte sich um.

»Ich fliege nicht nach Hause zurück, niemals, no way«, sagte ich.

Ihre Finger umklammerten den Türrahmen. Ihr Gesichtsausdruck zerriss mir fast das Herz. Es war keine Wut – sie hatte die ganze Zeit keine Wut gezeigt –, sondern einfach nur Traurigkeit. Eine unglaubliche Traurigkeit.

Sie streifte sich ihre Smartbrille über den Kopf. »Tut mir leid, Jake, aber das wirst du.«

Und dann war sie weg.

# 31

Ich hämmerte gegen die Wand der Kontrollkabine, dass das Wellblechdach nur so schepperte und die Handschellen meine Haut aufrissen. Irgendwann gab ich auf und trat mit voller Wucht gegen die Rohre, was genauso sinnlos war. Selbst wenn eines der Rohre aus der Halterung sprang – ich blieb immer noch an das eiserne Drehrad gefesselt.

Auch Pan hatte mittlerweile aufgegeben, es mit Gewalt zu versuchen. Jetzt stocherte sie mit einer Schraube, die sie gefunden hatte, im Schloss herum. Ihre Schimpftiraden wurden immer lauter, ein eindeutiges Zeichen, dass sie mit ihrem Latein am Ende war.

»Sami?«, rief ich.

Er versuchte, uns zu ignorieren und sich stattdessen voll auf die Bearbeitung des unscharfen Teils der Osiris-Inschrift zu konzentrieren. Das vergrößerte Bildfragment verdunkelte einen Großteil des Fensters. Die Hieroglyphen waren jetzt schon deutlich besser zu erkennen, die verschwommenen Ränder wurden immer schärfer.

»Ich darf nicht mit euch sprechen«, murmelte er. »Hat eure Mum gesagt.«

»Aber ich muss aufs Klo«, log ich.

»Nein, musst du nicht.«

»Muss ich wirklich, Sami. Lass mich bitte nicht in die Hose pinkeln!«

Sami seufzte. Schließlich drehte er sich um und musterte mich skeptisch. Dann trat er einen Eimer quer durch den Raum bis vor meine Füße.

»Bitte schön.«

Wütend kickte ich den Eimer gegen die Wand. »Jetzt mach schon, Sami, schließ die blöden Dinger auf. Mum braucht uns. Die Schlangenfrau hat fünfzig oder mehr Söldner auf der Insel.«

»Eure Mutter weiß, was sie tut.«

»Du weißt, dass sie gerade einen krassen Fehler macht, Sami«, drängte ich. »Sie braucht unsere Hilfe.«

»Besprecht das mit ihr, wenn sie zurück ist. Vielleicht könnt ihr sie ja überzeugen.«

»Sie kommt nicht zurück«, sagte ich. »Stimmt doch, Sami, oder?«

»WAS?« Pan ließ vor Schreck die Schraube fallen. »Was redet ihr da?«

Bislang hatte ich mich noch nicht getraut, es laut auszusprechen: »Wenn Mum es schafft, Dad zu retten, wird sie sich der Polizei stellen. Sie wird zugeben, das Grab in Gizeh gesprengt zu haben, damit wir aus dem Schneider sind.«

»Aber … das kann sie doch nicht machen!«, protestierte Pan. Doch sie wusste, dass ich recht hatte. Sie hatte es an Mums Blick gemerkt, als sie gegangen war. Und an der Art, wie sie sich von uns verabschiedet hatte. Sie hatte gesagt, sie würde alles daransetzen, damit wir in unser altes Leben zurückkehren könnten. Dass sie selbst auch zurückkehren würde, davon hatte sie nichts gesagt. Ich an ihrer Stelle hätte es übrigens genauso gemacht. Schon deshalb wusste ich, dass ich recht hatte.

Schreiend trat Pan gegen das Metallrad, sie tobte und schlug um sich, bis auch ihr Handgelenk blutete. Aber es nützte alles nichts. Wir saßen fest.

Ich wollte gerade eine neue Bettelrunde bei Sami starten, als sein Laptop piepste.

»Das Höhenmodell ist fertig«, sagte er. »Vom letzten Teil der Osiris-Stele.«

In der Holosphäre knisterten und flackerten sie kurz auf, dann waren sie gestochen scharf zu erkennen: die Hieroglyphen, die die Priester eingemeißelt hatten, als sie Osiris' Sarg hierhin umgebettet hatten. Das war jetzt dreitausend Jahre her, aber trotzdem sahen die Zeichen aus, als wären sie eben erst fertiggestellt worden.

»Hm, das hilft auch nicht groß weiter«, brummte Sami.

»Doch, warte, das kommt mir irgendwie bekannt vor.« Pan musste sich ziemlich den Hals verrenken, um die Projektion zu sehen. »Blende noch mal den Rest der Inschrift ein.«

»Mum hat nur gesagt, dass du uns nicht freilassen sollst. Nicht, dass du uns die Inschrift nicht zeigen darfst«, schob ich hinterher.

Es war ziemlich offensichtlich, dass Sami darauf brannte, sie uns zu zeigen – und deshalb dauerte es auch keine drei Sekunden, bis sie an der Fensterscheibe aufleuchtete. Sami ließ das letzte Puzzleteilchen an seinen Platz gleiten.

»Da!«, rief Pan. »Seht ihr die neuen Symbole? Die gleichen Zeichen werden direkt danach noch mal wiederholt.«

»Aber wir wissen nicht mehr, welcher Teil das genau war«, wandte ich ein.

»Doch, wissen wir. Ich erinnere mich. Es war ›Insel‹. Heilige Insel.«

»Also will uns die Inschrift sagen, dass sich das Grab auf der ›Insel Heilige Insel‹ befindet? Das ist doch bescheuert.«

»Nicht unbedingt«, meinte Pan. »Jedenfalls nicht, wenn eine Insel gemeint ist, die zu der Heiligen Insel gehört – sozusagen die Insel *der* Heiligen Insel. Sami, kannst du mal eine Karte von Bigeh einblenden?«

Diesmal ließ sich Sami nicht lange bitten. Eine Satellitenaufnahme ploppte hoch: Die Felsinsel hatte die Form eines Kopfes mit dicker Knollennase. Und tatsächlich: Es gab noch eine zweite Insel, eine kleinere, direkt neben Bigeh.

»Wie heißt diese Insel da?«, fragte Pan.

»Das ist Agilika«, antwortete Sami. »Die mit dem Tempel.«

Der improvisierte Bildschirm veränderte sich erneut, sodass wir den See und den Isis-Tempel sehen konnten, der in der Mittagssonne golden leuchtete.

»Vielleicht befindet sich das Grab wirklich auf der vorgelagerten Insel«, überlegte ich. »Immerhin war Isis Osiris' Frau, oder? Vielleicht wurde ihr Tempel auf seinem Grab errichtet, damit sie dicht beieinander ruhen konnten.«

»Vielleicht«, sagte Pan. »Nur dass der Tempel ursprünglich gar nicht auf der vorgelagerten Insel stand. Er wurde erst in jüngster Zeit dorthin versetzt, beim Bau der Staumauer, als die ursprüngliche Tempelinsel überflutet wurde.«

»Die ursprüngliche Tempelinsel?«, hakte ich nach.

Pan hatte das Rätsel geknackt, da war ich mir sicher.

»Wo befand sich die ursprüngliche Tempelinsel, Sami?«, rief ich.

Er tippte etwas in seinen Laptop ein und kurz darauf erschien die überflutete Insel auf dem Satellitenbild: ein kleines gestricheltes Rechteck, sogar noch dichter an Bigeh als die jetzige Tempelinsel.

»Das ist sie«, sagte Pan. »Wie hieß sie?«

»Philae«, antwortete Sami. »Aber wie ihr seht, liegt sie unter Wasser. Es ist nichts mehr von ihr zu sehen.«

»Da befindet sich das Grab«, sagte Pan. »Mum hat auch nicht geglaubt, dass es auf Bigeh ist. Sie sagte, das wäre nicht geheim genug. Nein, das Grab befindet sich auf Philae, unter der Stelle, wo einst der Isis-Tempel stand.«

»Als sie den Tempel versetzt haben, hatten sie wahrscheinlich keine Ahnung, dass sich das Osiris-Grab darunter befand«, mutmaßte ich. »Deshalb ist es immer noch auf Philae, irgendwo weit unter der Wasseroberfläche.«

Wieder trat Pan gegen die Wand, aber diesmal nicht vor Wut, sondern vor Aufregung. »Sami, wir haben jetzt die einmalige Chance, die Mumie und die Steintafel zu finden und gegen Dads Leben einzutauschen. Lass uns frei.«

Schweißtropfen rannen über Samis faltige Stirn. Seine Augen flackerten zwischen uns hin und her, während er fieberhaft überlegte, was er tun sollte.

»Aber das ist gefährlich«, sagte er schließlich.

»Wissen wir selbst«, antwortete ich.

»Ihr müsstet erst unter Wasser und dann unter die Erde! Und ihr könntet von den Söldnern entdeckt werden. Und ertrinken.«

»Wissen wir alles, Sami!«

Seufzend blickte er uns an. »Ihr seid wirklich *genau* wie eure Eltern.«

Damit warf er Pan den Schlüssel zu und sie öffnete unsere Handschellen.

Sami kramte in einer seiner Taschen und reichte uns unsere Ausrüstungsgürtel. »Sie sind mit allen nötigen Gerätschaften bestückt, inklusive Sprengsätze. Aber diesmal gibt es noch etwas anderes.«

Er zog ein weiteres Gerät aus seiner Tasche. Es sah aus wie eine Taschenlampe, ein schlanker, runder Stab mit einem einzigen Knopf an der Seite.

»Das ist ein hydro-piezoelektrischer Energieumwandler. Der kann Schallwellen und Lichtstrahlen aussenden. Wenn er unter Wasser eine Änderung der Dichte feststellt, gibt er tiefe Schallschwingungen von sich.«

»Du meinst, er vibriert, wenn er vor die Tür eines Unterwassergrabs gehalten wird?«, fragte Pan.

Sami hielt das Gerät hoch und versuchte, ein Grinsen zu unterdrücken. »Na ja, ich nenne es auch … den Grab-Peilsender.«

»Verstehe«, lachte ich, und Sami und ich klatschten uns ab, aber Pan beachtete uns gar nicht, sie schnallte sich bereits ihren Ausrüstungsgürtel um.

»Und was ist jetzt der Plan?«, fragte sie.

Ich trat ans Fenster und klappte Samis Laptop zu. Die Holosphäre verschwand. Ich wollte den See sehen, ohne mich von all den eingeblendeten Informationen ablenken zu lassen.

Mein Blick schweifte zwischen den Inseln mit ihren steil

aufragenden Felsnadeln hin und her. Ob Mum schon auf Bigeh war? Vielleicht hatte sie sich der Insel von der Seite genähert, die die Söldner nicht im Blick hatten? Vielleicht waren die ja auch schon zur Mitte der Insel vorgedrungen und heftig am Graben? Aber selbst wenn, hatten sie bestimmt Wachen am Ufer postiert. Es dürfte verdammt schwer sein, Bigeh unbemerkt zu erreichen.

Zum Glück mussten wir nicht dorthin. Wir mussten nach Philae, dem versunkenen Felsbrocken, der zu dem heiligen Felsbrocken gehörte.

Und für mich gab es nur einen denkbaren Weg dorthin.

Pan stand hinter mir und schaute mir über die Schulter. »Ich bezweifle, dass wir's überhaupt über die Staumauer schaffen, ohne gesehen zu werden. Und wie sollen wir dann ins Wasser kommen?«

Trotz meiner Sorge um Mum und Dad und meiner Angst vor der Polizei, der Schlangenfrau und ihrem Schlägertrupp musste ich grinsen. Das Unterwassergrab zu finden, das war bestimmt keine Kleinigkeit. Aber ins Wasser zu kommen, das war nun wirklich ein Klacks.

# 32

Eigentlich hatten wir abgemacht, bis drei zu zählen und *dann* zu springen, aber Pan sprang schon *bei* drei. Sie stieß sich einfach ab, hing einen Moment in der Luft und verschwand dann lautlos in der Tiefe. Wenige Sekunden später platschte sie unten in den See.

Verwirrt tappte ich die zwei Schritte vor bis zum Rand und guckte runter. Sofort ging mein Magen in den Schleudergang und ich taumelte mit Puddingbeinen zurück. Wirklich, ich wollte Schatzjäger sein, unbedingt, aber warum zum Teufel musste sich das alles immer in so schwindelerregenden Höhen abspielen? Normalerweise waren Schätze doch in der Erde verbuddelt.

Na ja, wenigstens konnte ich jetzt, wo Pan gesprungen war, nicht kneifen. Und ewig lange konnte ich hier auch nicht mehr stehen, ohne dass die Polizisten am Ufer oder die Söldner auf der Insel mich entdeckten.

Ich *musste* springen. Jetzt.

Ich holte noch einmal tief Luft und zählte bis drei … dann

weiter bis fünf … und bis zehn … Dann hörte ich, wie Pan brüllte, ich solle mich beeilen. Und dann sprang ich.

Ich musste mich ziemlich weit abstoßen, um unten nicht gegen die verdammte Betonwand zu klatschen. Obwohl ich die Arme eng am Körper hielt und meine Beine krampfhaft zusammenpresste, schlug ich mit einem gewaltigen Klatscher auf der Wasseroberfläche auf. In einem Strudel aus Blasen versank ich.

»Scheiße, wie kalt ist das denn!?«, quietschte ich, als ich wieder auftauchte.

Der reinste Eiskübel, dieser See. Wie konnte ein Gewässer mitten in der Wüste so verdammt kalt sein?

»Weichei.« Wassertretend spritzte Pan mir ins Gesicht. Ihre Haare hatte sie nach hinten gestrichen, die letzten Reste ihrer Grufti-Schminke waren abgewaschen.

Wir schwammen los und versuchten dabei, möglichst wenig zu spritzen. Leider waren wir beide keine sonderlich guten Schwimmer – und die versunkene Insel war über einen Kilometer entfernt. Blöderweise hatten wir unsere Schuhe nicht ausgezogen. Die waren jetzt natürlich bleischwer. Aber sie hier im Wasser auszuziehen, würde ein Riesengeplansche geben. Nein, zu auffällig. Uns blieb nichts anderes übrig, als uns irgendwie mit ihnen durchzuschlagen.

Sicherheitshalber prüfte ich meinen Ausrüstungsgürtel, ob ich auch nichts verloren hatte. Nein, hatte ich nicht. Alle Gerätschaften waren an ihrem Platz.

Das Wasser war unfassbar klar, das Sonnenlicht drang bis auf den Grund. Hin und wieder kreuzten silberne Streifen die Lichtstrahlen: Schwärme winziger Fische, die zwischen den Felsblöcken am Grund herumschossen.

Wieder musste ich daran denken, was Mum gesagt hatte, bevor sie aufgebrochen war. An ihre Weigerung, uns mitzunehmen und erst recht, uns zu Schatzjägern auszubilden. Sie glaubte nicht an uns. Sie glaubte, wir würden bei dem Job draufgehen. Das hier war also nicht nur unsere Chance, Dad zu retten. Es war auch die Chance, ihr zu beweisen, was in uns steckte. Damit das mit dem Familienunternehmen vielleicht doch noch klappte.

Mit der Zeit gewöhnte ich mich an die Kälte. Aber meine Arme fühlten sich an, als würden sie gleich abfallen, und meine Beine, als wären sie aus Blei. Pan hatte auch zu kämpfen, sie schnaufte bei jedem Atemzug.

Wenn man Bigeh mit einem knollennasigen Kopf verglich, dann waren wir inzwischen ungefähr fünfzig Meter vom Kinn entfernt und schwammen auf die Nasenlöcher zu. Von Mum oder einem Boot, mit dem sie vielleicht hergekommen sein könnte, war nichts zu sehen. In den kleinen Buchten lagen nur die motorisierten Schlauchboote der Schlangenfrau und ihrer Truppe. Ich fragte mich, wie sie es geschafft hatten, die Polizei von der Insel fernzuhalten. Aber vielleicht hatte Mum ja recht und diese komische Organisation war so mächtig, dass es keine wirklichen Hindernisse für sie gab.

Dunkle Gestalten huschten über die Insel, tauchten hinter Felsen auf und verschwanden hinter Anhöhen. Ich hörte Bohrgeräusche und einen Vorschlaghammer, der Felsbrocken zertrümmerte. Der Krach gab mir neue Kraft, denn er bewies, dass Pan und ich definitiv einen Wissensvorsprung hatten: Die Schlangenleute buddelten am falschen Ort.

Wir schwammen weiter zu Bigehs Nasenspitze. Der See

war vielleicht sieben Meter tief und auf dem Grund lagen jede Menge Felsbrocken herum.

»Ich glaube, jetzt sind wir über der versunkenen Insel«, meinte Pan.

Wassertretend hob ich meine Hände fünfmal kurz aus dem Wasser – unser Signal an Sami.

Sofort schoss vom Kontrollhäuschen ein nadeldünner Lichtstrahl herunter. Etwa drei Meter vor uns traf er auf die Wasseroberfläche und markierte die Stelle, wo sich der versunkene Isis-Tempel befand.

Wir schwammen dorthin und blickten hinab auf den Grund, auf dem sich die einfallenden Sonnenstrahlen bündelten. Der Seeboden war hier, wo Teile des Tempels abgetragen worden waren, glatter und weniger zerklüftet.

Ich löste den Atemschlauch von meinem Gürtel und drehte das Mundstück zurecht. An jedem Schlauchende leuchteten grüne LED-Lämpchen auf. Wir hatten also für fünf Minuten Luft. Und danach? Noch keinen Plan.

Blieb nur zu hoffen, dass wir die Hieroglyphen richtig gedeutet hatten.

In diesem Moment erschienen drei der Schwarzgekleideten am Ufer und spähten über die Felsen. Höchste Zeit zu verschwinden.

Ich nickte Pan zu, schob mir das Mundstück in den Mund und tauchte ab.

# 33

Je tiefer ich kam, desto größer wurde der Wasserdruck. Schon nach wenigen Metern fühlte ich mich, als würde mir ein Riese den Schädel zerquetschen. Sowieso war es extrem anstrengend, voranzukommen, ich musste gegen einen irren Widerstand ankämpfen, mein Körper schien partout nach oben zu wollen und nach der ganzen Schwimmerei hatte ich kaum noch Kraft. Gierig sog ich an dem Atemschlauch.

Falls wir diese ominöse Steintafel nicht innerhalb von fünf Minuten fanden, war alles gelaufen. Fünf lächerliche Minuten hatten wir. Und dabei wussten wir nicht mal genau, ob sich das Grab tatsächlich hier befand.

In der Nähe des Bodens wirbelten wir mit unseren Schwimmbewegungen mehr und mehr Sand auf. Bald war das kristallklare Wasser so trübe, dass wir gerade noch sehen konnten, dass die Felsblöcke gar keine Felsblöcke waren, sondern reich verzierte Überreste des alten Tempels.

Pan packte mich am Arm und zog mich zu einem Stapel kreisrunder Steinscheiben. Man musste nicht so schlau sein wie sie, um zu erkennen, dass es sich um Teile einer Säule handelte. Auf einem dieser Steine waren massenhaft Hieroglyphen und ein Bild von Osiris und Isis eingraviert – Händchen haltend!

Offenbar waren wir nahe dran.

Ich löste Samis Peilsender von meinem Gürtel und betätigte den einzigen Knopf, den das Teil besaß. Sofort schoss ein gelber Lichtstrahl durchs Wasser. Ich umklammerte das Gerät und umrundete den Tempel, wobei ich jeden Steinbrocken einzeln anleuchtete.

*Da*!

Auf dem Seeboden blitzte etwas bläulich auf. Gleichzeitig gab der Peilsender einen gruseligen dumpfen Ton von sich, fast wie Walgesang. Irgendetwas war da. Unter dem Sand.

Eigentlich hätten wir uns jetzt etwas entspannen können, aber wir waren zu aufgeregt. Wir schwammen zu der auffälligen Stelle und schaufelten wie besessen Sand und Schutt beiseite – was das Wasser leider noch mehr eintrübte. Ich bekam Sand in die Augen, konnte kaum noch etwas sehen und musste aufhören zu graben. Sofort wurde ich nach oben getrieben. Es kostete mich eine irre Energie und wertvolle Zeit, wieder abzutauchen.

Und dann sprangen die grünen Lichter an unseren Atemschläuchen plötzlich auf Rot und blinkten! Die Luft wurde knapp.

Wir gruben noch hektischer – bis meine Hand auf etwas Hartes stieß. Pan spürte es ebenfalls. Eine weitere Sandwolke stieg auf. Die roten Lämpchen blinkten schneller.

Wir mussten zurück an die Oberfläche. Aber was, wenn die Söldner uns dort entdeckten?

Da hörten die Lämpchen auf zu blinken. Keine Luft mehr – bis auf die in unseren Lungen!

Uns blieb nur noch eine Option, eine einzige, das wusste Pan genauso gut wie ich. Fast gleichzeitig streckten wir die Hände nach ihrem Gürtel aus, aber sie bekam den Sprengsatz als Erste zu fassen. Sie wickelte den Draht mit der Klammer ab und steckte diese in einen Spalt im Tempelgeröll. Der Sprengsatz trieb aufwärts, aber die Klammer hielt ihn in Bodennähe fest. Hastig tippte ich den Code ins Display. Zahlen flimmerten auf.

*Noch fünf Sekunden.*

Ich packte Pan und versuchte, sie von dem Sprengsatz wegzuziehen …

Aber zu spät.

Die Wucht der Explosion schoss uns nach oben, zusammen mit einem Schwall Sand und herumwirbelnder Steine. Ein Felsbrocken traf mich an der Stirn und sofort war ich von einem Blutnebel umgeben. Ich kam mir vor wie in einer Waschmaschine, es war ein einziges Drehen, Kreiseln, Strudeln. Ich hatte keine Ahnung, wo oben und unten war. Doch das klärte sich schnell – als mich nämlich irgendetwas mit Macht nach unten zog. Dabei hatte ich nicht das kleinste bisschen Luft mehr.

Ich strampelte wie verrückt, aber der Sog war stärker. Es kam mir vor, als ob mich der Riese, der meinen Kopf beim Runtertauchen zerquetscht hatte, an den Knöcheln packte, um mich zu ertränken.

Unaufhaltsam zog es mich nach unten, zum Grund. Und dann *in* den Grund hinein – in das Loch, das die Explosion in die versunkene Insel gerissen hatte. Ich hatte das Osiris-

Grab gefunden! Das legendäre Grab, das seit Jahrtausenden kein Mensch mehr zu Gesicht bekommen hatte! Aber in dem Moment kriegte ich das kaum mit.

Ich flog in ein Wasserbecken – was an sich ja gar nicht ging, schließlich war ich schon unter Wasser. Wie konnte man unter Wasser in einen Wasserpool platschen? Mir blieb gerade noch Zeit, ein letztes Mal nach Luft zu schnappen, bevor eine Art Wasserkanone auf mich abgefeuert wurde und mich nach unten riss.

Irgendwann schaffte ich es, mich aus dem Wasserfall zu befreien. Vorsichtig blinzelte ich nach oben. Wasser rauschte durch ein Loch, das in eine riesige Steinplatte gesprengt worden war – die Tür der Grabkammer. Ich befand mich unter der Erde, am Fuß einer steilen Steintreppe, die vom Eingang hier hinabführte. Der Durchlass füllte sich schnell mit Wasser.

Na toll, jetzt war ich endlich ins Innere von Osiris' Grab eingedrungen – und der See drang auch ein.

# 34

»Pan?«

Seewasser rauschte die Treppe der Grabkammer hinab und strömte weiter nach unten, in die Eingeweide der versunkenen Insel. Die Götterreliefs an den Wänden wurden geflutet.

»PAN!«

Im selben Moment wurde meine kreischende Schwester von einem Riesenschwall Wasser durch den Grabeingang gedrückt und die Treppe hinuntergespült, direkt in meine Arme. Wir gingen unter, aber ich konnte sie sofort wieder an die Oberfläche ziehen. Ihr Blick flackerte zu dem herabschießenden Wasser.

»Wir sind in der Grabanlage!«, brüllte ich gegen das Rauschen des Wassers an. »Aber das Ding läuft voll. Uns bleibt nicht viel Zeit, um den Sarg zu finden.«

Das Wasser drang in Sturzbächen ein und riss uns fast die Beine weg. Ich rieb mir die Augen und spähte in den Gang, der ins Innere der Grabanlage führte. Wenn wir hier stehen blieben, würde uns der steigende Wasserpegel die Treppe hinauf- und in den See zurücktragen. Ein paar Schwimmzüge bis zur Oberfläche und wir hätten es geschafft – wären in Sicherheit. Wagten wir uns dagegen tiefer ins Grabinnere vor, riskierten wir, es nicht wieder nach oben zu schaffen.

Die Mumie war irgendwo dort unten. Die Steintafel ebenfalls. Ohne sie hätten wir nichts in der Hand, um Dad – und vielleicht sogar auch Mum – freizupressen.

»Warte hier«, brüllte ich Pan ins Ohr. »Ich guck kurz, ob das sicher ist.«

Natürlich war es das nicht, das wusste Pan ganz genau.

»Nee, schönen Dank, ich hab keine Lust, dass ich *dir* am Ende mein Leben verdanke. Ich komme mit«, sagte sie und wandte sich dem dunklen Gang zu.

Wir gingen so schnell wir konnten, wobei es in den steigenden Fluten nicht ganz einfach war, sich auf den Beinen zu halten. Der Gang endete an einer Treppe, die noch tiefer ins Innere der versunkenen Insel führte. In einem Anflug von Panik packte ich Pan und zog sie zurück. Je weiter wir vordrangen, desto schwieriger würde der Rückweg werden. Aber sie schüttelte mich ab und hastete die Stufen hinunter.

Wir standen eh schon auf wackeligen Beinen, als die Fluten uns mit voller Wucht einholten und die Treppe hinabspülten. Es war wie eine mörderische Wasserrutsche. Ich wurde unter Wasser gedrückt und kam prustend und zitternd wieder hoch.

»Los, komm!«, schrie Pan.

Sie stand bereits im nächsten pechschwarzen Gang. Auch hier riss uns das Wasser mit und spülte uns in eine weitere Kammer, die ebenfalls schon halb geflutet war. Wassertretend drehte ich mich um und versuchte, mich zu orientieren. Die Kammer war riesig, hatte eine irre hohe Decke – und es gab keine weiteren Gänge, die von ihr wegführten.

Offenbar war das Grab hier zu Ende.

Licht fiel durch Ritzen in der Decke, durch die auch Wasser hineinsprühte. Über die Wände liefen Hunderte von gezackten Rissen. Lange würde das Grab den Fluten nicht mehr standhalten.

Um uns herum trieben Gegenstände im Wasser – bemalte Truhen, vergoldete Holzstühle, alte Körbe und Leinentücher. Die Grabbeigaben.

»Pan«, brüllte ich. »Das hier ist die Grabkammer.«

Aber Pan hatte keinen Blick für die Schätze. Sie starrte die Wände an. Der Teil, den wir noch sehen konnten, war mit Inschriften und Bildern verziert, keinen Schlangenbildern diesmal, sondern Abbildungen von Meeren und Kontinenten, wie in einem Schulatlas.

»Das ist ja Nordamerika!«, rief ich, als ich die Umrisse der Landmasse erkannte. »Und das hier ist England.«

»England? Wie soll das denn gehen?« Pan schwamm näher heran. »Die alten Ägypter kannten weder Amerika noch England. Weiter als bis Griechenland sind sie nicht gekommen.«

Na, wenn Pan das sagte. Mir war's egal, wir waren ja nicht wegen der Wände hier, sondern wegen dieser verdammten Steintafel, die die Mumie in Händen hielt.

»Warte hier«, rief ich und tauchte ab. Es drangen gerade genug Lichtstrahlen unter die Wasseroberfläche, dass ich schemenhafte Umrisse erkennen konnte. Die Grabbeigaben, die zu schwer waren, um wegzutreiben, steinerne Statuen und Kisten voller Edelsteine, waren um einen riesigen goldenen Sarkophag gruppiert. Er sah genauso aus wie der im ersten Grab, nur dass er größer war. Und dass der Deckel fest auflag. Hieß das, dass sich der Innensarg noch darin befand? Samt Mumie und Steintafel?

Prustend tauchte ich wieder auf. »Pan. Da ist er!«

Keine Ahnung, ob sie mich hörte, jedenfalls reagierte sie nicht. Sie starrte immer noch die Wände an. »Jake … diese Karten dort, die ergeben keinen Sinn!«

»Jetzt komm schon, Pan!«

Ich zog sie runter zu dem Sarkophag, tauchte einmal um ihn herum und versuchte, den Deckel aufzudrücken. Aber der war tonnenschwer und meine Arme fühlten sich nach all der Schwimmerei an wie Pudding.

Pan schwamm neben mich und stemmte sich ebenfalls gegen die Steinplatte. Mit einem schrappenden Geräusch ruckelte sie ein paar Zentimeter zur Seite. Eine fette Luftblase entwich durch den Spalt. Im Inneren bekam irgendetwas Auftrieb, knallte gegen den Deckel und schob ihn weiter zur Seite. Der Innensarg!

Ich fasste in den Spalt und zog, während Pan drückte. Keine Ahnung, woher wir die Kraft nahmen – aber nach all dem, was wir durchgemacht hatten, würden wir jetzt, kurz vor dem Ziel, nicht aufgeben.

Wieder schrappte der Deckel ein paar Zentimeter zur Seite und dann noch ein Stück, bis er schließlich runterkippte und auf den Boden donnerte. Ich konnte gerade noch ausweichen. Etwas Helles schoss aus dem Sarkophag nach oben.

Wir folgten dem Teil an die Oberfläche, wo wir prustend

nach Luft schnappten. Der Innensarg schaukelte im Wasser. Er sah anders aus als alles, was ich jemals zu Gesicht bekommen hatte – und so überwältigend, dass ich für einen Moment vergaß, in welcher Todesgefahr wir schwebten. Der komplette Sarg bestand aus Kristall und war verziert mit feinsten Ornamenten. An den Seiten schien Text eingraviert zu sein. Jedenfalls sahen die Zeichen ähnlich aus wie Hieroglyphen, nur dass zusätzlich noch jede Menge Linien und geometrische Formen eingefügt waren, fast wie bei einer mathematischen Gleichung. In den Deckel war nur ein einziges Symbol eingearbeitet: eine Schlange, die sich in den eigenen Schwanz biss. Die Lichtstrahlen, die durch die Ritzen in der Decke fielen, ließen sie funkeln.

»Komisch, ein Kristallsarg … die alten Ägypter hatten doch noch gar kein Kristall«, murmelte Pan.

»Hilf mir lieber, das Ding aufzubekommen und diese blöde Steintafel rauszuholen!«

Ich schwamm um den Sarg herum und tastete ihn mit fahrigen Fingern ab. Irgendwie musste er sich doch öffnen lassen, verdammt noch mal! Schließlich entdeckte ich eine umlaufende Rille, doch sie war so schmal, dass ich nicht mal mit den Fingernägeln hineinkam. Es war, als seien Deckel und Unterteil miteinander verschweißt. Durch das Kristall zeichnete sich der Umriss einer dunklen Gestalt ab – und etwas schimmernd Grünes. War das die Steintafel, auf die die Schlangenfrau so scharf war? Wenn ja, dann war sie ziemlich unerreichbar.

Fluchend hämmerte ich gegen den Sarg. »Das Scheißding lässt sich nicht öffnen! Das muss irgendwie versiegelt sein!«

»Jake, der Sarg *kann* nicht aus Kristall sein …«

»Ist mir scheißegal, woraus er ist! Er geht nicht auf! Jedenfalls nicht hier. Wir müssen das Ding rausbugsieren und draußen öffnen.«

Der Wasserpegel in der Kammer war weiter gestiegen, der Gang, durch den wir gekommen waren, bereits komplett geflutet. Wie, bitte, sollten wir den Sarg da rausbekommen? Es war ja schon fraglich, ob wir es *ohne* Sarg noch schafften.

»Wir kommen nicht mehr raus!«, brüllte Pan.

Da musste ich an Mums Spruch im Grab von Gizeh denken: dass man immer eine Lösung findet, wenn man seine grauen Zellen ein bisschen anstrengt.

Über uns wurden die Risse in der Decke größer. Das Wasser sprühte und tröpfelte jetzt nicht mehr hindurch, es strömte. Der Sarg schaukelte in den Fluten, ging unter, ploppte wieder an die Oberfläche. Und plötzlich, ohne dass ich wusste, wie mir geschah, übernahm mein Instinkt wieder das Kommando. Meine Angst war wie weggeblasen, meine Augen scannten das Chaos um uns herum, mein Hirn arbeitete auf Hochtouren – und spuckte einen Plan aus.

»Der Sarg!«, rief ich. »Der Sarg wird uns retten.«

»Nicht, wenn wir ihn hier nicht rauskriegen.«

»Nein, ich meine, er wird uns rausbringen.«

Zum Glück stellte mir Pan keine Fragen. Denn wenn ich meinen Plan hätte erklären müssen, hätte ich ihn selber für so durchgeknallt gehalten, dass ich es gar nicht erst versucht hätte.

Das Wasser hob uns hoch, trieb uns unwiederbringlich Richtung Decke. Durch die schossen inzwischen ganze Sturzbäche. Sie schien kurz vorm Einstürzen. Die Kammer konnte dem Druck unmöglich noch lange standhalten. Die

Fluten waren dabei, das Grab zu zerstören – aber vielleicht konnten sie *uns* ja vorher retten.

Wenn wir es schafften, die Decke irgendwie zu durchstoßen, dann wären wir draußen. Allerdings würde das ohne Hilfsmittel nicht funktionieren, trotz der vielen Risse. Schließlich bestand sie aus Fels.

»Jake?«, schrie Pan.

»Wir müssen uns weiter Richtung Decke tragen lassen!«

Eine neue Panikattacke überkam mich, und diesmal gelang es mir nicht, sie wegzuschieben. Wenn der Plan schiefging, waren wir tot.

Je höher wir kamen, umso heller wurden die einfallenden Lichtstrahlen. Noch fünf Meter, schätzte ich.

»Pack den Sarg«, brüllte ich.

Ohne mit der Wimper zu zucken, tat Pan, was ich sagte. Sie vertraute mir ihr Leben an. Blind. Ich fühlte mich gleich noch mieser.

»Vielleicht klappt es nicht und wir sterben«, murmelte ich.

»Was?«, rief Pan. Sie schien mich nicht verstanden zu haben.

»Wir müssen das Teil so tief wie möglich unter die Wasseroberfläche drücken.«

Ich umklammerte das eine Ende des Sargs, Pan richtete das andere Ende auf, sodass er senkrecht im Wasser stand und sich leichter hinabdrücken ließ.

Er hatte einen ungeheuren Auftrieb und wollte zurück an die Oberfläche, aber ich ließ ihn nicht los, bugsierte ihn immer weiter runter. Die Mumie drückte gegen den Kristalldeckel. Ich erhaschte einen kurzen Blick auf etwas Gesichtsähnliches und auf das grüne, funkelnde Ding, das an dem Körper befestigt zu sein schien. Das gab mir die Kraft, noch ein Stück tiefer zu tauchen – bis es einfach nicht weiterging, nicht einen Zentimeter. Ich stieß einen verzweifelten Schrei aus, der als riesiger Luftblasenschwall nach oben stieg.

Und dann ließen wir los.

Wie ein Torpedo schnellte der Sarg nach oben und schoss genau in dem Moment aus dem Wasser, als der Pegelstand die Decke der Grabkammer erreichte. Massives Kristall schmetterte gegen bröckelnden Fels – und im nächsten Moment war die Decke gesprengt.

Ich hatte eigentlich mit einer Art Explosion gerechnet, mit Hunderten scharfkantiger Felsstücke, die durchs Wasser schossen, aber der Schutt verteilte sich erstaunlich langsam – fast wie Wolken, die sich nach einem Gewitter auflösen.

Der Sarg mit Pan und mir im Kielwasser glitt der Sonne entgegen, die jetzt wie ein riesiger Scheinwerfer in die Kammer strahlte. Wir strampelten und ruderten, bis wir nach einer gefühlten Ewigkeit endlich die Seeoberfläche durchbrachen, wo wir wassertretend nach Luft schnappten. Der Sarg trieb neben uns. Das Sonnenlicht brach sich im Smaragd der Schlange. Fast sah es aus, als würde die darunterliegende Mumie glühen. Ich schrie laut auf, so erleichtert war ich. Erleichtert, dass wir meinen dämlichen Plan überlebt hatten. Und endlich im Besitz dieser verdammten Totenkiste waren.

Pan schnipste mir Wasser ins Gesicht. »Was war denn das für eine Aktion?«

»Halt dich am Sarg fest«, keuchte ich. »Wir nehmen ihn als Floß und paddeln ans Ufer, um ihn irgendwie aufzubekommen.«

Bigeh war nicht mehr als fünfzig Meter entfernt, aber es kam uns vor wie hundert Kilometer, so erschöpft waren wir. Mit Ach und Krach schafften wir es, uns an unserem Floß festzuklammern und auf die Felsen zutreiben zu lassen.

»Wir haben's geschafft, Jake. Wir haben den Sarg.«

Okay, ja, das stimmte. Aber was jetzt? Ich bezweifelte, dass wir die Kraft hatten, ihn zu zerschmettern. Obwohl, vielleicht brauchten wir das gar nicht. Die Steintafel war sicher im Inneren aufgehoben. Wir mussten den Sarg einfach nur so lange verstecken, bis die Schlangenfrau Dad freiließ. Am Ufer gab es genügend Felsspalten. Ob wir es schafften, ihn in eine davon zu hieven?

Pan presste das Gesicht an den Sarg und blinzelte durch das dicke Glas. »Wer da wohl drinliegt? Soll ja angeblich Osiris sein, aber Osiris war ein Gott. Und Götter haben keinen Körper. Und dann all diese Landkarten an den Wänden. Und das Kristall, das kann unmöglich aus dem alten Ägypten stammen. Zu der Zeit kannte man in der Gegend noch gar kein Kristall. Und was ist das Ding da neben der Mumie? Das grüne? Ist das die Steintafel? Überhaupt: Was glaubst du, hat es mit diesen Steintafeln auf sich, Jake? Warum ist die Schlangenfrau so scharf darauf?«

Pan redete ohne Punkt und Komma, sie war total aufgekratzt. Das Sargrätsel schien ihr neue Energie zu geben. Ich dagegen hätte am liebsten erst mal eine Runde gepennt. Ich lehnte meinen Kopf an den Sarg und ließ mich treiben.

»In die Felsspalte dort müsste er reinpassen«, sagte ich, als wir am Ufer waren. »Da können wir ihn erst mal verstecken.«

Wir paddelten um die Kiste herum und Pan half mir, auf

die Felsen zu klettern. Dann packten wir den Sarg an den Seiten und versuchten, ihn hochzuhieven.

»Zieh!«, ächzte Pan.

»Ich zieh doch …«

»Dann zieh stärker!«

Ich grub meine Finger in die Einkerbungen an der Seite und zog, was das Zeug hielt. Aber meine Hände rutschten immer wieder ab und ich fiel rückwärts auf die Klippen. Pan fluchte und motzte mich an, ich solle endlich wieder aufstehen und mit anpacken. Aber ich saß einfach nur auf meinem Hintern und starrte die Felsen hinauf.

Von oben fiel ein Schatten herunter. Schritte waren zu hören. Irgendjemand näherte sich.

# 35

»Zieh, Jake!«

Und genau das tat ich, ich schwöre, ich gab alles. Tief über den Sarg gebeugt, mit zusammengebissenen Zähnen und Armen, die wie Drahtseile gespannt waren, zog ich wie ein Besessener. Aber ich hatte einfach keine Kraft mehr. Ich war völlig ausgelaugt. Meine Arme und Beine fühlten sich an wie Brei. Wir wussten, dass Mums und Dads Leben davon abhing, dass wir die blöde Kiste in der Felsspalte versteckten, aber wir schafften es einfach nicht, sie dort hineinzuwuchten.

Also ließen wir sie im Wasser und drehten uns um. Egal, dann würden wir den Sarg eben verteidigen – notfalls mit Zähnen und Klauen. Pan bückte sich und hob einen Stein auf. Ihre Finger waren vor Anstrengung noch ganz weiß und blutleer.

»Sie dürfen ihn nicht kriegen«, knurrte sie.

Der Schatten wurde größer und schließlich tauchte ein Gesicht hinter einem Felsbrocken auf. Ein Gesicht mit silbernen Bartstoppeln und einer rot leuchtenden Narbe.

»Kit?«, keuchte ich.

Lächelnd trat er hinter dem Felsen hervor. »Da seid ihr ja. Hab mir schon Sorgen gemacht. Man hat euch in der Nähe von …«

Er verstummte, als er den Sarg erspähte, der auf den Wellen schaukelte und dumpf gegen die Felsen rumpelte.

»Mein Gott!«, keuchte er. »Ihr habt's geschafft. Ihr habt's tatsächlich geschafft!«

»Keinen Schritt näher!«, warnte ihn Pan.

»Finderlohn«, rief ich.

Aber Kit schien uns überhaupt nicht zu hören. Er machte auch keine Anstalten, näher zu kommen. Er stand einfach nur da, wie hypnotisiert, und starrte den in der Sonne funkelnden Sarg an.

Trotzdem schleuderte Pan ihren Stein – und traf Kit mitten auf die Stirn. Ein absolut perfekter Wurf. Kit sackte zusammen und fasste sich an den Kopf. Zwischen seinen Fingern quoll Blut hervor. Sein zweiter Arm schnellte hoch und er wedelte mit der Handfläche. »Nicht schießen!«, rief er.

In dem Moment fielen weitere Schatten über die zerklüfteten Felsen. Aufgereiht wie Perlen auf einer Schnur standen die Söldner mit ihren Betäubungswaffen auf den Klippen. Gleichzeitig näherten sich vom anderen Ende der Insel drei Schnellboote voller schwarz gekleideter Gestalten.

Wir waren umzingelt.

In einem der Boote stand die Schlangenfrau, krampfhaft bemüht, bei dem Geschaukel das Gleichgewicht zu halten. Ihre weißen Haare flatterten über einer orangen Rettungsweste, die zwischen all den Uniformen ziemlich hervorstach.

»Hallo, ihr Süßen!«, rief sie. »Ihr habt den Sarg tatsächlich gefunden? Ich muss schon sagen, ihr seid wirklich tüchtig!«

Pan bückte sich nach einem neuen Stein. »Ich zeig Ihnen, wie tüchtig wir sind!«

Sofort hoben die Söldner ihre Waffen.

»Pan, stopp!«, warnte Kit, der sich noch immer den blutenden Kopf hielt. »Die machen Ernst, die schießen.«

Pans Arm erstarrte in der Bewegung. Ihre Hand zitterte, so fest umklammerte sie den Stein.

»Pan«, sagte ich. »Nicht.«

Da schloss sie resigniert die Augen und ließ den Stein fallen.

»Na los, bedienen Sie sich!«, rief ich der Schlangenfrau zu. »Die Steintafel müsste im Sarg liegen. Das ist es doch, was Sie wollen. Kein Grund mehr, unsere Eltern länger festzuhalten. Das Grab ist übrigens auch noch da unten. Mit allen Schätzen, auf die Sie scharf sind. Machen Sie damit, was Sie wollen, wir werden's niemandem verraten, Ehrenwort.«

»›Das ist es doch, was wir wollen‹?«, wiederholte die Schlangenfrau und klatschte in die Hände. »Du glaubst wirklich, die Steintafel ist *alles, was wir wollen?* Du bist ja wirklich ein herziges Kerlchen, Jake.«

Jetzt schnappte ich mir ebenfalls einen Stein, hockte mich hin und hielt ihn drohend über die Kristallkiste.

»Wenn Sie unsere Eltern nicht freilassen, und zwar sofort, zertrümmere ich den Sarg. Was auch immer er enthält, ich mach Staub draus.«

»Jake«, sagte Kit, »das wird nicht funktionieren.«

»Oh, lassen Sie's ihn doch probieren«, höhnte die Schlangenfrau. »Nur zu, Jake, wirf das Steinchen. Mach schon,

Süßer. Na los, bitte mal anfeuern, alle Mann: Jake-y! Jake-y! Jake-y! Hey, mitmachen, hab ich gesagt!«

Mit spöttischem Grinsen fielen die Söldner in die Anfeuerungsrufe ein. In mir explodierte eine Atombombe, aber ich riss mich zusammen und atmete ein paarmal tief durch. Ich wusste selbst, dass ich nicht die geringste Chance hatte, den Sarg zu zerschmettern. Warum also sollte ich es versuchen und mich vor versammelter Mannschaft zum Idioten machen? Ich ließ den Stein fallen und schaute zu, wie meine letzte Hoffnung die Klippen hinunterpolterte.

»Ach, Jake, Herzchen, was hab ich mich auf diesen Moment gefreut!«, seufzte die Schlangenfrau. »Du hast ja keine Ahnung, woraus dieser Sarg gefertigt ist. Natürlich kann man ihn öffnen. Aber wenn man nicht weiß, wie, dann bekommt man ihn weder auf noch kaputt. Keine Chance. Glaub mir, wir haben's versucht.«

»Sie *wollen* ihn zerstören?«, fragte Pan.

Die Schlangenfrau antwortete nicht, sondern begnügte sich mit einem Lächeln, aber ich kapierte es auch so. Sie und ihre Leute wollten die Steintafeln in ihren Besitz bringen und gleichzeitig sämtliche Spuren vernichten, die auf deren Existenz hindeuteten. Deshalb hatte sie Kit auch mit der Sprengung der Grabs in Gizeh beauftragt. Mit dem Unterwassergrab hier hatte sie wahrscheinlich Ähnliches vor. Ich verstand zwar nicht, warum, aber das war mir im Moment auch egal. Alles, was ich wusste, war, dass wir verloren hatten.

Mit röhrendem Außenborder näherte sich eines der Boote. Drei muskelbepackte Söldner zogen den Sarg aus dem Wasser und hievten ihn an Bord.

»Bitte, lassen Sie unsere Eltern frei«, unternahm ich einen letzten Vorstoß.

»Eure Eltern?« Die Stimme der Schlangenfrau klang bedauernd, fast fürsorglich, aber ihre Augen waren schwarz und tot wie die einer Puppe. »Oh, ihr armen Hascherl, ich fürchte, ich muss euch eine traurige Mitteilung machen.«

Mit einer Hand fuhr sie unter ihre Rettungsweste, zog zwei Gegenstände hervor und warf sie ins Wasser. Bevor sie untergingen, trieben sie noch einen Moment an der Oberfläche und glitzerten in der Sonne: Mums Isis-Amulett – blutbespritzt – und Dads zerbrochene Brille.

»Sorry, aber eure Eltern haben es leider nicht geschafft«, sagte sie.

Das war der Moment, in dem alles gefror. Mein Herz. Die ganze Welt. Alles.

Ich fühlte mich, als würden das Amulett und die Brille meine Seele mit auf den Grund des Sees ziehen. Pan schrie wie am Spieß und schwor der Schlangenfrau ewige Rache. Aber das nahm ich nur am Rande wahr, ich hatte in Dauerschleife den letzten Satz im Ohr, den Mum zu uns gesagt hatte, bevor sie aufgebrochen war: *Ihr könnt euch gar nicht vorstellen, wie lieb ich euch habe.*

Und wir hatten sie enttäuscht. Wir hatten sie und Dad enttäuscht, alle beide. Und jetzt hatten wir sie verloren.

Pans Beine gaben nach, sie sank zu Boden. Ein Speichelfaden hing von ihrer Lippe. »Neeeeein…!«

In der Bucht spritzte Wasser auf, als fast gleichzeitig alle drei Außenborder angeworfen wurden. Langsam drehten die Boote ab. Auch die Söldner über uns machten kehrt und verschwanden hinter den Felsen.

»Halt, stopp!«, rief Kit und sprang auf. »Nehmen wir die Kinder nicht mit?«

»Es bricht mir das Herz, aber nein, leider nicht«, antwortete die Schlangenfrau. »Sorry, ich befolge auch nur Befehle …«

»Aber wir können sie doch nicht hierlassen, um Himmels willen!«

»Ach, können wir nicht, Dr. Thorn? Wirklich nicht? Doch, natürlich können wir. Schauen Sie, wir tun es doch bereits. Und was ist mit Ihnen, kommen Sie mit uns?«

Ich hatte das untrügliche Gefühl, dass wir in Gefahr waren. Und wenn Kit blieb, dann war er es auch.

»Ich war niemals auf Ihrer Seite«, rief er und wischte sich das Blut aus dem Gesicht. »Ich habe nur Ihr Geld genommen.«

Die Schlangenfrau presste sich die Hand auf die Brust, als hätte sich gerade ein Dolch in ihr Herz gebohrt. »Oh nein, Dr. Thorn, Sie enttäuschen mich! Wollen Sie es sich nicht noch einmal überlegen?«

Dabei war es sonnenklar, dass es ihr scheißegal war, ob Kit mitkam oder nicht. Jedenfalls gab sie den Männern, die die Boote aus der Bucht steuerten, keinerlei Signal zu warten. Und dann waren die Boote auch schon außer Sicht.

Keine Sekunde später bekam Kit von Pan eine gescheuert. Einen Volltreffer auf die Nase, der ihn direkt zu Boden schickte.

»Ich bring Sie um!«, brüllte sie wie von Sinnen.

Ich zog sie weg. Klar, ich hätte Kit auch am liebsten eine reingehauen, aber ich hatte das Gefühl, dass sich um uns herum irgendetwas zusammenbraute. Etwas Unheilvolles. Und dass wir Kit noch brauchen würden. Okay, stimmt schon, er hatte uns reingelegt, aber eben gerade hatte er Partei für uns ergriffen. Das reichte mir für den Moment.

»Was wird hier gespielt?«, fragte ich ihn.

Blut lief ihm aus der Nase und der Platzwunde auf seiner Stirn. Er wischte es weg und schnappte sich seinen Rucksack.

»Wenn euch euer Leben lieb ist, dann folgt mir, und zwar schnell!«

Pan wollte schon protestieren, aber ich zog sie einfach mit. Wir kletterten zu einem höher gelegenen Plateau mit struppigem Buschwerk und vereinzelt herumliegenden Felsbrocken. Von der anderen Seite der Insel hörte ich Motorengeräusche: die davonrasenden Schnellboote. Die Söldner hatten es offenbar genauso eilig wie Kit.

»Noch mal: Was passiert hier?«, fragte ich.

»Wir müssen uns irgendwo festbinden. An etwas, das stabil genug ist, um uns am Boden zu halten.« Fluchend rannte Kit zwischen den riesigen Steinen hin und her. Bei einem Haufen Felsblöcke blieb er stehen und rüttelte an dem obersten. »Der reicht hoffentlich«, knurrte er.

Er zerrte ein Seil aus seinem Rucksack, schlang es um den riesigen Stein und verknotete es. »Los, schnell, rüber zu mir«, bellte er.

Selbst Pan gehorchte jetzt. »Warum sagen Sie nicht endlich, was hier abgeht?«

Kit zog das Seil durch seinen Gürtel, dann durch meinen und schlang es schließlich um Pans Taille. »Jetzt, wo sie den Sarg und die Steintafel haben, wollen sie das Grab zerstören. Um jeden Hinweis auf die Tafel auszulöschen. So wie ich es in Gizeh gemacht hab.«

»Aber wieso? Wieso macht jemand so was?«

Kit sah Pan an, als wunderte er sich, dass er sich das selbst noch nie gefragt hatte. Blut lief ihm von der Stirn in die Augen, und diesmal wischte er es nicht weg.

»Ich weiß es nicht genau«, sagte er. »Ich weiß nur, dass sie irgendetwas verschleiern wollen. Irgendeine unbekannte Episode der Menschheitsgeschichte. Habt ihr euch nicht gefragt, wer *wirklich* in diesem Sarg liegt? Ich habe es mich leider nie gefragt, und genau das war mein Fehler. Schon seit einer ganzen Weile. Aber vielleicht kann ich es ja noch wiedergutmachen.«

»Kurze Zwischenfrage: Hier sind wir sicher, oder? Die Schlangenfrau ist mit ihrem Trupp abgerückt?«

»Kein Stück sind wir hier sicher«, antwortete Kit. »Ich hab gesehen, wie sie mehrere Trucks zu der großen Staumauer gefahren haben. Dahinter befindet sich ein weit größerer See. Mit dessen Hilfe werden sie das Grab zerstören – und alles in der näheren und weiteren Umgebung gleich mit. Inklusive uns.«

»Sie meinen ... Die wollen die große Staumauer sprengen?«

Kit löste den Atemschlauch von seinem Ausrüstungsgürtel. Er betrachtete ihn kurz und ein trauriges Lächeln kräuselte seine Narbe. Dann reichte er den Schlauch Pan, die ihn fast aus seiner Hand riss.

»Ein Tsunami wird uns überrollen«, sagte er. »Eine Flutwelle, die alles, was sich in diesem Tal befindet, mitreißen und gegen die kleinere Staumauer donnern wird.«

»Aber ... was sind das für Menschen? Die können doch nicht einfach einen Staudamm sprengen.«

Um uns herum fing plötzlich alles an zu beben, dann ging ein heftiger Ruck durch die Insel. Ich fand mich auf dem Hintern sitzend wieder. Eine Art Donner grollte rund um den See. Das Wasser kräuselte sich.

Am Ende des Tals verdunkelte sich der Himmel.

Nein, verdammt, das war nicht der Himmel. Das war eine Welle.

Eine schäumende, mindestens zehn Meter hohe Wand aus Wasser, die auf uns zuraste.

»Du siehst, dass sie's können«, bemerkte Kit.

# 36

»Runter!«, brüllte Kit.

Je näher die Monsterwelle kam, desto dunkler wurde es.

Von unserem erhöhten Zufluchtsort beobachteten wir, wie sie die südliche Nachbarinsel überrollte und dabei jede Menge Felsbrocken hochwirbelte. Pan und Kit kauerten sich auf den Boden und umklammerten das Seil, das uns hoffentlich auf Bigeh festhalten würde. Unsere Ankerkette. Ich hätte dasselbe tun sollen, aber ich war wie hypnotisiert vom Anblick der anrauschenden Wassermassen.

Und dann fegte mich ein Windstoß fast um. Die Welle schwang sich zum Herrscher über die Lüfte auf, trieb sie auf ihrem Weg der Zerstörung willkürlich vor sich her. Scheiße, wir waren so was von tot.

»Jake, jetzt komm runter!«, brüllte Pan und zog mich zu sich.

Wir hatten uns gerade aneinandergedrängt und umklammert, als erste Gischttropfen auf unsere Tarnanzüge klatschten. In der allerletzten Sekunde schnellte Kit herum und warf sich über uns, um uns vor der Wucht des Aufpralls zu schützen.

Und dann brach die Hölle über uns herein.

Ich fühlte mich, als hätte mich ein Zug erfasst. Ein stechender Schmerz fuhr durch meine Wirbelsäule, mir wurde schwarz vor Augen und mein Kopf wurde so heftig nach hinten geschleudert, dass meine Zähne aufeinanderschlugen. Und dann erinnere ich mich nur noch, dass ich unter Wasser war. Das Seil straffte sich, hielt uns aber am Felsen fest. Die Welle hatte eine solche Wucht, dass ich unmöglich die Augen offen halten konnte. Irgendetwas schleuderte gegen mich. Was auch immer es war, es würde schon bald an der kleineren Staumauer zerschmettern. Ich schaffte es irgendwie, mich mit dem Rücken gegen die Strömung zu drehen, sodass ich die Augen öffnen konnte. Ich sah Teile des Isis-Tempels vorbeischießen. Riesige Wandstücke und halbe Säulen flogen herum wie Legosteine, die von einem kleinen Kind durch die Gegend geschmissen werden.

Das Seil an meiner Hüfte straffte sich. Pan neben mir klammerte sich immer noch daran fest. Sie sah benommen aus, halb bewusstlos, aber sie hatte Kits Atemschlauch im Mund. Gegen den Wasserwiderstand ankämpfend zog sie sich den Atemschlauch aus dem Mund und steckte ihn in meinen. Gierig füllte ich meine Lungen mit Sauerstoff. Doch das würde nicht lange helfen, wir mussten uns etwas überlegen. Der See hinter der gesprengten Staumauer war riesig, es würde ewig dauern, bis er leergelaufen war – auf jeden Fall länger, als unser Sauerstoff reichte. Ganz klar, wenn wir hierblieben, würden wir ertrinken. Ich versuchte, uns am Seil entlang zu Kit zu hangeln. Ich konnte ihn in den strudelnden Fluten nicht sehen, aber ich wusste, dass er da war. Dass er wie wir an dem Seil hing und die Luft anhielt.

Aber die Strömung war einfach zu stark. Wir schafften es nicht bis zu ihm. Außerdem wechselten die Lämpchen am Atemschlauch von Grün zu Rot. Uns blieb nur noch eine Minute. Hilfe! Ich tastete nach meinem Gürtel und zog das Messer heraus, um das Seil zu durchtrennen. Wir mussten Kit zurücklassen, wir hatten keine andere Wahl, wenn wir nicht gemeinsam mit ihm sterben wollten.

Inmitten der tosenden Fluten säbelte ich wie ein Besessener an dem Seil herum. Pan streckte ihren Arm aus, um mich aufzuhalten, aber da gab das Seil auch schon nach und der Sog riss uns mit sich fort. Wir waren Spielbälle der gewaltigen Wassermassen – und mussten es irgendwie schaffen, nicht zerschmettert zu werden. Mittlerweile war die Flutwelle bestimmt höher als die niedrige Staumauer. Vielleicht schwappte sie ja einfach drüber hinweg und ergoss sich in den Nil? Ob wir den tödlichen Damm überwinden konnten, wenn wir ganz oben auf der Welle mitschwammen?

Wir mussten es zumindest versuchen.

Pan schien kapiert zu haben, was mir durch den Kopf ging, denn sie machte mir einfach alles nach: Sie strampelte, trat und ruderte mit den Armen wie eine Besessene, um irgendwie nach oben zu kommen. Nach einer Weile streifte mein Fuß Beton und wir wurden in einen weiteren Strudel gezogen. Dann peitschte uns das Wasser auch schon über die Mauer und wir stürzten senkrecht in die Tiefe.

Der Inhalt der beiden Stauseen hatte das Niltal geflutet, Inseln, Felder und Dörfer überschwemmt. Die Wassermassen warfen uns hin und her, katapultierten uns mal an die

Oberfläche, wo wir gierig nach Luft schnappten, und sogen uns dann wieder in die Tiefe. Hoch und runter, kreuz und quer. Nach einer gefühlten Ewigkeit sank der Pegel und wir konnten uns auf ein Felsplateau retten. Dort lagen wir japsend, während kleine Wellen über uns hinwegschwappten. Irgendwann stülpte sich mein Magen um und ich würgte literweise Seewasser hervor. Pan lag keuchend und ebenfalls spuckend neben mir.

Wie in Zeitlupe schaffte ich es, mich hinzuknien. Ich zitterte am ganzen Körper. Blut tropfte von meiner Stirn und lief mir in die Augen, färbte meinen Blick rot. Um mich herum war nichts als Chaos. Die Stadt Assuan war überflutet, nur die oberen Geschosse der Häuser guckten aus dem Wasser. Leute standen auf den Dächern und riefen um Hilfe. Andere beugten sich über die Dachkante und zogen Schwimmende aus den Fluten. Zwischen den Häusern trieben gekenterte Ausflugsboote, an die sich Touristen klammerten. Panisch wiehernde Esel versuchten, festen Boden unter die Hufe zu bekommen. Minarette und abgeknickte, Funken sprühende Strommasten ragten aus dem Wasser.

Ich hielt nach Mum und Dad Ausschau, betete, dass ihre Köpfe irgendwo aus den Fluten auftauchten. Oder dass ich sie auf einem der Dächer entdeckte, sie rufen hörte. Ich drehte mich um und blickte in die andere Richtung. Ich fühlte mich, als hätte mir die Welle ein Loch in den Bauch gerissen und dabei meine Eingeweide rausgeholt. Ich kam mir vor wie ausgehöhlt, wie betäubt. Das alles konnte unmöglich real sein. Völlig ausgeschlossen.

»Sie sind tot, Jake«, keuchte Pan. »Mum, Dad und Kit …«

Ihr Gesicht fiel in sich zusammen und sie bedeckte es mit

den Händen. Ihr ganzer Körper bebte. Meine Beine gaben nach und ich sackte neben ihr ins Wasser.

Wir hatten es nicht geschafft. Wir hatten Mum und Dad im Stich gelassen.

Eine gefühlte Ewigkeit saßen wir aneinandergeschmiegt da, schweigend und weinend und zitternd vor Kälte und Erschöpfung. Ich hatte keinen blassen Schimmer, wie es mit uns weitergehen sollte, und es war mir auch egal. Hauptsache, wir blieben zusammen. Zumindest das.

Feluken segelten zwischen den Häusern hindurch und nahmen Kinder und alte Leute von den Dächern an Bord. Rettungsteams auf Polizeibooten brachten Decken zu den Gestrandeten. Auch uns wurde Hilfe angeboten, doch als wir nicht reagierten, fuhren die Boote rasch weiter.

Aber wir konnten nicht ewig hierbleiben. Wir brauchten einen Plan. Einen allerletzten Plan.

Ein weiteres Polizeiboot trieb vorbei und ein Uniformierter rief uns etwas auf Arabisch zu. Ich blickte Pan an, die nickte. Wir brauchten uns gar nicht zu besprechen, wir wussten auch so, was zu tun war.

Also rappelte ich mich hoch und watete auf wackeligen Beinen zum Rand des Plateaus. Mit meinem letzten Fünkchen Energie rief ich dem Beamten zu: »Wir sind Jake und Pandora Turner. Wir stellen uns freiwillig.«

# 37

»Lass uns die Sache noch einmal durchgehen, Junge, ich möchte sicher sein, dass ich alles richtig verstanden habe.«

Captain Fazal Abbas von der Tourismuspolizei Assuan schlürfte sein Wasser und stellte das Glas zurück auf den Boden meiner Zelle. Er blätterte durch seinen Block und starrte auf die Notizen, als könnte er seine eigene Schrift nicht mehr lesen. Hinter ihm huschte eine Echse über die Betonwand und verschlang eine Fliege.

»Eure Eltern waren also Schatzjäger«, wiederholte er.

»Das hab ich Ihnen doch schon fünfmal erzählt.«

»Dann probier es ein sechstes Mal.«

Ich lehnte mich gegen die Wand und blickte aus dem winzigen Fenster. Die Stadt Assuan war noch immer überflutet, obwohl der Wasserpegel langsam fiel. Die Einwohner wateten durch die Straßen, Bündel mit Habseligkeiten auf dem Rücken. Die Touristenboote waren zweckentfremdet worden, um Leute in Sicherheit zu bringen. Heißluftballons ließen Lebensmittelpakete auf nasse Dächer klatschen. Ein ekelhafter Gestank hing in der Luft, wahrscheinlich weil sich die Fluten des Stausees mit Abwasser und Jauche vermischt hatten.

»Eure Eltern sind also von Mitgliedern einer ›mysteriösen Vereinigung‹ gekidnappt worden, die das Grab unter der Pyramide und den großen Staudamm in die Luft gesprengt hat. Danach hat diese Gruppe eure Eltern ermordet und …«, Captain Abbas schielte auf seine Notizen, »einen Kristallsarg aus einem Unterwassergrab gestohlen, der eine …«, erneutes Schielen, »… mysteriöse Steintafel enthalten haben soll.« Er blickte auf. »Welcher Hollywoodfilm ist das?«

»Das ist die Wahrheit.«

»Deine Schwester behauptet etwas anderes. Sie sagt, dass eure Eltern hinter all diesen Taten stecken. Und dass sie euch mitgeschleppt haben.«

»Sie lügt.«

Pan hatte der Polizei erzählt, dass Mum und Dad verantwortlich waren für das, was passiert war, und ich verstand, warum. Mum und Dad hatten uns ja tatsächlich schützen wollen. Wenn Pan sie jetzt als die Schuldigen darstellte, würde man ihr und mir nichts anhaben können. Man würde uns in eine Pflegefamilie stecken oder sonst wohin, aber nicht ins Gefängnis.

Pan versuchte, Mums und Dads Andenken zu ehren, sie wollte nicht, dass ihr Tod umsonst war. Ich verstand das, aber ich selbst konnte das nicht. Der Gedanke, dass die Schlangenfrau ungeschoren davonkam, machte mich krank. Und ebenso die Vorstellung, dass Mum und Dad als Schwerverbrecher dastanden, als Zerstörer der Geschichte und nicht als deren Hüter und Bewahrer.

»Hast du irgendwelche Beweise für deine Version?«, fragte der Captain. »Für die Existenz dieser ominösen Gruppe, der mysteriösen Steintafel oder des Sargs mit diesem ... was war es noch gleich?« Er warf einen Blick in seine Notizen. »Ach ja, mit diesem Schlangensymbol?«

Ich seufzte. Es war einfach nur bitter. Wir hatten so unfassbar viel durchgemacht und so viele ungeheure Dinge gesehen – und trotzdem hatte ich nicht den allerkleinsten Beweis dafür, dass irgendetwas davon wirklich passiert war. Dafür hatte die Schlangenfrau gesorgt.

»Deine Geschichte hinkt an allen Ecken und Enden«, sagte Captain Abbas. »Warum sollte diese Gruppe Gräber und Särge zerstören wollen? Das Zeug ist doch Millionen wert.«

Auch darauf hatte ich keine Antwort. Ich hätte ihm erzählen können, was Kit uns verraten hatte: dass diese Schlangenleute irgendeine unbekannte Episode der Menschheitsgeschichte geheim zu halten versuchten. Aber ohne jeden Beweis würde ich nur als noch größerer Spinner dastehen.

»Darf ich meine Schwester sehen?«, fragte ich.

Der Captain stand auf. Seine Kniegelenke knackten. »Vielleicht. Wenn du mir endlich die Wahrheit sagst.«

»Ich *habe* Ihnen die Wahrheit gesagt.«

»Du bist wegen terroristischer Anschläge angeklagt. Wir werden dich dem Militär übergeben und ich kann dir nur raten: Verschone die mit deiner komischen Story. Die wird da nicht gut ankommen.«

»Wann werde ich abgeholt?«

»Morgen oder übermorgen. Wir haben mit der Flut gerade alle Hände voll zu tun. Es gibt zwar keine Todesopfer, Allah sei Dank, aber Tausende von Menschen sind ohne Dach überm Kopf. Fürs Erste bleibst du also hier. Leider kann ich dir nicht mal eine Decke anbieten.«

Auf der Türschwelle drehte er sich noch einmal um. »Es tut mir übrigens aufrichtig leid, dass du deine Eltern verloren hast.«

Die nächsten Stunden hockte ich in meiner Zelle und beobachtete durch die kleine quadratische Öffnung in der Decke, wie die Dämmerung hereinbrach und sich die ersten Sterne am Himmel abzeichneten. An meine Zelle reihten sich weitere, ich vermutete Pan in einer von ihnen und rief ein paarmal nach ihr. Aber ich bekam keine Antwort. In weiteren Zellen waren obdachlose Familien untergebracht. Mütter und Väter teilten sich mit ihren Kindern schmale Betonpritschen, spielten Backgammon oder sangen. Sie hatten ihre Häuser verloren und vielleicht auch alles andere, aber sie waren froh, dass sie einander hatten. Sie erinnerten mich an die Familien in der Totenstadt.

Eine Weile dachte ich, ich hätte Hunger, aber das war es nicht. Ich fühlte mich leer. Ich hatte die ganze Zeit versucht, stark zu sein, aber jetzt merkte ich, wie das Vakuum in mir wuchs. Ein schwarzes Loch, das alle anderen Gefühle aufsaugte und nichts als Trauer und Schmerz übrig ließ.

Jedes Mal, wenn ich hörte, wie eine Zellentür geöffnet wurde, sprang ich auf und hoffte, Mum oder Dad oder Sami zu sehen. Oder sogar Kit. Und jedes Mal, wenn sich die Tür wieder schloss, kamen mir die Tränen.

Ich weinte viel und lange, und trotzdem war mir bewusst, dass die letzten Tage die besten meines Lebens gewesen waren. Zumindest hatten sie mir ermöglicht, meine Mutter kennenzulernen. Meine *wahre* Mutter. Ich hatte meine Eltern immer geliebt, auf diese vage, unbestimmte Weise, auf die Kinder ihre Eltern nun mal lieben. Na ja, bei mir war es vielleicht ein bisschen vager, denn Mum und Dad hatten es mir nicht gerade leicht gemacht. Ich wünschte, sie hätten nie so sein müssen, wie sie waren, aber zumindest verstand ich es jetzt. Und respektierte es.

Ich legte mich auf die Betonpritsche. Ich war völlig ausgelaugt und mir tat alles, wirklich alles weh. Meine eine Seite war übersät von blauen Flecken, auf dem Rücken und der Brust hatte ich diverse Schnittwunden und sämtliche anderen Körperteile waren geprellt und geschwollen. Ich fühlte mich, als hätte man mich als lebende Zielscheibe bei einer Schießübung benutzt. Ein Polizeiarzt hatte mir die Platzwunde auf der Stirn genäht, aber durch den Verband sickerte immer noch Blut und lief an meinem Ohr hinunter.

Ich versuchte zu schlafen, aber jedes Mal, wenn ich die Augen schloss, sah ich das Grinsegesicht der Schlangenfrau vor mir. Sie hatte meine Eltern umgebracht und ich hatte keine Ahnung, warum. Diese merkwürdigen Landkarten an den Wänden des Unterwassergrabs, von Orten, wo die alten Ägypter nie gewesen waren, den Kristallsarg mit seiner eingravierten Schlange … all das hatten sie und ihre Männer mutwillig zerstört.

Warum bloß? Das ergab doch alles keinen Sinn.

Ich sprang auf und trat vor Wut gegen die Wand. Wenn ich meine Aussage änderte, würde die Polizei mich freilassen. Dann könnte ich mich um die Schlangenfrau kümmern … und wenn ich den Rest meines Lebens damit zubringen müssten sie aufzuspüren! Ich würde sie … ich würde … Erschöpft ließ ich mich auf die Pritsche zurückfallen.

Nein, ich würde meine Aussage nicht ändern. No way. Ich konnte es einfach nicht.

Irgendwann musste ich wohl doch eingeschlafen sein, denn ich wachte davon auf, dass der Schlüssel in der Zellentür rasselte. Kurz darauf watschelte Captain Abbas herein, eine Schüssel in der einen Hand, eine Plastiktüte in der anderen. Er sah zehn Jahre älter aus als am Abend zuvor. Offenbar hatte er eine lange Nacht hinter sich. Er stellte die Schüssel, in der sich eine Art Eintopf befand, auf den Boden und brachte ein müdes Lächeln zustande. Eigentlich war der Typ ganz okay.

»Die eine Hälfte der Nacht hatte ich mit der Überflutung zu tun«, sagte er, »die andere Hälfte mit dir.«

»Hat Pan ihre Aussage geändert?«, fragte ich.

»Nein, möchtest du deine ändern?«

Ich stöhnte und drehte mich auf die andere Seite. »Sie glauben mir doch eh nicht, warum fragen Sie überhaupt.«

»Nun ja … könnte schon sein, dass deine Version doch nicht aus Hollywood stammt.«

Ich wälzte mich zurück. »Häh?«

»Es ist merkwürdig«, fuhr der Captain fort. »Aber es gibt da jemanden, der eine ähnlich verrückte Aussage gemacht hat wie du.«

»Wer?« Ich setzte mich auf. »Wer war das?«

»Er wurde tropfnass wie eine Ratte am Westufer aufgelesen und ins Krankenhaus gebracht, wo er immer noch liegt. Dort hat er uns eine Geschichte über Schatzjäger aufgetischt. Du und deine Schwester, ihr kommt auch darin vor.

Tatsächlich deckt sich seine Geschichte auf verblüffende Weise mit deiner. Die Ärzte meinen, er würde fantasieren.«

Das musste Kit sein. Ein Wunder, dass er überlebt hatte. Es änderte zwar erst mal nichts an unserer Lage, aber irgendwie freute es mich trotzdem.

Captain Abbas kramte etwas aus seiner Tasche und legte es auf den Zellenboden.

»Erkennst du das wieder?«

Es war Kits Ausrüstungsgürtel. Die Flutwelle hatte die meisten Utensilien abgerissen, mit Ausnahme der Smartbrille, die völlig demoliert an ihrem Karabiner hing, und einem schmalen, handyähnlichen Gerät.

»Der Mann wollte unbedingt, dass du das Ding zu sehen bekommst«, fügte der Captain hinzu. »Normalerweise kann ich Gefangenen solche Wünsche nicht erfüllen, aber …«

Warum zum Teufel wollte Kit, dass ich mir seinen Ausrüstungsgürtel anschaute? Damit wir wussten, dass er lebte? Oder wollte er mir etwas anderes sagen?

Ich griff nach der Brille, aber der Captain hob warnend eine Hand, während die andere reflexhaft nach seiner Dienstpistole tastete.

»Ist das eine Waffe?«, fragte er.

»Nee, eine Brille. *Meine* Brille. Ich bin kurzsichtig.«

»Bislang hast du noch nicht einmal geblinzelt.«

»Hier gibt's ja auch nichts zu sehen. Darf ich sie jetzt aufsetzen?«

Der Captain beäugte mich argwöhnisch, aber er war offenbar zu müde, um sich den Kopf über einen Jungen zu zerbrechen, der seine Brille aufsetzen wollte. Er seufzte nur und ließ seine Hand wieder sinken.

Ich löste die Brille vom Gürtel. Als ich sie mir über den Kopf streifte, blinkte die Digitalanzeige am Rand meines Gesichtsfeldes auf, doch die Zahlen wurden nicht vollständig oder nur verzerrt angezeigt. Es war, wie in einen zerbrochenen Spiegel zu gucken.

Und dann, völlig unerwartet, konnte ich etwas erkennen. Das war der Moment, in dem sich alles änderte. Ruckartig setzte ich mich auf. Vor Aufregung lief mir ein Schauer über den Rücken.

»Ich werde Ihnen die Wahrheit erzählen, wenn Sie meiner Schwester die Brille bringen«, sagte ich und schob sie Abbas hin. »Das ist mein Deal.«

Ich habe noch nie einen Menschen so verwirrt gucken sehen wie Captain Abbas in diesem Moment. Aber er schien keine Energie mehr zu haben, mir zu widersprechen oder auch nur zu fragen, wozu Pan die Brille bräuchte. Er seufzte nur und verließ die Zelle.

»Na schön«, sagte er und verriegelte die Tür.

Sobald er weg war, schnappte ich mir die Schüssel und schlang den Eintopf hinunter. Ich kam mir vor wie ein Auto, das mit einem neuen Motor versehen und frisch aufgetankt worden war. Ich drehte meinen steifen Hals und machte ein paar Dehnübungen, um mich aufzuwärmen, aber eigentlich war das gar nicht nötig. Ich fühlte mich total aufgeputscht.

Ich streifte zwei weitere Gerätschaften von Kits Gürtel – das smartphoneähnliche Teil und etwas, das Captain Abbas völlig übersehen hatte: den Dietrich.

# 38

Ungefähr eine Minute, nachdem Pan Kits Smartbrille aufgesetzt hatte, brach sie zuckend und krampfend auf dem Boden ihrer Zelle zusammen.

Captain Abbas brüllte nach einem Arzt, Leute kamen angerannt, auch die Einheimischen, die die Polizeistation als Notunterkunft nutzten. Irgendjemand schleppte eine Trage herbei. Ein paar der Umstehenden mühten sich ab, Pan hinaufzuhieven, und dann folgte ein ganzer Tross der Trage durch den Flur und die Treppe hinauf. Leute brüllten wild durcheinander, aber niemand hörte zu.

Als der Zug das Dach erreichte, hatte ich mich längst unter die Menge gemischt, das Gesicht mit einem Tuch verhüllt, das ich aus einer der Zellen hatte mitgehen lassen. Ich fiel in das Geschrei ein, das die allgemeine Aufregung nur noch weiter anheizte. Ich war total aufgekratzt – und voller Tatendrang.

Auf der Trage mimte Pan weiter ihren Krampfanfall. Sie hatte es sogar geschafft, sich ein bisschen Schaum auf die Lippen zu zaubern. Das Ganze sah so verblüffend echt aus, dass ich mich kurz fragte, ob sie vielleicht gar nicht fakte. Doch meine Sorge verflog, als sie meinen Blick auffing und kurz zwinkerte – um danach noch heftiger zu zittern und noch lauter zu schreien.

Als der Captain und seine Leute die Trage in ein Ruderboot hinunterließen, hielt ich mich etwas im Hintergrund, weil ich Angst hatte, sie könnten mich erkennen. Okay, und auf das, was ich als Nächstes tat, bin ich nicht wirklich stolz. Aber ich hatte keine andere Wahl, es war schließlich eine Notsituation. Ich drängte mich durch die Menge und tat so, als würde ich das Gleichgewicht verlieren, wobei ich Captain Abbas vom Dach in die Fluten schubste.

Noch bevor er wieder auftauchte, saß ich neben Pan im Ruderboot. Einer der Einheimischen brüllte mir etwas hinterher, aber ich brüllte nur zurück: »Ich bin Arzt. Herrgott noch mal, ich bin Arzt!«

Ich stieß das Boot vom Ufer ab und befahl dem Ruderer, uns zum Krankenhaus zu bringen, wobei ich wild in unbestimmte Richtung wedelte. Hinter uns zog die Menschenmenge Captain Abbas wieder zurück aufs Dach. Er blickte sich nach uns um und ich glaube, er erkannte mich. Aber er ließ sich nichts anmerken, sondern stand einfach nur da.

Ich wartete, bis wir außer Sicht waren. »Okay, die Luft ist rein.«

Pan setzte sich auf und wischte sich die Spucke vom Mund. Dann öffnete sie grinsend ihre Hand, in der Kits zerbrochene Brille lag, und umarmte mich kurz.

»Hast du's gesehen?«, fragte ich. »In der Brille?«

Ich musste es mir unbedingt noch einmal anschauen, mich vergewissern, dass es real war. Ich nahm Pan die Brille ab und setzte sie auf. Sofort erschien ein Video auf den Gläsern, zerhackt und flimmernd zwar, aber doch zweifelsfrei zu erkennen: von einem ziemlich demolierten Kit, wie er sich selbst in einem Krankenhausbett filmte. Er hing an einem Sauerstoffgerät, ein Arm war eingegipst, und über seine Wange zog sich eine frische Naht – hübsch symmetrisch zu der Narbe auf der anderen Wange. Was für ein himmelweiter Unterschied zu dem Mann, der mir auf dem Flughafen Heathrow aus dem Tablet entgegengeblickt hatte! Seine Stimme klang nicht nur geschwächt und schmerzverzerrt, sondern auch weicher und trauriger.

»Jake, Pandora, hört mir zu«, sagte er. »In eure Tarnanzüge sind Peilsender eingenäht. Auf diese Weise haben wir euch auf dem Nil aufgespürt und eure Spur bis zum Staudamm verfolgt. Das Empfängergerät hängt an meinem Ausrüstungsgürtel. Stellt es an und ihr werdet eure beiden Positionspunkte sehen – nur nicht am selben Ort. Eins der beiden Signale blinkt auf der Polizeiwache von Assuan, wo ihr – glaube ich – beide festgehalten werdet. Das andere Signal bewegt sich, und zwar geradewegs in die Libysche Wüste hinein. Ich weiß nicht, warum. Aber vielleicht findet ihr Antworten auf eure vielen Fragen, wenn ihr dem Signal folgt, und könnt den Tod eurer Eltern rächen.«

Er hustete, wobei er vor Schmerz die Zähne zusammenbiss. »Ich habe überlebt«, fuhr er fort, »aber ich hänge hier fest. Sam wird die Signale des Peilsenders ebenfalls abfangen und euch zu Hilfe eilen, wenn es ihm möglich ist. Ihr dürft keine Zeit verlieren. Und zweifelt bitte nicht eine Sekunde daran, dass ihr das schafft. Ihr seid nicht zwölf. Ihr seid zwölfeinhalb. Und Schatzjäger. Viel Glück!«

Damit endete das Video.

Ich setzte die Brille ab.

»Dir ist klar, was das bedeutet, oder?« Pan grinste immer noch.

Man musste kein Superhirn sein wie sie, um das zu kapieren. Es gab da nämlich etwas, das Kit nicht bedacht hatte. Etwas, das er nicht wissen *konnte.* Er hatte gesagt, dass in unsere Tarnanzüge Peilsender eingenäht waren …

Ich zog das smartphoneähnliche Teil aus meiner Tasche: den Receiver. Eine Gitternetzkarte mit zwei blinkenden roten Punkten erschien auf dem Display. Es war genau, wie Kit gesagt hatte: Ein Punkt entfernte sich langsam von der Polizeistation in Assuan. Das war der Sender in meinem Anzug. Der andere Punkt, Pans Signal, war westlich von Assuan unterwegs, in der Wüste hinter dem Niltal.

Nur dass Pan neben mir saß. Pan befand sich in Assuan, ihr Sender jedoch nicht. Der steckte in ihrem Tarnanzug. Und den wiederum hatte sich Mum übergestreift, als sie uns auf dem Staudamm zurückgelassen hatte.

Pans Grinsen wurde breiter. Ihr blasses Gesicht strahlte wie die aufgehende Sonne. »Sie lebt! Mum lebt, Jake. Und Dad vielleicht auch.«

Ich musste ebenfalls grinsen, obwohl das GPS-Signal natürlich kein endgültiger Beweis dafür war. Vielleicht zeigte das Signal auch einfach nur an, dass Mums Körper fortbewegt wurde. Oder dass ihr jemand den Anzug gestohlen hatte. Oder dass die Schlangenfrau mitgekriegt hatte, dass wir noch lebten, und uns nun in eine Falle zu locken versuchte.

Egal, Hoffnung bestand auf jeden Fall.

Jetzt mussten wir dem Signal natürlich folgen, um Gewissheit zu bekommen. Aber nicht in diesem ultralahmen Ruderboot. Pan stand auf und lächelte den Bootsbesitzer an, dem die Verblüffung über ihre plötzliche Genesung ins Gesicht geschrieben stand.

Pan deutete auf mich. »Er ist wirklich ein sehr guter Arzt«, sagte sie und sprang ins Wasser.

Ich folgte ihr, und gemeinsam schwammen wir, bis wir in der Nähe der Assuan-Brücke endlich Boden unter den Füßen spürten. Der Wasserpegel hatte den Brückenbogen bis auf einen Meter erreicht. Hin und wieder klatschten Wellen von unten dagegen. Kranken-, Feuerwehr- und Polizeiwagen bahnten sich mit Blaulicht und Sirenen einen Weg durch die vielen Flüchtenden, die dem trockenen, höher gelegenen Westufer zustrebten.

Hilfskräfte rannten hin und her, brachten Güter über die Brücke und riefen sich Befehle zu. Niemand hatte einen Blick übrig für die zwei klatschnassen, hellhäutigen Kinder, die sich mit Tüchern vorm Gesicht durch das Gewusel drängten und nach einem geeigneten Gefährt Ausschau hielten, das sie stehlen konnten.

»Da drüben, Pan.«

Pan folgte meinem Blick zu zwei Quads, an deren Reifen die Hälfte des gesamten Nilschlamms zu kleben schien. Die Quads waren übersät mit Aufklebern von irgendwelchen Wüstentour-Anbietern, aber jetzt wurden sie benutzt, um Verpflegung zu den Flutopfern zu bringen. Ihre Fahrer waren zum Ufer geeilt, wo sie stapelweise Decken in ein Boot luden.

»Nein, Jake.« Pan packte meinen Arm, um mich zu stoppen.

»Wir haben keine andere Wahl, Pan.«

Sie sah nicht überzeugt aus, aber schließlich nickte sie. »Sind die Dinger wenigstens leicht zu fahren?«

Ich zog Kits Receiver aus meiner Tasche und checkte, wo Mums Signal aufblinkte. »Das werden wir sehen.«

# 39

Wie sich herausstellte, waren Quads alles andere als leicht zu fahren. Aber die Hoffnung, dass unsere Eltern vielleicht doch noch lebten, fegte alle Schwierigkeiten hinweg. Selbst wenn es völlig unmöglich gewesen wäre, die Kisten zu manövrieren – wir hätten einen Weg gefunden.

Das Rettungsteam hatte den Motor des einen Quads angelassen und mithilfe von Kits Dietrich bekamen wir auch das andere in null Komma nichts zum Laufen. Das Geknatter sorgte für Aufmerksamkeit, von überall kamen schreiende und gestikulierende Menschen angerannt. Aber bis sie bei uns waren, hatten wir längst kapiert, dass man mit den Lenkergriffen Gas gab.

Das Beschleunigen war ein Kinderspiel, das Steuern nicht ganz so. Zwar waren die Quads für schwieriges Gelände gemacht, aber so ein Terrain wie das hier hatten sich die Konstrukteure mit Sicherheit nicht vorgestellt: Die Brücke war eine einzige Rutschbahn, bestehend aus einer dicken Schicht Nilschlamm und glitschigen Fischleibern. Die Quads schlitterten hin und her, die Reifen drehten durch und Dreck flog uns ins Gesicht, dass wir kaum etwas sahen. Mein Quad rotierte erst mal um die eigene Achse, während Pan mit ihrem gegen das Geländer krachte.

Irgendwann kamen wir dann aber doch in die Gänge. Ein paar Kilometer fuhren wir noch reifentief durch Wasser, dann erreichten wir ebenen, felsigen Untergrund. Es gab weder Straßen noch Wege, keine Dörfer, keine Nomadenlager, keine Strommasten. Nichts als platte, leere Wüste. Der Boden war trocken und aufgesprungen. Hin und wieder zerknirschten bröselige Sträucher wie Cornflakes unter unseren Reifen. Vor uns erhoben sich rostbraune Berge in der flirrenden Hitze.

Ich drehte am Gasgriff, um Pan einzuholen. Mit einem Expanderseil von ihrem Gepäckträger hatte sie Kits Receiver am Lenker befestigt. Der Punkt auf dem Display blinkte auf der Stelle. Irgendwo in der Wüste, in Richtung der rötlichen Berge, musste Mums Peilsender zum Stehen gekommen sein.

»Wenn wir das Tempo halten, sind wir in drei Stunden da!«, brüllte Pan gegen das Röhren der Motoren an.

Der felsige Untergrund ging in Sand über. Vom Wind geriffelte Dünen prägten die Landschaft, wobei sich kleine Wogen mit riesigen Brechern abwechselten, die wir mit unseren Quads kaum hinaufkamen.

»Die Ägypter nennen diesen Teil der Wüste ›Großes Sandmeer‹«, erklärte Pan. »Zweiundsiebzigtausend Quadratkilometer absolutes Nichts.«

Na ja, hoffentlich nicht »absolutes Nichts«. Schließlich war Mum – und vielleicht sogar Dad – hier irgendwo. Das spürte ich jedenfalls und dieses Gefühl wurde mit jeder Reifenumdrehung stärker. Wenn es uns tatsächlich gelang, sie zu retten, dann konnte Mum nicht mehr behaupten, wir wären noch nicht reif für die Schatzjagd.

Je tiefer wir in die Wüste vordrangen, umso seltsamer wurde sie. Eigentümlich verzerrte, vom Wind abgeschliffene Felsformationen ragten aus dem Boden – wie Sandsteinfiguren beim Breakdance. Böen, die durch die Skulpturen jagten, machten schaurig heulende Geräusche. Einer der Felsen, ein ziemlich großer Brocken, hatte die Form eines buckligen Monsters mit überdimensioniertem Kopf. Er sah der Großen Sphinx nicht unähnlich. Wir hielten eine Weile in seinem Schatten und Pan checkte den Monitor. Es war eine Wohltat, der Sonne zu entkommen, aber wir wussten, dass wir nicht lange pausieren konnten.

»Ich glaube, das Signal kommt direkt aus den Bergen dort«, sagte Pan.

Mit ihren Steilwänden und zerfurchten Kämmen sahen die Berge aus wie eine Festungsmauer mit Zinnen. Sie leuchteten in unterschiedlichen Rottönen und waren durch tiefe Schluchten voneinander getrennt. Es war noch mindestens eine Stunde Fahrt bis dorthin und wir hatten bei unserem hektischen Aufbruch in Assuan vergessen, Wasser mitzunehmen. Meine Lippen waren aufgesprungen, und mein Mund fühlte sich so trocken an, als hätte ich kiloweise Sand gekaut. Hin und wieder riss ich das Steuer herum, nur um durch einen Schattenstreifen fahren zu können, den ein Felsen warf. Ich sehnte mich nach einer riesigen, kalten Welle, bis mir einfiel, dass das nicht unbedingt witzig war.

Je westlicher wir kamen, desto stärker und heißer wehte

der Wind. Es fühlte sich an, als ob einem ein Föhn ins Gesicht blies, der die Augäpfel verschrumpelte und den Hals ausdörrte. Wenn das so weiterging, würden wir mehr tot als lebendig bei Mum ankommen.

Und dann ging uns der Sprit aus. Auf halbem Weg eine Düne hinauf blieb mein Quad stotternd stehen. Wir überließen es seinem Schicksal und setzten unsere Fahrt auf Pans Quad fort, bis auch das seinen Geist aufgab.

Pan trat mehrmals entgeistert gegen die Kiste – als würde das helfen.

»Und jetzt? Wie sollen wir Mum und Dad jetzt finden? Lass dir was einfallen, Jake. Du bist doch der Mann mit den Plänen.«

»Kamele.«

»Super Idee, von denen wimmelt's hier ja auch nur so.«

»Doch, da. Guck mal!«

Eine ganze Karawane von Kamelen bewegte sich vor uns durch die flirrende Hitze, geritten von Männern mit Turbanen und langen, fließenden Djellabas.

»Das sind Beduinen«, sagte Pan. »Ein Nomadenvolk, das in der Wüste lebt.«

»Ich weiß, was Beduinen sind«, murrte ich, obwohl ich es natürlich nicht wusste. Und ehrlich gesagt hatte ich auch keine Ahnung, was Nomaden waren.

Die Beduinen stellten sich als nicht wirklich gesprächig, aber durchaus freundlich heraus. Sie lachten sich halb tot, als wir das Quadfahren mimten, um zu erklären, wie es zwei Kinder mit krassem Sonnenbrand mitten in die Wüste verschlagen hatte.

Es stellte sich heraus, dass die Karawane ebenfalls in Richtung der roten Berge unterwegs und bereit war, uns mitzunehmen.

Pan und ich mussten uns gemeinsam in einen Sattel quetschen, der oben auf einem Höcker festgeschnallt war, und wussten kaum, wo wir uns festhalten sollten, um bei dem Geschaukel nicht runterzufliegen. Es ist mir wirklich ein absolutes Rätsel, wie Menschen seit Jahrtausenden auf Kamelen reiten konnten, ohne schwerste Verletzungen davonzutragen. Obendrein waren die Biester total griesgrämig, sie spuckten die ganze Zeit und machten seltsam röhrende Geräusche, die verdammt nach Chewbacca klangen.

Die Berge schienen zu wachsen, je näher wir kamen. Ich war noch immer total aufgekratzt, aber ich hatte nicht viel geschlafen und das Geschaukel machte meine Augen schwer. Mein Kopf kippte mal zur einen Seite, mal zur anderen und irgendwann muss ich eingenickt sein. Ich schätze, Pan ging es genauso, denn das Nächste, an das wir uns erinnern können, war, dass ein Lastwagen an uns vorbeidonnerte.

Ebenfalls in Richtung der roten Berge.

Sofort waren wir hellwach. Der Truck trug keinen Schriftzug auf der Seite und hatte auch sonst nirgends einen Aufkleber oder eine Plakette. Die Fenster waren mit dunkler Folie abgeklebt. Die Ladung, woraus auch immer sie bestand, war unter einer schwarzen Plane verborgen.

»Das sind sie!«, rief Pan. »Die Söldner der Schlangenfrau.«

Der Truck hielt auf einen allein stehenden, blutroten Berg zu, der aussah wie eine Pyramide mit abgebrochener Spitze.

Pan checkte den Receiver. »Das Signal kommt genau von diesem Berg.«

Leider steuerte unsere Kamelkarawane nicht auf diesen Berg zu. Also bedankten wir uns mit einem Lächeln und einer Verbeugung bei den Beduinen und stiefelten zu Fuß weiter in Richtung des blutroten Gipfels. Die Beduinen riefen uns noch eine Weile hinterher, wir sollten zu ihnen zurückkehren, weil der Ort, wo wir hinwollten, gefährlich sei. Ich hoffte, dass sie recht hatten mit ihrer Warnung: Denn wenn der Berg tatsächlich gefährlich war, standen die Chancen nicht schlecht, dass sich die Schlangenfrau dort aufhielt – und vielleicht auch Mum und Dad.

# 40

Dafür, dass sie für eine Geheimorganisation arbeiteten, legten die Truckfahrer erstaunlich wenig Wert auf Tarnung. Auf dem Wüstenboden konnte man wie in einem offenen Buch ablesen, wohin sie fuhren, da musste man kein erfahrener Beduine sein. Ein Dutzend Reifenspuren führte schnurgerade zu dem blutroten Berg.

Es wäre zu offensichtlich gewesen, ihnen auf direktem Weg zu folgen, deshalb näherten wir uns dem Berg in weitem Bogen von der Seite.

Als wir ihn nach einer halben Ewigkeit endlich erreichten, fühlten sich meine Beine an wie mit heißem Wasser vollgepumpt und mein Hals wie mit Sandpapier ausgekleidet. Die Beduinen hatten uns Tücher zum Schutz vor der Sonne mitgegeben, trotzdem hatten sich auf meinen Wangen Blasen gebildet und die Haut von meiner Nase pellte ab. Es war wirklich höchste Zeit, dass wir uns in den Schatten verdrücken konnten, den die steil aufragenden Felsen warfen. Über uns kreiste ein Aasgeier im heißen Wind.

Von Weitem hatte der Berg einer leicht abgerundeten Pyramide geähnelt. Jetzt sahen wir, dass die Flanken aus scharfkantigen, brüchigen Felsen bestanden, die wie gesplitterte Knochen emporragten und teilweise abbrachen, als wir uns beim Hochklettern an ihnen festhalten wollten. Ein Steinbrocken löste sich unter meinem Fuß und polterte ein paar Meter den Hang hinunter.

»Das … das ist ja gar kein Stein …!«, keuchte ich.

Das Teil war umgedreht liegen geblieben – mit der Unterseite nach oben. Und in diese Unterseite waren ein Lichtsensor und eine Kameralinse eingelassen. Nein, verdammt noch mal, das war kein Felsbrocken. Und ebenso wenig war das blutrote Gebilde, das wir gerade hochkraxelten, ein Berg.

Wir stiegen weiter auf bis zu einem Felsvorsprung, der sich direkt oberhalb der Reifenspuren befand. Seltsamerweise führten die Spuren geradewegs in den Berg hinein. Windböen zerrten an unseren Klamotten, in der Ferne färbte sich der Horizont schmutzig bräunlich. Man konnte kaum noch erkennen, wo die Wüste aufhörte und der Himmel begann. Es sah aus, als würde eine riesige Bergkette auf uns zu marschieren.

»Ein Sandsturm«, sagte Pan. »Aber der ist noch ein paar Kilometer entfernt. Außerdem bewegen sich Sandstürme ziemlich langsam.«

Dafür bewegte sich etwas anderes ziemlich schnell. Ein zweiter Lkw, auch er komplett schwarz und mit geschlossener Ladefläche, tauchte aus der gigantischen Sandwolke auf und raste auf uns zu. Direkt auf den Spuren des ersten.

»Irgendwo unter uns muss es einen verborgenen Eingang geben«, vermutete ich.

Aber da wir inzwischen wussten, wie viel Wert die Schlangenfrau auf Hightech-Sicherheitsvorkehrungen legte, machten wir uns keine großen Hoffnungen, auf eigene Faust in den Berg eindringen zu können. Draußen zu bleiben, war allerdings auch keine Option – nicht bei einem aufziehenden Sandsturm.

»Wir müssen springen«, sagte ich.

»Wohin?«

»Auf den Laster. Auf den hinteren Teil mit der Plane.«

»Aber der bremst ja gar nicht ab. Der scheint mit vollem Tempo in den Berg reinzubrettern.«

»Spring einfach. Jetzt!«

Ich packte Pan am Arm und zog sie mit mir über die Felskante. Wir landeten auf der Plane, drehten uns blitzschnell auf den Bauch und sahen die Felswand auf uns zu kommen.

Und dann raste der Laster mitten hindurch.

»Was, bitte, war denn das?«, keuchte Pan. »Ist die Felswand etwa nur ein Hologramm?«

Ich nickte, als hätte ich das die ganze Zeit schon gewusst.

Wir drückten uns so flach wie möglich auf die Plane, während der Laster mit uns durch einen rötlich ausgeleuchteten Tunnel fuhr. Nach einer Weile robbte ich nach hinten, wo die Plane offen war, beugte mich runter und vergewisserte mich, dass sich niemand auf der Ladefläche befand. Dann ließ ich mich ins Innere hinab und streckte meine Hand aus, um Pan zu helfen. Doch die schlug sie beiseite und hangelte sich selbst hinunter.

»Nähern wir uns?«, flüsterte ich.

Sie checkte das Display des Receivers, haute mit der flachen Hand darauf und überprüfte es noch mal. »Ja, aber da ist noch ein weiteres Signal.«

Zwei Punkte blinkten jetzt direkt übereinander: mein Sender und der von Mum. Aber Pan hatte recht. Es gab noch einen dritten Punkt. Er blinkte weit draußen in der Wüste, bewegte sich aber in raschem Tempo auf die zwei anderen Punkte zu.

»Kit hat gesagt, Sami würde zu uns stoßen«, bemerkte ich. »Vielleicht ist er das. Vielleicht will er uns signalisieren, dass er kommt?«

Und was, wenn das Blinken ein schlechtes Zeichen war? Aber letztlich war es egal: Wir würden auf jeden Fall tiefer in den Berg vordringen, ob mit oder ohne Sami. Wir hatten gar keine andere Wahl.

»Was transportiert der eigentlich?« Pan blickte sich im Laderaum um.

Im roten Schein der Tunnellampen sahen wir eine Holzkiste von der Größe eines Sarkophags. Wir schoben unsere Finger unter den Deckel und zogen. Das Holz ächzte. Nägel lockerten sich. Nach einer Weile gab der Deckel nach, sodass wir ihn anheben und in die Kiste spähen konnten.

»Der Sarg«, flüsterte ich.

Die Tunnelbeleuchtung ließ das Kristall rötlich schimmern, die eingravierte Schlange leuchtete wie ein Feuerring. Der Deckel lag etwas schief auf, sodass ich durch den Spalt die Umrisse der dürren, verschrumpelten Mumie erkennen konnte.

»Der Sarg ist geöffnet worden«, stellte ich fest.

»Jake, das ist nicht derselbe Sarg.« Pan ließ ihre Finger über die Gravuren gleiten, genau wie Mum es getan hatte, als sie versucht hatte, die Hieroglyphen zu entziffern. »Es stimmt, wegen der Schlange sieht er ähnlich aus. Aber diese Zeichen hier sind anders.«

Sie klang so überzeugt, dass ich sofort wusste, dass sie recht hatte.

»Okay, und was ist es dann für ein Sarg?«

Leider hatten wir keine Zeit mehr, darüber nachzudenken, denn der Lkw drosselte sein Tempo. Stimmen und Schritte waren zu hören. Offenbar hatten wir eine Art Checkpoint erreicht. Die Tunnelbeleuchtung wechselte von Rot zu Blau und rund um den Truck wurde sie heller.

»Das ist ein Sicherheitsscan oder so«, flüsterte ich. »Die werden uns sehen.«

»Und? Was machen wir?«

Mein erster Instinkt war abzuhauen, einfach von der Ladefläche zu springen und zu versuchen, an den Söldnern vorbeizukommen. Aber wir hatten keine Ahnung, wie viele Männer da draußen waren und wo wir hinrennen sollten.

Und plötzlich erinnerte ich mich an die Reaktion der Schlangenfrau, als ich gedroht hatte, die Kristallkiste zu zertrümmern. Sie hatte mir ins Gesicht gelacht und gesagt, man könne den Sarg weder öffnen noch zerstören, wenn man nicht wüsste, wie.

»Rein da«, zischte ich.

»Wo rein?«

»In den Sarg! Schnell!«

Das Licht wurde heller, das Kristall leuchtete jetzt nicht mehr rubinrot, sondern saphirblau. Wir packten den Deckel und drückten. Anders als gedacht, ließ er sich fast mühelos wegschieben.

Im Zwielicht sahen wir einen ziemlich deformierten, mehrere Tausend Jahre alten Toten. Sein Gesicht ließ uns vor Ekel zurückschrecken – eine verkrustete schwarze Maske, scharfkantige Knochen und ein lippenloser Mund, der zu einem stummen Schrei geöffnet war. Die Arme waren über der Brust gekreuzt. Man hätte fast meinen können, da wäre jemand auf der Sonnenbank eingenickt und ein bisschen zu lange liegen geblieben. Unter den verschränkten Armen klemmte etwas. Etwas Grünes.

Die Tunnelbeleuchtung wurde noch heller.

»Beeil dich!«, zischte Pan.

Ich kletterte hinein und drückte mich, mit dem Gesicht nach unten, gegen die Mumie, damit Pan auch noch Platz hatte. Sie legte sich auf den Rücken, damit sie den Deckel über uns schließen konnte. Aber der Sarg war zu klein.

»Rutsch noch ein Stück«, flüsterte sie.

»Geht nicht.«

»Wieso nicht?«

»Wegen der Mumie!«

»Dann quetsch sie zusammen.«

Ich murmelte eine Entschuldigung in Richtung des Toten und drückte ihn mit meinem ganzen Gewicht nach unten. Es knirschte ein paarmal, irgendwo in den Bandagen hörte ich ein schmatzendes Geräusch und dann stieg eine bräunliche Gaswolke auf. Ich musste würgen. Aber immerhin: Pan bekam den Deckel zu. Etwas Hartes bohrte sich in meinen Brustkorb.

Ich bemühte mich, reglos dazuliegen, während das blaue Licht den Laderaum abtastete. Ich hätte gedacht, wir würden Rufe und Schritte hören, aber es blieb völlig still.

Dann wechselte das Licht wieder zu Rot und der Laster fuhr weiter.

»Und jetzt?«, flüsterte Pan.

Ich wollte nur noch eins: raus aus dieser Kiste. Ich lag so, dass ich das zermatschte Gesicht der Mumie fast küsste. Und dann noch diese klebrige Schmiere, die aus dem Brustkorb sickerte. Echt, es war wie in einem Horrorfilm. Aber immerhin: ein geniales Versteck.

Nach einer Weile hielt der Laster wieder. Wir hörten, wie die Fahrertür zuschlug und sich Schritte hallend entfernten.

Pan drückte den Deckel auf und stieg aus dem Sarg. Ich wollte hinterherklettern, um sie zu beschützen, falls irgendwo da draußen Söldner lauerten, aber ich klebte in der Schmiere fest. Ich musste das Zeug erst abkratzen, bevor ich mich bewegen konnte.

»Zu dunkel, man sieht nichts«, wisperte Pan.

Ich tastete mich bis zur Fahrertür vor und schaffte es irgendwie, Kits Dietrich in die Zündung zu stecken. Die Scheinwerfer leuchteten auf und warfen ihre Lichtkegel in die Dunkelheit.

»Jake!«, keuchte Pan. »Das ist ja schon wieder ein Grab!«

Die Kammer war größer als alle, die wir bislang gesehen hatten. Eine riesige Höhle mitten im Berg. Die Wände waren mit eingravierten Zeichen übersät – und mit Landkarten, wie wir sie in dem Unterwassergrab gesehen hatten. Daneben gab es Abbildungen von unterschiedlichen Pyramiden, von merkwürdig gezwirbelten Türmen und Steinkreisen. Auf Granitsockeln vor den Wänden standen zwölf Kristallsärge, die aussahen, als würden sie von innen glühen, so stark reflektierten sie das Scheinwerferlicht.

»Wo kommen die denn alle her?«, fragte Pan.

»Jedenfalls ist überall das Schlangensymbol drauf«, stellte ich fest.

Und sie waren alle einen Spaltbreit geöffnet. Ich schob den Deckel des einen Sargs noch etwas weiter auf und spähte hinein. Ein Gesicht wie eine Trockenpflaume starrte mir entgegen. Die dürren Arme der Mumie waren ebenfalls über der Brust verschränkt, einige der Finger waren zurückgebogen oder abgerissen.

»Jemand hat der Mumie die Hände auseinandergerissen.«

Ich rannte zum nächsten Sarg und zum übernächsten. Überall dasselbe: Mumien mit verdrehten Händen und abgebrochenen Fingern.

»Sie hatten alle etwas in der Hand«, stellte ich fest.

»Steintafeln? Das ist es doch, wonach die Schlangenfrau sucht, oder?«

Da schoss mir ein Gedanke durch den Kopf. Ich rannte zurück zum Lkw, drückte den Deckel des Sarges auf, in dem wir uns versteckt hatten, und ließ meine Hände über die platt gedrückte Mumie gleiten, bis ich schließlich fand, was sich in meine Brust gebohrt hatte.

»Pan, das hier muss … so eine Steintafel sein!« Meine Stimme überschlug sich vor Aufregung. »Die haben sie sich noch nicht unter den Nagel gerissen.«

Ich musste die Finger der Mumie ziemlich verbiegen, um die Tafel aus ihrem Klammergriff zu lösen. Und dann musste ich erst mal die braune Schmiere abwischen. Ich hielt die Tafel ins Scheinwerferlicht. Sie hatte das Format eines Comichefts und das Gewicht einer Bowlingkugel und war leuchtend grün.

»Sieht aus wie Smaragd«, sagte Pan ehrfürchtig.

»Genau wie die Schlange auf dem Aktenkoffer.«

Pan nahm mir die Tafel ab und betrachtete sie. Auf jedem Quadratzentimeter waren Bildsymbole eingraviert.

»Sind das Hieroglyphen?«, fragte ich.

»Glaub nicht.« Pan drehte und wendete die Tafel im Licht. »Okay, ein paar sehen aus wie Hieroglyphen, aber andere ähneln eher der Keilschrift, die die alten Sumerer benutzten. Und das hier könnten alte chinesische Schriftzeichen sein. Und die hier ... hm ... vielleicht aztekisch?«

»Und was bedeuten sie?«

»Woher soll ich das wissen? Ich erkenne sie nur aus Mums und Dads Büchern wieder. Es sind unterschiedliche Schriftarten, aber sie scheinen irgendwie einen gemeinsamen Text zu bilden.«

Ich musste daran denken, worüber sich die Schlangenfrau und Kit auf dem Nil unterhalten hatten: dass sie diverse Steintafeln noch nicht gefunden hätten. Wir hatten zwar immer noch keinen blassen Schimmer, warum sie so scharf auf diese Steindinger war, aber jetzt besaßen wir zumindest etwas, womit wir handeln konnten.

Pan starrte die dekorierten Wände an. »Was geht hier ab, Jake? Diese Kammern mit den Landkarten ... Das sind uralte ägyptische Wandmalereien. Aber siehst du diese Pyramide dort? Die steht in Mexiko. Und das da ist Stonehenge. *Stonehenge*, Jake! Sorry, aber was hat das in einem altägyptischen Grab zu suchen? Das ist total irre. Völlig unmöglich.«

Doch offenbar war es möglich. Wir sahen es ja mit eigenen Augen. Wahnsinn, je tiefer wir in die Welt der Schlangenfrau vordrangen, desto weniger kapierten wir.

Der Tunnelausgang war mit einem Eisentor versperrt, und das Schloss sah so dermaßen robust aus, dass ich bezweifelte, mit Kits Dietrich weiterzukommen. Aber es gab noch einen anderen Weg: eine in den Fels gehöhlte Passage, die noch tiefer in den Berg hineinführte. Ich nahm Pan die Steintafel ab und schob sie in die Tasche meines Tarnanzugs. »Los, komm.«

Je weiter wir in den Gang hineinstiefelten, desto wärmer wurde es. Immer wieder blieben wir stehen, lauschten und blickten zurück. Das Scheinwerferlicht des Lkws reichte gerade noch aus, um zu erkennen, dass die Wände des Gangs genauso reichhaltig dekoriert waren wie die riesige Kammer: mit Abbildungen von Tempeln, die nicht im Geringsten ägyptisch aussahen, von gewaltigen Schädeln mit einer Art Heiligenschein …

»Der gesamte Berg scheint eine einzige Grabanlage zu sein«, flüsterte Pan.

Nach einer Weile erreichten wir eine in den Stein gehauene Treppe, von der aus ein noch engerer Gang in die totale Finsternis hinaufführte. Ich spürte ein altbekanntes Kribbeln im Bauch – es war das untrügliche Gefühl, dass hier irgendetwas nicht stimmte. Und diesem Gefühl vertraute ich mittlerweile.

Pan checkte ihren Receiver.

»Die Signale sind direkt beieinander. Siehst du? Wir sind das eine, Mum ist das andere. Hoffentlich mit Dad zusammen.«

»Und was ist mit dem dritten Signal?«

»Es nähert sich dem Berg. Ziemlich schnell sogar.«

Pan stieg die Treppe hoch und leuchtete mit dem Display

den Weg. Mit jedem Schritt wurde das Kribbeln in meinem Magen stärker. Das alles hier war total unlogisch. Allein die Tatsache, dass wir in aller Seelenruhe durch diese Grabanlage spazieren konnten, ohne irgendwelche Sicherheitsvorkehrungen, ohne Fallen, ohne Wachleute …

Es war verdächtig einfach. Zu einfach.

Inzwischen hatten wir das obere Ende der Treppe erreicht.

»Noch eine Kammer«, flüsterte Pan und tastete sich in die Dunkelheit vor.

»Nein! Warte!«, rief ich und lief hinter ihr her. Ich konnte nichts erkennen außer Pans schwach beleuchtetem Gesicht. »Wir sollten umkehren. Wirklich!«

»Umkehren? Blödsinn. Siehst du die Signale? Mum müsste genau hier sein, in diesem Raum.«

Klar, auch ich hatte die Signale gesehen, aber sie waren mir gerade ziemlich egal. Das Einzige, was ich wollte, war, meine Schwester in Sicherheit zu bringen. Denn hier, das spürte ich, waren wir nicht sicher.

# 41

»Pan, wir müssen hier weg!«

Ich packte sie an der Schulter und versuchte, sie zur Treppe zurückzuziehen, aber sie schüttelte meinen Arm ab.

»Schau aufs Display, Jake. Wir sind ganz dicht dran.«

»Pan, hier stimmt was nicht.«

»Natürlich nicht. Wir stehen mitten in der Höhle des Löwen. Aber Mum und Dad vielleicht auch. Guck mal, ob du einen Lichtschalter findest.«

Aber den brauchten wir gar nicht, denn im selben Moment schoss ein goldener Lichtstrahl von oben herab, direkt auf uns. Wir taumelten zurück und sofort verbreiterte sich der Lichtkegel und wurde noch heller.

»Was ist das?«, keuchte Pan.

Ich schirmte meine Augen ab und blickte hoch. Die Decke glitt langsam zur Seite, aus dem Lichtstrahl wurde erst eine Sichel, dann ein Kreis. Ein Kreis aus Sonnenlicht! Wir befanden uns in einer riesigen Höhle, an deren Wänden mehrstöckige Metallgerüste und jede Menge Leitern aufgestellt waren, die bis zur Dachöffnung reichten. Auf sämtlichen Ebenen des Gerüsts, insgesamt mindestens zehn, waren ringsum Türen in den Fels eingelassen, bestimmt an die hundert. Und auf allen Gerüstebenen standen Söldner in schwarzer Kampfmontur mit Betäubungswaffen, die auf uns gerichtet waren.

Sie hatten also die ganze Zeit gewusst, dass wir hier waren.

Sie hatten uns erwartet.

Nur die eine Seite der Höhle lag noch im Schatten.

Ein gigantischer Holosphären-Monitor, fast bühnengroß, schwebte über dem Boden. Hologramme flimmerten darauf, so riesig, dass sie fast bis zur ersten Gerüstebene reichten. Zu sehen waren die schattenhaften Silhouetten von vier Menschen, aber es waren keine einfachen Fotos, sondern offenbar Live-Videos.

Plötzlich trat die Schlangenfrau aus dem Schatten. Ihr weißes Haar strahlte in der Sonne wie ein merkwürdiger Heiligenschein. Sie streckte die Arme vor, als erwartete sie eine Umarmung, und lachte ihr kaltes, freudloses Lachen.

»Ihr Süßen, ihr habt uns tatsächlich gefunden! Herzlich willkommen, lieber Jake, liebe Pandora, in unserem bescheidenen kleinen Unternehmen.«

Wir hätten losrennen sollen, uns nach einer Waffe umsehen, auf jeden Fall etwas tun – irgendetwas. Aber unser letztes Fünkchen Energie hatte uns verlassen. Und daran war nicht der Schock schuld, und auch nicht unsere Angst, sondern das Gefühl, versagt zu haben. Die Niederlage.

Der Receiver hatte uns in eine Falle gelockt. Wir waren ausgetrickst worden.

Die Schlangenfrau schob die Unterlippe vor und mimte

die Schmollende. »Och, ihr Süßen, jetzt zieht nicht so ein Gesicht. Ihr habt es doch ganz wunderbar weit geschafft! Und es hat mir auch immer schrecklich leidgetan, euch zu stoppen. Aber ihr könnt es einfach nicht lassen, oder? Müsst ständig hinter uns her sein und nach unseren Fersen schnappen, wie kleine Hundewelpen. Doch wisst ihr: Selbst süße, kleine Hundewelpen werden manchmal ertränkt …«

»Sie Hexe! Sie elende Hexe!«, brüllte Pan.

Die Schlangenfrau taumelte ein paar Schritte zurück, tat so, als rammte sie sich ein Messer ins Herz und stöhnte theatralisch.

»Eine Hexe! Eine Hexe, sagt sie. Stimmt das? Bin ich wirklich so gemein?«

Mit einer Stimme, die genauso finster und hart klang, wie ihre Augen aussahen, wandte sie sich an die Männer auf dem Gerüst: »Hallo? Ich fragte, ob ich wirklich so gemein bin?«

Zunächst waren nur ein paar vereinzelte, hastig dahingemurmelte »Nein, nein, nein« zu hören, aber nach und nach fielen immer mehr Männer ein, bis die Antwort dumpf in dem hohlen Herz des Berges widerhallte.

Die Schlangenfrau lächelte. »Jake-Schätzchen, liebste Pandora, wenn ich so gemein wäre, wie ihr sagt, würde ich euch dann einen Job anbieten? Wohl kaum, oder? Aber genau das tue ich jetzt.«

»Wir werden niemals für Sie arbeiten!«, spuckte ihr Pan vor die Füße.

»Warte!«, bremste ich meine Schwester.

»Jake …«, zischte sie.

Ich warf einen schnellen Blick auf den Receiver in Pans Hand: Das dritte Signal näherte sich immer noch mit unvermindertem Tempo. War da Hilfe unterwegs oder machten wir uns nur wieder etwas vor? Wenn wir die Schlangenfrau noch eine Weile weiterquatschen ließen, würden wir es vielleicht herausfinden.

»Um welche Art von Job geht's denn?«, fragte ich.

Die Weißhaarige setzte schon zu einer Antwort an, da kam ihr eine der Holosphären-Silhouetten zuvor – mit einer tiefen, rauen Stimme, die klang, als würde sie absichtlich verzerrt.

»Euch außer Gefecht zu setzen, hat sich als ziemlich schwierig erwiesen«, sagte die Schattenrissfigur. »Also haben wir uns überlegt, euch stattdessen die Zusammenarbeit anzubieten. Wir haben Projekte auf so ziemlich jedem Kontinent am Laufen und einen riesigen Bedarf an Topschatzjägern.«

»Was sind das für Projekte?«, fragte Pan.

»Gräber lokalisieren zum Beispiel«, meldete sich eine andere Silhouette zu Wort.

»Gräber?«, fragte ich. »Sie meinen die Smaragdtafeln. Wir wissen Bescheid.«

Ich spürte die Tafel in meiner Tasche und betete, dass unsere Gesprächspartner nichts von ihr wussten.

Langsam und bedächtig fuhr sich die Schlangenfrau durch die Haare. »Natürlich wisst ihr Bescheid, ihr kleinen Engel. Wir haben die Tafel ja extra für euch in dem Sarg gelassen. Damit ihr sie findet. Unsere Art der Begrüßung. Ein warmer Händedruck sozusagen. Ihr könnt mir die Tafel jetzt geben. Sobald ihr für uns arbeitet, werdet ihr mehr über die Sache erfahren.«

»Und wenn wir uns weigern?«

»Och, Jake, Schätzchen, bring mich nicht dazu, etwas Hässliches zu sagen.«

»Wieso sollten wir für Sie arbeiten?«, sagte Pan. »Sie machen doch nichts anderes, als Dinge, die Sie aufwendig suchen, zu zerstören. Warum? Warum versuchen Sie, unsere Geschichte auszulöschen?«

»*Eine* Geschichte«, präzisierte Silhouette Nummer drei. »Es gibt nämlich *mehr* als eine Geschichte der Menschheit. Die Geschichte, die ihr in der Schule lernt, ist nur eine mögliche Interpretation der Fakten.«

»Und Sie meinen … sie ist falsch?«, fragte Pan. Sie hasste diese Typen genauso wie ich, das wusste ich, aber gleichzeitig war sie auch irgendwie fasziniert. »Wollen Sie etwa sagen, dass die alten Ägypter gar nicht existiert haben?«

»Natürlich haben sie das«, antwortete die Silhouette. »Sie haben ja die Pyramiden und die Tempel gebaut.«

»Ihr bekommt beigebracht, dass die alten Ägypter die erste Zivilisation darstellten«, fuhr die vierte holografische Gestalt fort. »Mit ihrer Sprache, ihrer Kunst, ihren Göttern. Aber was, wenn das gar nicht stimmt? Was, wenn die altägyptische Kultur in Wahrheit nur … ein Erbe war? Sozusagen ein abgetragenes, weitergereichtes Kleidungsstück von jemand viel Älterem?«

»Ein abgetragenes Kleidungsstück?«, spottete Pan. »Sie sind ja echt durchgeknallt.«

»Den Beweis dafür habt ihr selbst gesehen«, tönte es aus der Holosphäre. »Habt ihr euch nicht gefragt, wer in dem Sarg liegt, den ihr entdeckt habt?«

»Osiris …«

Die Schlangenfrau schüttelte den Kopf. Ihre Stimme hatte

alle falsche Süßlichkeit verloren. Sie klang jetzt ernst, professionell.

»Osiris ist ein Gott. Eine Legende. Hingegen war das, was ihr in dem Sarg gesehen habt, ganz eindeutig ein Körper, ein Wesen aus Fleisch und Blut. Ein sehr realer Mensch aus grauer Vorzeit, der der Nachwelt lediglich als Osiris in Erinnerung bleiben sollte.«

»Kapier ich nicht«, sagte ich.

»Habt ihr die Landkarten in dem Unterwassergrab nicht gesehen? Die Karten und Abbildungen von Orten, die die Ägypter gar nicht gekannt haben konnten? Das Grab war versiegelt, die Zeichnungen können also nicht später hinzugefügt worden sein.«

»Und wie sind diese Abbildungen dann an die Wände gekommen?«, fragte Pan.

»Ja, gute Frage, wie sind sie das?«, sinnierte eine der Schattenfiguren.

In dem Moment gab die Schlangenfrau dem Söldner an der Holosphäre ein Zeichen. Der griff sich mehrere der schwebenden Bilddateien heraus, wischte andere beiseite und projizierte diverse Hologramme in Großformat ringsum an die Wände: Pyramiden, Türme, Steinkreise und Tempel, wie wir sie bereits an den Wänden der Grabkammer gesehen hatten. Und auf all diesen Bildern tauchte immer wieder dasselbe Symbol auf: die sich in den Schwanz beißende Schlange.

Die Augen der Weißhaarigen leuchteten im Schein der Projektionen. »Was, wenn es lange vor den Ägyptern eine andere Hochkultur gab? Eine, die sehr viel weiter entwickelt war, aber leider nicht überlebt hat? Wo die Menschen reisten und auf ihren Reisen Legenden, mathematische Prinzipien und Kenntnisse in Kunst und Architektur verbreiteten? Ein Erbe, das sich in diversen alten Kulturen rund um den Erdball widerspiegelt: in Ägypten, im Tal des Indusflusses, in China, in Peru …«

»Und wer sollen die gewesen sein?«, fragte Pan.

»Ihr habt sie gesehen«, antwortete die Schlangenfrau. »In den Kristallsärgen.«

Pan streckte ihre Hand aus und tippte auf eine der Schlangenprojektionen.

»Das Schlangenvolk«, schlussfolgerte sie.

Die rubinroten Lippen der Weißhaarigen verzogen sich zu einem Lächeln und entblößten dabei eine Reihe perlweißer Zähne. »Das ist zwar nicht der Name, den wir dem Volk gegeben haben, aber keine Sorge, wenn ihr für uns arbeitet, werden wir ihn euch verraten. Nebst hundert anderen Geheimnissen über die wahre Geschichte der Menschheit.«

»Aber warum zerstören Sie alles?«, fragte ich. »Warum darf niemand davon erfahren?«

Statt der Schlangenfrau antwortete eine der tiefen, ernsten Stimmen aus der Holosphäre: »Das ist zum Besten aller. Das Schlangenvolk, wie ihr es genannt habt, ist vom Erdboden verschwunden. Wir haben Grund zu der Annahme, dass ein bestimmtes Ereignis es ausgelöscht hat. Und es ist nicht ausgeschlossen, dass sich dieses Ereignis wiederholt. Wenn dem so ist, würden wir alle, die gesamte Menschheit, ausgelöscht werden.«

»Was für ein Ereignis?«, fragte Pan. »Na los, jetzt lassen Sie sich nicht alles aus der Nase ziehen.«

»Wir haben euch schon viel zu viel verraten«, antwortete die Hologrammgestalt.

»Zu viel?«, fragte ich.

»Zu viel, als dass ihr noch aussteigen könnt«, fügte die Gestalt hinzu. »Was Marjorie meint, ist, dass ihr nicht unsere Feinde sein *müsst.* Klar, ihr würdet uns liebend gerne bekämpfen, aber ihr habt nicht die Mittel dazu. Warum also nicht einfach mit uns zusammenarbeiten?«

»Moment mal.« Ich wandte mich zu der Weißhaarigen um. »Marjorie? Sie heißen Marjorie?«

Sie blickte mich verwirrt an. »Ja, stimmt etwas nicht mit dem Namen?«

»Nur, dass er nicht besonders fies klingt. Wir haben Sie ›Schlangenfrau‹ getauft. Marjorie klingt eher nach 'ner Oma mit Stricknadeln.« Ich musste so laut lachen, dass ich die Balance verlor und mich an Pan festhielt. »Marjorie!«, prustete ich, Lachtränen in den Augen.

Meine Schwester wirkte genauso befremdet über meinen Ausbruch wie die Schlangenfrau. Sie kapierte nicht, dass ich das alles nur spielte. Ich meine, es war wirklich ein bekloppter Name für eine dermaßen fiese Schlampe, aber *so* lustig war er nun auch nicht. Nein, ich lachte nur, um einen Vorwand zu haben, dichter an Pan zu kommen und einen Blick auf den in ihrer Handfläche verborgenen Receiver zu werfen. Und da sah ich endlich, dass sich das dritte Signal direkt über den zwei anderen befand.

Die Schlangenfrau trat näher und streckte uns ihre bleichen, wächsernen Handflächen entgegen. »Ach, Jake, Pandora, ihr Süßen. Sieht so aus, als wäre euer kleines Spielchen vorbei, was? Keinen ausgeklügelten Plan mehr auf Lager, Jake?«

Ihre Hände wurden vom Sonnenlicht angestrahlt, das

durch die kreisrunde Öffnung in den Berg fiel. Doch plötzlich, für den Bruchteil einer Sekunde, verdunkelte sich die Sonne. Irgendwo hoch oben bewegte sich etwas über den Himmel. Ich machte einen Schritt auf die Schlangenfrau zu und wischte mir die falschen Lachtränen aus dem Gesicht. Für einen Moment tat ich so, als wollte ich sie gleich umarmen.

»Mit einer Sache liegen Sie falsch, Marjorie«, sagte ich.

»Was? Womit?«

»Damit, dass ich keinen ausgeklügelten Plan mehr auf Lager habe.«

In dem Moment fielen zwei Drahtseile von oben herab und blieben vor mir und Pan hängen. Hoch über uns schwebte Samis Rettungsdrohne. Er hatte mich geortet und versorgte uns mit frischem Equipment: An jedem Drahtseil baumelte ein Ausrüstungsgürtel.

Die Schwarzgekleideten hatten beim Abwurf der Seile sofort das Feuer eröffnet. Dutzende Pfeile bohrten sich in den Boden. Einer traf die Schlangenfrau ins Bein. Was auch immer für eine Substanz die Dinger enthielten, sie wirkte schnell. Die Weißhaarige schrie auf, wimmerte kurz und sackte dann bewusstlos zusammen.

Im Fallen packte ich sie und schlang ihr meinen Arm um den Hals. Mit der anderen Hand löste ich einen von Samis Sprengsätzen von dem Gürtel, der vor mir in der Luft hing. Ich musste daran denken, was mir Sami über die Schwarzgekleideten erzählt hatte. Dass es bloß angeheuerte Schlägertypen waren. Sie alle würden blöd dastehen, wenn die Schlangenfrau starb.

»Hört auf zu schießen!«, brüllte ich. »Oder ich jage uns

alle in die Luft, eure Chefin eingeschlossen. Und wer bezahlt euch dann?«

Ich zog den schlaffen Körper der Lady ein Stück beiseite und vergewisserte mich, dass die Typen keine Anstalten machten, auf Pan zu schießen.

Schnell löste Pan die Gürtel von den Seilen und schlang sich ihren um die Hüfte. Dann hielt sie die Schlangenfrau fest, damit ich meinen ebenfalls umlegen konnte.

Die Gürtel waren voll bestückt mit Leuchtraketen, Rauchbomben, Sprengsätzen und natürlich neuen Smartbrillen.

»Und jetzt, Jake?«, fragte Pan.

»Mach einen Schutzschild aus Rauch.«

Meine Schwester zog eine Rauchgranate aus ihrem Gürtel und schleuderte sie auf den Boden. Binnen Sekunden waren wir von dickem schwarzem Qualm eingehüllt. In einem wilden Sprachenmix brüllten sich die Söldner Befehle zu und auch die Hologrammgestalten fielen ein. Es war ein Höllenlärm, der von den Höhlenwänden widerhallte und aus dem keine einzelne Stimme mehr herauszuhören war.

»Nicht schießen!«, warnte ich. »Ich hab den Sprengsatz noch in der Hand.«

»Jake, und jetzt?«, zischte Pan.

Ich zerrte die Schlangenfrau dichter an mich heran und fragte drohend: »Wo sind unsere Eltern?«

Aber die Frau war zu benommen, um zu antworten. Ihre Augäpfel rollten blicklos hin und her.

Inzwischen war der Rauch so dicht, dass wir die unzähligen Türen in den Höhlenwänden nicht mehr sehen konnten.

Ich löste die Smartbrille von meinem Gürtel, setzte sie auf und wies sie an, auf Wärmebildtechnik umzustellen.

Sofort wichen die quirlenden Rauchschwaden den typischen bunten Flächen der Infrarottechnik. Ich sah sämtliche Kämpfer als leuchtende Wärmebilder auf dem Gerüst – und über ihnen, in einer kleinen Kammer auf der gegenüberliegenden Seite, sah ich zwei weitere Leuchtgestalten, eng aneinandergeschmiegt.

»Pan, ich glaube, Mum und Dad sind dort oben. Wir müssen zu der Leiter auf der anderen Seite.«

Was für ein Glück, dass Marjories Männer uns durch den Qualm nicht sehen konnten. Pan drückte sich enger an mich und gemeinsam tasteten wir uns durch die schwarze Wolke zu der Leiter. Hinter uns ließen wir weitere Rauchbomben fallen.

Doch offenbar hatte einer der Bewaffneten seinen Finger am Abzug nicht unter Kontrolle, denn plötzlich sauste ein Pfeil durch den Rauch und verfehlte meinen Kopf – und den der Schlangenfrau – nur um wenige Zentimeter.

»Wollen Sie, dass ich Ihre Chefin in die Luft jage?«, brüllte ich.

»Jake, wir sind da«, sagte Pan.

Leider standen wir mit Erreichen der Leiter vor dem nächsten Problem. Unsere Geisel war zwar zierlich, aber wie zum Teufel sollten wir sie die Sprossen hochbekommen? Unten zurücklassen konnten wir sie auch nicht, dann würden uns ihre Männer sofort mit Pfeilen durchbohren. Und selbst wenn wir es heil bis oben schafften: Wie sollten wir die Tür zu der Kammer aufbekommen? Wir wussten ja nicht mal, ob unsere Eltern tatsächlich dort festsaßen. *Hilfe! Nachdenken! Nachdenken! Nachdenken!*

»Das ist die letzte Rauchbombe«, flüsterte Pan und

schleuderte sie auf den Boden. Schwarz wabernd breitete sich der Qualm aus. Aber sobald er sich lichtete, würden wir Zielscheibe für hundert top trainierte Scharfschützen sein.

»Jake, was jetzt?«, drängte Pan.

Der Rauch verzog sich schon etwas, die ersten Söldner waren bereits schemenhaft zu erkennen. Uns blieben nur noch wenige Sekunden.

# 42

Der schwarze Qualm hatte sich zu einem grauen Schleier ausgedünnt. Ich drückte meinen Rücken gegen die Leiter, den Arm um den Hals der bewusstlosen Schlangenfrau geschlungen. Unseren lebenden Schutzschild. Aber das würde die Söldner nicht abhalten, auf uns zu schießen, sobald die Sicht es zuließ.

»Jake, was ist der Plan?«, wiederholte Pan zum x-ten Mal.

Ich blickte hoch zu der Tür, hinter der ich Mum und Dad vermutete. Fieberhaft versuchte ich, mir einen anderen Plan zurechtzulegen als den, der mir durch den Kopf spukte, aber mir fiel einfach nichts Besseres ein. Und ich hatte keine Zeit mehr zum Grübeln.

»Wie viele Sprengsätze hast du an deinem Gürtel?«, fragte ich.

»Drei. Warum?«

»Nimm sie ab. Und meine auch. Macht zusammen sechs. Stell die Zünder auf zwanzig Sekunden und wirf sie nach oben, ans Ende der Leiter.«

»Alle sechs? Aber was, wenn Mum und Dad da oben sind? Dann jagen wir sie ja in die Luft.«

Ich wusste, dass das Risiko bestand, aber ich hielt es für nicht sehr groß. Die angeheuerten Kämpfer waren bestimmt nicht bereit, für die Schlangenfrau und ihre merkwürdigen Geheimnisse zu sterben. Wenn die Sprengsätze oben auf dem Gerüst landeten, würden sie sie so schnell wie möglich runterfegen. Nur dass zwanzig Sekunden nicht ausreichten, um alle sechs zu erwischen. Ein oder zwei würden mit Sicherheit explodieren – und mit etwas Glück würde die Wucht der Detonation die Kammertür aufsprengen.

»Beeil dich, Pan«, drängte ich.

Sie nestelte an den Zündern herum und programmierte die Timer.

Der erste Countdown begann.

Die Augenlider der Schlangenfrau zuckten, aber sie war immer noch benommen, ihr Kopf rollte haltlos hin und her.

»Wartet ...«, nuschelte sie. »Nein ...«

Pans Hand zitterte. Sie warf mir einen raschen Blick zu, und ich sah, dass sie meinem Plan nicht recht traute. Ich konnte es ihr nicht verdenken, aber ich selbst musste an ihn glauben. Ich war jetzt Schatzjäger. Und ja, mein Plan würde funktionieren!

»Wirf sie endlich, Pan!«

»Aber ...«

»Los, Pan, jetzt!«

Sie schleuderte die ersten drei Sprengsätze in Richtung der Kammertür, dann die zweite Fuhre. Der Rauch war noch zu dicht, um zu erkennen, was genau passierte. Wir sahen lediglich, wie sich diverse Schatten gleichzeitig auf die Sprengsätze stürzten und sie zurück nach unten warfen. Dann hallten Warnrufe von den Wänden wider und die Schatten brachten sich hektisch in Sicherheit. Schwere Stiefelschritte dröhnten auf dem Metallgerüst.

Und dann ging ein Sprengsatz nach dem anderen hoch.

Die Wucht der ersten Explosion drückte uns gegen die Höhlenwand. Die Schlangenfrau rutschte mir aus den Armen und die smaragdgrüne Steintafel fiel aus meiner Tasche. Als ich versuchte, sie zu fassen zu bekommen, ging der zweite Sprengsatz hoch und schleuderte mich zu Boden. Pan und ich klammerten uns aneinander, während weitere Explosionen die Höhle erschütterten. Der Boden bebte und rings um uns polterten Felsbrocken von den Wänden. Der Holosphären-Monitor zersplitterte, die vier projizierten Gestalten erloschen. Funken stoben in alle Richtungen, die Gerüste und Leitern krachten zusammen, reihenweise stürzten Söldner zu Boden. Qualm und Staub vermengten sich zu einem gewaltigen Wirbel. Es war, als würde ein Sandsturm durch die Höhle fegen.

Ich blinzelte durch den Dunst nach oben. Dort waren nur ein oder zwei Sprengsätze explodiert, doch der Schaden, den sie angerichtet hatten, war größer, als ich erwartet hatte. Die komplette obere Gerüstebene war weggebrochen, aber von Mum und Dad war zwischen all dem Schutt nichts zu sehen. Waren sie etwa … nach unten gestürzt und unter den verbogenen Metallstreben und dem Geröll begraben?

»Mum!«, schrie Pan. »Dad!«

Ich rappelte mich hoch und stakste auf wackeligen Beinen durch die Höhle. Ich musste mit der Hand den Qualm wegwedeln, um überhaupt etwas zu sehen. Trotzdem stolperte ich alle naselang über irgendwelche am Boden liegenden Typen. Meine Eingeweide krampften sich zusammen vor Angst. Meine Arme zitterten, meine Augen tränten.

Verzweifelt kraxelten wir über heruntergestürzte Felsbrocken und rollten hektisch Steine zur Seite.

»Mum! Dad!«, rief ich alle paar Sekunden.

Ich packte einen besonders großen Brocken und versuchte, ihn wegzuwälzen. »Pan, hilf mir mal …!« Doch mitten im Satz hielt ich inne und starrte.

Zwei völlig eingestaubte Gestalten erhoben sich aus den Trümmern.

Mum rieb sich die Augen und schüttelte sich die Schuttbröckchen aus Klamotten und Haaren. Dad stand neben ihr, das Kinn dunkel von Bartstoppeln, die Wangen übersät mit Schnittwunden. Er sah aus wie ein echter Actionheld. Es war erst ein paar Tage her, dass er aus Kairo verschwunden war, aber es fühlte sich wie Jahre an, so viel war in der Zwischenzeit passiert.

»Dad!«, kreischte Pan.

Fast gleichzeitig stürzten wir in seine ausgebreiteten Arme und eine Sekunde später erweiterte Mum unsere Knuddelrunde. Ich vergaß alles um mich herum, die Schlangenfrau und ihre Handlanger, die runtergefallene Steintafel und den ganzen merkwürdigen Berg. Auch dass wir nicht die geringste Ahnung hatten, wie wir hier rauskommen sollten, verdrängte ich. Ich schmiegte mich einfach nur an meine Eltern und meine Schwester – und sie sich an mich.

Was waren das für geniale Ferien!

Irgendwann löste sich Dad aus unserem Kreis, trat ein paar Schritte zurück und betrachtete uns prüfend. Sein Blick glitt über meinen Kopfverband und das Sammelsurium an Schnittwunden und blauen Flecken auf Pans Armen und Beinen. Dann verzog sich sein Mund zu diesem typischen breiten, etwas trotteligen Grinsen.

»Eure Mutter sagt, ihr hättet alle Hände voll zu tun gehabt.«

Ich blickte zu Mum, in der Hoffnung, dass auch sie lächelte. Aber ihr Gesicht war wie versteinert. War sie sauer, dass wir ihnen gefolgt waren? Oder sorgte sie sich immer noch um uns?

Sie öffnete den Mund, als wollte sie etwas sagen, doch in dem Moment teilten sich die Rauchschwaden und eine Reihe von sechs Söldnern stürmte auf uns zu, hinter sich ein Dutzend weiterer Kollegen mit gezückten Waffen.

Mum und Dad eilten ihnen entgegen, um von Pan und mir abzulenken. Zwei Typen aus der Vorhut machten auf der Stelle kehrt und suchten das Weite, aber die übrigen vier wichen nicht einen Zentimeter zurück. Wie erwartet erwiesen sie sich als gute Kämpfer – aber Mum und Dad waren besser. Mum war nonstop am Wirbeln: Sie sprang, wich aus, duckte sich, trat und schlug zu, alles gleichzeitig. Dads Stil war etwas konventioneller, aber nicht weniger effektiv. Er musste deutlich mehr Schläge einstecken als Mum, teilte dafür aber auch härter aus.

Irgendwann fingen die bewaffneten Kollegen in der zweiten Reihe an zu ballern, wobei sie teilweise ihre eigenen Leute ummähten. Auch Mum und Dad kassierten reichlich Pfeile, aber irgendwie schafften sie es, sich auf den Beinen zu halten und weiterzukämpfen. Wie auch immer sie das machten.

Als ein Betäubungsgewehr über den Boden schlitterte, schnappte Pan es sich und feuerte zurück. Dabei zeigte sie wieder, was für eine exzellente Schützin sie war. Wirklich jeder Pfeil traf. Die Leitern und Gerüste leerten sich schlagartig, wie die Fliegen klatschten die Söldner zu Boden.

»Jake? Was ist der Plan?«

Moment mal, das war Mum! Mum fragte *mich*!

Ich war am Ende meiner Kräfte, von Kopf bis Fuß ramponiert, mit Wunden und blauen Flecken übersät, aber ich hatte mich noch nie so lebendig gefühlt wie in diesem Augenblick. Mum und Dad verteidigten uns mit Händen und Füßen und Pan unterstützte sie nach Kräften. Und jetzt war es an mir, meinen Teil beizusteuern und das zu tun, was ich am besten konnte.

Ich drehte mich um und blinzelte durch den Rauch und das Gewusel aus kämpfenden und sich am Boden windenden Söldnern. Es kam mir vor, als würde mein Verstand wie Samis Holosphäre arbeiten: Dutzende möglicher Fluchtszenarien wirbelten gleichzeitig in meinem Kopf umher. Ich wischte einige beiseite, verwarf sie und durchdachte andere, das Ganze in einer wahnsinnigen Geschwindigkeit.

Vier Tunnel führten aus der Höhle hinaus. Das waren die naheliegenden Fluchtwege – aber sie waren unbekanntes Terrain. Wir hatten keine Ahnung, wie sie gesichert waren und welche Überraschungen uns dort erwarteten. Und dann gab es noch einen fünften Weg ins Freie – direkt vor unserer Nase. Einen Weg, auf dem wir alle Gefahren, die er barg, im Blick hatten.

»Hier rüber«, rief ich. »Wir müssen zu der Leiter dort.«

»Und wohin dann?«, rief Pan.

»Nach oben.«

Ohne auch nur eine Sekunde zu zögern, erklomm Pan die Leiter. Auch Mum und Dad fragten nicht lange, sondern folgten ihr. Während des Kletterns zogen sie ganz lässig die Betäubungspfeile aus ihren Armen und Beinen.

»Wieso machen euch die nichts aus?«, fragte ich.

»Sie enthalten ein Betäubungsmittel namens Xylazin«, erklärte Dad, während er sich einen Pfeil aus dem Hals zog. »Deine Mutter und ich hatten in all den Jahren so viel Kontakt damit, dass wir immun dagegen sind.«

»Los, los, weiter, nicht lange quatschen«, drängte Mum.

Wir hasteten über die erste Gerüstebene und sprangen über die kreuz und quer herumliegenden Söldner. Einer von denen, die sich noch auf den Beinen hielten, kam hinter uns her, aber Dad drückte ihn gegen die Wand, zog sich einen Pfeil aus dem Arm und stach ihn dem Typen in den Hals.

»Achtung, Pan, Richtung sechs Uhr!«, rief Dad.

Zwei Söldner näherten sich ihr von hinten. Pan wirbelte herum, schnappte sich ein herumliegendes Gewehr und schaltete die Verfolger nahezu gleichzeitig aus.

»Jake, hinter dir!«, rief sie.

Ich schnellte herum und sah nur fliegende Fäuste. Reflexartig duckte ich mich, rammte dem Kerl meinen Kopf in den Bauch und bugsierte ihn so bis an den Rand des Gerüsts. Mit einer Hand hangelte ich nach einem der herabbaumelnden Drahtseile und befestigte es am Gürtel des Typen. Dann gab ich ihm einen Schubs.

»Mum, Vorsicht, links!«, warnte ich.

Mum machte eine Bewegung, mit der sie nicht nur dem tretenden Stiefel auswich, sondern den Stiefelträger so in den Nacken traf, dass er ohnmächtig zusammensackte. Sie entriss dem Kerl seine Waffe, sprang vom Gerüst, schnappte sich im Flug das zweite Drohnenseil und ließ sich emporziehen, während sie gleichzeitig Pfeile auf die letzten noch aufrecht stehenden Kämpfer schoss.

»Los, bewegt euch!«, schrie sie uns zu.

Und wie wir uns bewegten! Wie die Besessenen rannten wir die Leitern und Gerüste hoch, immer dem Licht entgegen, das durch das kreisrunde Loch einfiel. Als wir die oberste Gerüstebene erreichten, standen wir noch immer ungefähr zehn Meter unterhalb der Öffnung.

Dad packte Pan bei den Schultern, drehte sie um, löste ein Gerät von ihrem Gürtel und feuerte damit ein paarmal nach oben ins Freie. Es war eine Enterhakenpistole mit einem dieser ultrastarken Seile, die auch Mum schon benutzt hatte, um uns aus dem Grab in Gizeh zu befördern.

»Festhalten«, ermahnte uns Dad und in der nächsten Sekunde wurden wir an dem Seil nach oben gezogen. Als die Öffnung in Reichweite kam, streckte Dad die Hände nach der Felskante aus.

»Klettert an mir hinauf«, ächzte er.

Pan presste ihre Füße an Dads Hüfte und benutzte ihn als Leiter, um nach draußen zu klettern. Währenddessen riskierte ich noch einen Blick nach unten. Scheiße, waren wir hoch! Sofort überkam mich der altbekannte Schwindel, aber davon durfte ich mich jetzt nicht beeindrucken lassen.

»Zoom«, befahl ich meiner Brille.

Sofort kam die Schlangenfrau in den Fokus, wie sie auf allen vieren über den Boden kroch, die Smaragd-Tafel an die Brust gepresst.

Verdammt, das genau war der Grund, warum Mum und Dad nach Ägypten gekommen waren: um diese Frau davon abzuhalten, die ungeheuerlichen Beweise für die Existenz einer Hochkultur zu zerstören. Einer Kultur, die deutlich älter war als alle bekannten Kulturen. Hätten wir diese Beweise in der Hand, würden Mum und Dad garantiert mit der Schatzsucherei weitermachen. Dann könnten sie unmöglich aufhören. Aber ohne die Steintafel hatten wir gar nichts. Vielleicht mussten wir sogar in unser schnarchlangweiliges Leben zurück, und Mum würde uns verbieten, das Ägyptenabenteuer auch nur zu erwähnen. Und die ganze Zeit würde sie rumjammern, was für ein schrecklicher Fehler das alles gewesen sei.

Diese kleine unscheinbare Steintafel mochte noch so bahnbrechende Informationen über die Geschichte der Menschheit enthalten – für mich war sie aus ganz anderem Grund von unschätzbarem Wert: Für mich entschied sie über die Zukunft unserer Familie.

Verdammt, ich musste zurück in die Höhle.

»Jake«, stöhnte Dad. »Ich kann uns nicht mehr lange halten.«

Schnell ergriff ich Pans ausgestreckte Hand und kletterte an Dad hoch wie an einem Kletterbaum. Ich stemmte meine Füße gegen seine Hüfte, stellte mich auf seine Schultern und hievte mich von dort auf die Felskante.

»Platz da!«, herrschte er uns an, kaum hatte ich festen Boden unter den Füßen.

Während er sich mit einer Hand an der Felskante festhielt, löste er mit der anderen das Drahtseil von seinem Gürtel. Dann verstärkte er seinen Griff um den Fels, begann vor- und zurückzuschwingen, indem er sich immer wieder mit dem Bein von der Wand abstieß, jedes Mal kräftiger. Als er genügend Schwung hatte, ließ er los, ging ins Hohlkreuz und landete in einem perfekten Rückwärtssalto neben Pan und mir auf der Felskante.

Fassungslos starrten wir Dad an. Der rieb sich die Schulter.

»Bisschen eingerostet«, bemerkte er. »Hab ich lange nicht mehr gemacht, die Nummer. Na, das habt ihr von eurem alten Dad nicht erwartet, was?«

»John, hör auf zu quatschen und geh aus dem Weg«, blaffte Mum, die gerade von der Drohne aus der Höhle befördert wurde. Sie schwang sich an dem Seil in unsere Richtung, schnallte sich los und landete mit einem eleganten Sprung neben uns.

»Und jetzt?«, fragte Dad.

Ich drehte mich um und blinzelte ins Sonnenlicht. Am Horizont entdeckte ich einen kleinen schwarzen umgedrehten Tropfen, der direkt auf uns zuflog. Nach einer Weile sah das Ding nicht mehr schwarz aus, sondern rot-weiß gestreift, und unten dran hing ein Korb, in dem eine winkende Gestalt stand.

»Sami!«, brüllte Pan.

»In einem Heißluftballon?«, fragte Mum.

Okay, es war vielleicht nicht das, was man sich unter einem klassischen Fluchtfahrzeug vorstellte, aber vermutlich wurden alle anderen Vehikel für Rettungseinsätze im Überflutungsgebiet gebraucht. Der Ballon war wahrscheinlich das Beste gewesen, was Sami hatte auftreiben können.

Aber er war nicht das Einzige, was sich näherte. Direkt

hinter ihm war der Sandsturm im Anmarsch. Die braune Wand schien mittlerweile sogar höher als der rote Berg. Sie walzte durch die Wüste, verschlang lautlos Dünen und Felsen und knipste die Sonne aus.

Sami hatte uns jetzt fast erreicht und ließ zwei Strickleitern aus dem Korb herab.

»Okay«, rief Dad. »Macht euch bereit zum Aufspringen.«

»*Aufspringen*?«, quiekte Pan. »Ist das eine gute Idee?«

Na ja, es war auf jeden Fall die *einzige* Idee. Die Enden der Strickleiter schleiften über den Fels, als sich der Ballon näherte. Dann hoben sie gerade so weit ab, dass man Anlauf nehmen musste, um die untersten Sprossen zu erreichen. Aus der Luft gab uns Sami wilde Zeichen, endlich aufzuspringen.

»Jake, kriegst du das hin mit der Höhe?«, fragte Pan.

»Verdammt, wieso musst du das ausgerechnet jetzt erwähnen?«

»Weil du Höhenangst hast.«

»Super, danke, jetzt kann ich an nichts anderes mehr denken.«

»Hört auf zu streiten und konzentriert euch«, schnauzte Mum.

# 43

Die Sonne stach mir in die Augen, als ich nach oben blickte. Die Leitern schaukelten heran. Wir machten uns startklar … und sprangen.

Mum und Dad schnappten sich die eine Leiter, Pan und ich die andere. Der Ballon gewann an Höhe. Als wir den Berg hinter uns gelassen hatten und hoch über der Wüste schwebten, waren meine Finger schon ganz steif vom Festklammern. Sobald ich einen Blick nach unten riskierte, fuhren meine Eingeweide Achterbahn und ich stieß wüste Verwünschungen aus. Verdammt, ich durfte mich nicht immer so von der Höhe beeindrucken lassen. Ich hatte schließlich noch was vor.

Unter uns waren drei Fahrzeuge aus dem Berg aufgetaucht. Keine Lkws diesmal, sondern Luftkissenfahrzeuge. Das Söldnerteam versuchte, dem Sandsturm zu entkommen.

Die Schlangenfrau, *Marjorie*, saß in einem von ihnen – mit der Smaragdtafel auf dem Schoß.

Wenn wir jetzt nichts unternahmen, würde sie davonkommen. Ich kannte sie und ihre Pläne inzwischen gut genug, um zu wissen, dass ihre Leute den Berg komplett leer räumen und sämtliche Beweise vernichten würden.

Über uns lehnte sich Sami aus dem Korb und machte uns Zeichen, zu ihm hochzuklettern. Mum und Dad hatten bereits damit begonnen und auch Pan hangelte sich die Sprossen empor. Das Blöde war nur, dass der Ballon immer höher stieg – weg von den Luftkissenfahrzeugen, der Schlangenfrau und der Steintafel.

Ich betete, dass Samis Holosphäre eingeschaltet war und er mich durch meine Smartbrille hören konnte.

»Sami?«, rief ich.

»Jake? Komm hoch!« Seine Stimme in meinem Ohrknopf klang verzerrt durch den Wind.

»Hast du nicht gesagt, dass an unseren Gürteln auch ein Bungee-Seil hängt?«

»Ja, aufgewickelt in der Innenseite. Es besteht aus Bio-Steel mit eingewebtem thermoplastischem Polymer…«

»Großartig, Sami, aber wie komme ich an das Seil ran?«

Über uns kletterte Dad gerade in den Korb. Als er sah, dass ich immer noch an der untersten Sprosse hing, brüllte er mir durch den Wind zu: »Schwing die Hufe, Jake, der Sandsturm holt uns gleich ein. Wir müssen über ihn rüber, das ist die einzige Chance.«

»Wie komme ich an das Seil ran, Sami?«, brüllte ich in mein Brillenmikro. »Die Strickleiter ist kurz vorm Reißen, ich brauche das Seil!«

Wenn er gewusst hätte, was ich plante, hätte er es mir nie verraten.

»Zieh an dem Karabiner an deinem Gürtel«, antwortete er. »Dann kommt das Bungee-Seil automatisch hervor.«

Ich löste eine Hand von der Leiter und tastete meinen Gürtel nach dem Karabiner ab. Als ich daran zog, wickelte sich ein schwarzes Seil – na ja, eigentlich eher ein Faden – auf der Gürtelinnenseite ab. Das Ding sah alles andere als vertrauenswürdig aus.

Pan hörte auf zu klettern. »Was machst du da?«

»Ich hole die Steintafel.«

»Bist du verrückt?«

»Nein!«, brüllte ich. »Oder doch, vielleicht!«

Ich klickte das Seilende an der Strickleiter fest. Alles in mir sträubte sich, nach unten zu blicken, aber ich musste wissen, wo sich die Luftkissenfahrzeuge befanden. Sie fuhren direkt unter mir. Ein Fünfzig-Meter-Sprung trennte mich von ihnen. Ich befahl meiner Brille zu zoomen.

Jedes der drei Fahrzeuge war mit einem Kristallsarg beladen. In der Fahrerkabine saßen jeweils zwei bewaffnete Kerle. Die Schlangenfrau hockte im hinteren Fahrzeug. Bis auf die Augen war ihr Gesicht von einem Tuch verhüllt. Sie drehte sich immer wieder nach dem Sandsturm um und wirkte insgesamt noch ziemlich benommen von dem Xylazin. Der Aktenkoffer stand auf ihrem Schoß. Die Steintafel befand sich darin, da war ich mir sicher. *Unsere* Steintafel.

Bislang hatte keiner ihrer Männer einen Blick nach oben geworfen, aber wenn ich noch länger wartete, würde das irgendwann passieren. Und dann würde ich meinen einzigen Trumpf verlieren: den Überrumpelungseffekt. Außerdem gewann der Ballon stetig an Höhe, weil Sami versuchte, uns über den Sandsturm zu manövrieren.

Es half nichts. Ich musste springen. Jetzt.

Aber meine Hände spielten nicht mit. Sie machten das Gegenteil von dem, was sie sollten: Sie krampften sich noch fester um die Leiter.

Ich guckte hoch zu Pan, die mittlerweile auch im Korb stand und sich über die Reling beugte. Ich solle machen, dass ich hochkomme, brüllten Mum, Dad und Sami, aber Pan sagte nichts. Sie schaute mich einfach nur mit ernsten, leicht zusammengekniffenen Augen an. Und dann nickte sie. *Tu es, Jake.*

Da ließ ich los.

Ich hatte mir auf YouTube schon oft Videos von Bungee-Springern angeschaut. Ich wusste, dass sie sich abstießen wie Turmspringer bei den Olympischen Spielen, mit ausgestreckten Armen und elegant erhobenem Kopf.

Bei mir sah es nicht ganz so cool aus.

Ich plumpste einfach in die Tiefe, wild strampelnd und mit den Armen rudernd. Ich hätte wahrscheinlich geschrien, hätten die ersten Sturmböen meinen Mund nicht mit Sand gefüllt. Ich war so mit Husten, Prusten und Spucken beschäftigt, dass ich nicht mal mitbekam, wie sich das Bungee-Seil von meinem Gürtel abwickelte. Ich überschlug mich, erhaschte aus dem Augenwinkel einen Blick auf die Luftkissenfahrzeuge – und plötzlich war ich mir sicher, dass ich direkt in den Konvoi hineincrashen würde.

Doch fünf Meter über den Köpfen der Insassen spannte sich das Seil und katapultierte mich zurück in den Sandsturm. Es fühlte sich an, als wäre meine Wirbelsäule durchgebrochen. Und ehe ich mich versah, ging es auch schon wieder runter … und wieder rauf und wieder runter. Bis meine Schuhsohlen irgendwann über den Wüstenboden schrappten.

Ich hing hinter dem letzten Fahrzeug des Konvois, ans Seil geklammert, die Sohlen wie Skier im Sand. Hoch über mir sah ich Mum und Dad wild gestikulieren. Sie würden garantiert nicht lange fackeln und mich hochziehen. Und dann wäre die Steintafel weg. Unwiederbringlich.

Da ich nach oben und nicht nach vorne schaute, sah ich die Düne nicht. Ich bemerkte sie erst, als mich das Bungee-Seil mit dem Kopf voran den heißen Sand hinaufschleifte. Auf dem Dünenkamm ließ ich mich nach hinten fallen, sodass ich auf dem Rücken hinunterrutschte. Unten schaffte ich es irgendwie, auf die Füße zu kommen, und war deswegen halbwegs gewappnet für die nächste Düne.

Ich zog am Seil, sodass es mich ein Stück anhob und ich den Hang skifahrend nehmen konnte. Das Ganze hätte durchaus Spaß machen können, hätte ich nicht noch eine Kleinigkeit zu erledigen gehabt: einer Truppe schwer bewaffneter Verbrecher etwas abnehmen, für dessen Bewachung sie teuer bezahlt wurden.

Die gute Nachricht war, dass sie mich offensichtlich noch nicht gesehen hatten. Die schlechte, dass der Sandsturm uns erreicht hatte.

Er war auf einmal da, überfiel mich mit der gleichen Wucht von hinten wie die Flutwelle. Ich verlor den Boden unter den Füßen, wurde hochgehoben, von den Böen hin und her geworfen. Die Luft war voll mit Sand, überall drang das Zeug ein, in meinen Hals, die Nasenlöcher, in jede Pore. Ich löste eine Hand vom Seil, nestelte den Atemschlauch von meinem Gürtel und stopfte ihn mir in den Mund. Obwohl die Brille meine Augen schützte, konnte ich kaum etwas sehen – nur Sandschlieren und dazwischen die schemenhaften Umrisse der Luftkissenfahrzeuge.

Und dann verschwand auch das und die Welt wurde dunkel. Der Sandsturm hatte das Sonnenlicht verschluckt.

Nach ein paar Sekunden sah ich verschwommene weiße Bänder, die sich vor uns in der Finsternis verloren: Die Hovercrafts hatten ihre Scheinwerfer angeschaltet. Es kam mir so vor, als würden die Fahrzeuge von dem Sturm vorangepeitscht, aber das Gleiche galt natürlich auch für den Fesselballon. Ich hatte sogar den Eindruck, als wäre ich, surfend auf meinen Schuhsohlen, schneller. Tatsächlich klebte ich dem letzten Fahrzeug schon direkt am Heck.

Keine Frage, ich musste zuschlagen, und zwar genau jetzt.

Wieder zog ich am Bungee-Seil und ließ mich ein wenig hochfedern. Gleichzeitig schob mich der Sturm von hinten, sodass ich mit nach vorn gestreckten Beinen auf dem Fahrzeug landete, und zwar mit so viel Schwung, dass ich dem Fahrer meine Füße in den Rücken rammte. Der kam dermaßen aus dem Gleichgewicht, dass er seitlich über Bord kippte. Bevor seine zwei Kollegen reagieren konnten, nutzte ich den Überraschungseffekt gleich noch einmal und kickte auch sie raus.

Die Schlangenfrau starrte mich ein paar Sekunden mit ungläubig aufgerissenen Augen an, dann versuchte sie zu fliehen – nur dass es keinen Fluchtweg gab. Außerdem wollte sie ihren Aktenkoffer nicht loslassen. Sie presste ihn wie eine Irre gegen ihre Brust.

Was dann folgte, war nicht sonderlich cool. Ich langte nach dem Koffer, während sie ihn gleichzeitig mit beiden Armen umschlang. Es war ein ziemlich albernes Tauziehen und die ganze Zeit jammerte sie: »Jake, Schätzchen, hör doch auf!«, während ich ihr etwas weniger höfliche Worte an den Kopf knallte, aber die hatte sie verdient. Als ich irgendwann nicht weiterwusste und kurz davor war, ihr eins auf die Nase zu hauen, zerrte plötzlich das Bungee-Seil an mir. Offenbar stieg der Fesselballon höher auf – und lustigerweise reichte die Zugkraft des Seils gerade aus, um der Lady ihren Schatz zu entreißen.

Ich hatte den Koffer!

»Ha!«, rief ich triumphierend. »Finderlohn!«

Sami tat offenbar alles, um den Ballon über den Sandsturm hinwegzumanövrieren, jedenfalls zog das Seil mich rasant höher, während meine Beine in der Dunkelheit des Sturms um sich traten.

Unter mir zerrte sich die Schlangenfrau das Tuch vom Kopf und schrie mir eine letzte Drohung hinterher: »Wir sehen uns wieder, Jake Turner!«

»Da können Sie drauf wetten, *Marjorie*!«

Höher und höher stieg ich, dem Licht entgegen, und schrie dabei wie am Spieß, schwer genervt, weil ich nach all den Erlebnissen immer noch nicht schwindelfrei war. Irgendwann schloss ich resigniert die Augen und wartete einfach nur noch darauf, in den Ballonkorb gezogen zu werden.

Dort angekommen, packte mich Mum an den Schultern: »Alles in Ordnung mit dir?«, fragte sie eindringlich.

»Ich …«

»Okay. Hast du die Steintafel?«

Mit zitternden Händen streckte ich ihr den Aktenkoffer entgegen.

Mum schnappte ihn sich und zog die Tafel heraus. Dad trat näher und gemeinsam betrachteten sie die eingravierten Zeichen, die Gesichter smaragdgrün leuchtend im Sonnenlicht. Ich hatte die beiden noch nie so aufgekratzt erlebt – sie untersuchten die Zeichen, lachten über die Bilder und diskutierten über die Symbole.

Sie wirkten total glücklich.

Pan, die ebenfalls wie ein Honigkuchenpferd grinste, trat neben mich und klatschte mich ab.

»Nicht schlecht, Brüderchen«, sagte sie.

Sami drehte an einer der Kurbeln des Brenners. Flammen schossen in die Ballonhülle.

»Und wohin jetzt?«, fragte er.

»Wo auch immer die Tafel uns hinführt«, antwortete ich. »Die Schlangenfrau sucht auf der ganzen Erde nach weiteren Gräbern und Steintafeln des Schlangenvolks. Wieso auch immer.«

»Die Tafeln sind Wegweiser«, erklärte Dad. »Alle zusammen weisen sie den Weg.«

»Aber wohin?«

»Das weiß ich noch nicht. Deshalb heißt es ja Schatz*suche.*«

»Wo auch immer dieser Ort liegt, wir werden zuerst dort sein.« Pan klang wild entschlossen. »Wir werden verhindern, dass die Schlangenfrau der Menschheit ihre wahre Geschichte vorenthält. Mum, du hast doch gesagt, dass ihr rund um den Erdball Verstecke mit Geldreserven und falschen Papieren eingerichtet habt.«

»Ihr könntet uns trainieren«, fügte ich hinzu. »Außerdem haben wir Samis Hightech-Equipment.«

»Ich würde euch begleiten, wo immer ihr hinreist«, versicherte Sami. »Ich meine, ich würde mich natürlich am Rand der Gefahrenzone aufhalten, dort, wo es sicher ist. Aber ich wäre immer in der Nähe.«

»Wir wären ein starkes Team«, sagte ich. »Ein Familienunternehmen.«

Dads Mund verzog sich zu einem Grinsen. »Was meinst du dazu, Jane? Ich kann nicht behaupten, wahnsinnige Sehnsucht nach meinem Professorenjob zu haben.«

Mum sah erst ihn an, dann uns und Sami. Gleich setzt sie ihre abweisende Miene auf und meckert uns an, dachte ich, aber ihre Augen leuchteten und ein Lächeln, so warm wie die Wüstensonne, machte sich auf ihrem Gesicht breit.

»Es gibt nur ein Problem«, sagte sie. »Ihr beide habt Hausarrest.«

»Wofür?«, fragte ich.

»Dafür, dass ihr antike Gebäude gesprengt, ein Museum zerstört und es auf eine weltweite Fahndungsliste geschafft habt – und für eure ständige Flucherei.«

»Aber du fluchst doch auch«, wandte Pan ein.

»Ich bin ja auch eure Mutter. Da ist es erlaubt.«

Der Ballon stieg höher und höher. Inzwischen überflogen wir das »Große Sandmeer«. In der einen Richtung tobte der Sturm, in der anderen ragte der blutrote Berg auf und dahinter erstreckte sich das grüne Band des Niltals mit all seinen Tempelruinen, Pyramiden und entdeckten, unentdeckten und wieder vergessenen Gräbern. Mit all seinen im Sand vergrabenen Geheimnissen.

»Weißt du eigentlich, dass wir auf die Cheops-Pyramide geklettert sind, Dad?«, fragte ich. »Ich wette, da warst du noch nicht.«

»Ach, schon zigmal. Eure Mutter und ich haben ein ganzes Jahr lang nach Hinweisen auf den Verbleib des fehlenden Schlusssteins gesucht. Laut einer Legende soll dieser Schlussstein wiederum einen Hinweis auf den Ort enthalten, an dem Alexander der Große begraben ist.«

»Und? Habt ihr ihn gefunden?«

»Nein, aber das werden wir noch.«

»Zu viert werden wir ihn finden«, sagte Mum. »Aber nichts überstürzen. Ein Grab nach dem anderen.«

# EIN NEUES ABENTEUER FÜR JAKE TURNER

ALLE LIEFERBAREN TITEL, INFORMATIONEN UND SPECIALS FINDEN SIE ONLINE

Auch als eBook

www.dtv.de dtv